LES
ROMANS-NOUVELLES,

PAR

L.-G. MONTDÉRAINES

ET

LES COLLABORATEURS DU TAM-TAM.

I

PARIS.

AU BUREAU DU TAM-TAM

ET DU

MONITEUR DES FEUILLETONS,

Gymnase poétique et littéraire,

5, IMPASSE DU DOYENNÉ (CARROUSEL).

1846

LES

ROMANS-NOUVELLES.

Chaque collection de deux volumes se vend
séparément.

PARIS. — TYPOGRAPHIE DE COSSON, RUE DU FOUR-S.-GERMAIN, 47.

LES
ROMANS-NOUVELLES,

PAR

L.-G. MONTDÉRAINES

ET

LES COLLABORATEURS DU TAM-TAM.

DEUX MÉTHODES.

PARIS.

AU BUREAU DU *TAM-TAM*, DU *GYMNASE*
et du *Moniteur des Feuilletons*,
5, IMPASSE DU DOYENNÉ (PLACE DU CARROUSEL).

—

1845.

DEUX MÉTHODES.

I.

Deux femmes.

Sophie Camuzet avait dans le temps épousé un M. Bernard d'Angéli. Sophie avait dix-huit ans, et M. d'Angéli arrivait à grand pas,—non, à petits pas et en reculant —à sa quarantaine. Sophie avait une dot toute ronde, vers les quarante ou cinquante mille, et M. d'Angéli ne possédait qu'un manoir baptisé *château*, et un assez grand parc de mauvaise terre, le tout hypothéqué, disait-on, aux sept huitièmes de sa valeur. Cependant le barbon déjà grisonnant obtint d'emblée la fraîche fillette. Comment cela?—Je ne sais trop. Une femme se marie pour un carrosse, pour un

voile, pour une bague; une femme se marie par désœuvrement quelquefois, par curiosité souvent ; il est un grand
nombre de femmes qui mettent en première ligne le nom
qu'elles porteront ; à mérite égal, un Paul Labruyère ou
un Charles Desaulnayes l'emportera toujours sur un Jacques
Pichot ou un Thomas Fardou. M. d'Angéli, rebuté d'a-
bord parce qu'il était vieux, fut accepté ensuite parce
qu'il avait un joli nom, puis encore par la manière dont il
signait ce nom : B. D'ANGÉLI. En voyant cette signature,
Sophie Camuzet, qui hésitait encore, fut prise d'une idée
soudaine : elle accepta bien vite et l'on se maria.

Sophie Camuzet était citoyenne d'Honfleur, cet insignifiant petit port qui s'accroupit comme un poltron à l'abri
du vent derrière la côte de Grâce, en face du Hâvre. Son
père était fils d'honnêtes et laborieux pêcheurs qui avaient
gagné pas mal d'écus à vendre des raies et des soles, ce
qui explique pourquoi elle et sa respectable mère avaient
le dédain le plus superbe pour les matelots en général, et
les pêcheurs en particulier.

Bernard d'Angéli, flânant et chassant dans son manoir,
aux environs de Saint-Gatien-des-Bois, était, disaient les
mauvaises langues, l'unique héritier d'un honnête peintre-
vitrier de Saint-Jean-de-Maurienne, nommé Angelo. Laborieux par goût, brocanteur par passion, usurier par
calcul, Angelo avait fait de bonnes affaires avec ses trocs
et ses retrocs d'argent et d'assignats. Pour faire oublier
certaines petites taches, dit-on, il avait rafraîchi la queue
de son nom, et en avait fait d'abord *Angeli*, puis *d'Angéli*.

Après la tourmente révolutionnaire, l'ex-sans-culotte ne manqua plus une messe et fut considéré. Mais tout finit dans le monde, même les brocanteurs. Le nôtre alla droit au paradis — il faut l'espérer — laissant sur la terre une centaine de mille francs, une jolie propriété, et un assez vilain garçon. Bernard d'Angéli était fort insouciant; il dépensa sans compter, dépensa beaucoup, et fit encore plus dépenser ses amis, — il avait beaucoup d'amis. — Trente ans arrivèrent, et le secrétaire était vide. Habitué à un certain luxe, d'Angéli emprunta et hypothéqua, puis les prêteurs firent défaut; l'héritier de l'industriel savoyard fut réduit aux expédients, alors il songea à se marier, et épousa Sophie Camuzet.

Avec la dot on paya une partie des hypothèques, et l'on rafistola tant bien que mal, plutôt mal que bien, le manoir quasi féodal du sire d'Angéli, et le couple alla s'ennuyer très conjugalement dans le coin d'un grand bois, au penchant d'une petite vallée qui conduit à la Toucques. Avec un homme qui chassait comme Nemrod le jour, et ronflait comme une contrebasse toute la nuit, Sophie serait morte d'ennui si messire Bernard n'avait pris le parti d'aller rejoindre au ciel son vénérable père, l'usurier-badigeonneur de Saint-Jean-de-Maurienne, laissant à sa veuve inconsolable une grosse pouparde aux grands yeux bruns, et une superbe collection d'hypothèques, reportées depuis longtemps à leur maximum.

Laissant vendre la propriété, qui ne valait plus les frais, Sophie vécut avec sa mère, riche, nous le disons, d'une

héritière et d'une signature; cette signature ce fut d'abord :
F. B. d'Angéli (femme Bernard d'Angéli), qu'on pouvait,
avec de la bonne volonté, lire : Félicie ou Françoise, ba-
ronne d'Angéli. Plus tard, on écrivit Vve d'Angéli, et, enfin,
l'illusion gagnant toujours, on écrivit positivement V^{sse} d'Angéli. A la fin même, la vieille maman, tombée en radotage,
n'appela plus sa fille que *la vicomtesse*. Quelque doux que
soit un titre, cela ne vaut pas un époux—pour une femme
qui a vingt ans et de la vertu. La vicomtesse écouta les
soupirs d'un jeune et fashionable commerçant du Havre, et
passa à vingt-deux ans derrière le comptoir, après avoir
flâné à dix-huit sous les grandes ormelées. Le marchand
était spirituel, jeune, attentif et plein de cœur; c'est pour
cela qu'il fut agréé, malgré son nom de Poussetout.—Pourquoi diable a-t-on des noms aussi baroques? Quoi qu'il en
soit, Sophie, femme Poussetout, vit ses affaires prospérer.
Son héritage recueilli, le couple réalisa, en une douzaine
d'années, une valeur de six à sept cent mille francs; et
alors, plus sages que beaucoup d'autres, les deux époux
dirent « Assez » à la fortune, et, dans le but excusable
de commencer à vivre, s'en vinrent à Passy louer une habitation charmante, et ne songèrent plus qu'à l'éducation
de leurs enfants. *Leurs*, car la brune d'Angéli avait eu une
sœur.

M. Jules—car jamais Sophie Camuzet n'aurait consenti
à prononcer l'autre mot — M. Jules aurait été un époux
adorable et un père hors ligne sans un tout petit travers.
Dans son désœuvrement, il avait donné dans la navigation,

et parfois il avait l'étrange manie, aidé de quelques aco-
lytes, de reconduire ses deux filles, —il les appelait ainsi
sans préférence aucune—à la pension D., au Marais, en
prenant ce qu'il appelait la voie de mer. Un jour donc *le
Flibustier*, capitaine Jules Poùssetout, était bien gréé et
bordé de quatre avirons, sans la godille, et remontait galam-
ment la Seine, malgré le courant et les encombres. On alla
jusqu'au quai Saint-Paul avec une peine affreuse, mais sans
danger. Là on débarqua les enfants, qui partirent convoyées
par leur bonne, tandis que nos marins, fatigués et devenus
hardis—les jeunes filles n'y étaient plus—résolurent de
tendre la voile et de marcher poétiquement au souffle de
la brise. La brise fut très maniable au-dessous de l'esta-
cade ; mais quand, après avoir doublé le cap des Hydro-
thermes, on entra dans la grande Seine, les rafales penchè-
rent l'esquif d'une façon très inquiétante. Le capitaine émit
l'avis de jeter l'ancre ; mais un des matelots lui demanda
s'il avait peur. Cette parole coûta la vie à cinq hommes ;
par vanité de bravade, tout le monde s'obstina ; le bateau,
tourné sens dessus dessous, fut ramené à la rive, et cinq
cadavres furent repêchés à différents endroits.

Tant que Jules Poussetout avait vécu, Sophie l'avait aimé,
beaucoup même, parce qu'il lui était très commode —
une infinité de femmes aiment à la façon des chats ; —
mais dès qu'il fut enterré elle s'empressa, sinon de l'oublier,
au moins de le faire oublier aux autres. Reprenant ses
deux filles, elle quitta Passy, et, changeant de pays, elle
alla en toute hâte habiter une toute gracieuse maisonnette

à Saint-Mandé. Comme elle se serait ennuyée seule, elle se persuada que ses deux enfants avaient terminé leur éducation, et les fit habiter avec elle ; de plus, elle recueillit sa mère, petite bonne femme encore verte, qui, s'étant aussi mariée en secondes noces, s'appelait veuve Laroche. Or, pendant que l'aïeule portait le nom de son deuxième mari, Sophie reprit le nom de son premier, et signa de nouveau *veuve* ou *vicomtesse* d'Angéli. Comme il y avait un certain train de maison, les bons paysans voisins se laissèrent appeler la sexagénaire madame *de la Roche,* et peu à peu, d'illusion en illusion, Sophie en vint à renier son père comme son mari, et à signer assez lisiblement : Vsse d'An-géli, née de la Roche.

Quant aux deux filles, il se passa pour elles quelque chose d'analogue. L'aînée, brune et grande comme le savoyard Angélo, s'appelait Camille. Elle avait dès son jeune âge pris l'habitude d'écrire son prénom en abrégé et de tordre ses deux *ll* de telle façon qu'il était impossible de ne pas lire Csse, ou comtesse d'Angéli. La seconde, grande aussi, mais blond pâle, comme M. son père, ne signait jamais que *Paul-Émilie P.,* laissant prudemment le nom prosaïque de *Poussetout* dans une ombre protectrice, et ne mettant en lumière que le prénom assez original qui lui avait été imposé d'autorité par le négociant du Havre. *Trahit sua...* Vous savez le reste.

Faisons maintenant plus ample connaissance.

La famille d'Angéli, Poussetout, de la Roche et Camuzet habite l'avenue du Bel-Air. Faisons au lecteur grâce des

acacias et des palis peints en vert ; disons, pour tout in-
ventaire, que le logement est coquet et commode, comme il
y en a tant à Saint-Mandé.

Il est six heures, on vient de dîner à la hâte et assez mal.
On se grogne mutuellement, on querelle Marie, la bonne,
on peste contre Jacques, jeune gamin, domestique-jardi-
nier-commissionnaire, etc., etc. C'est que ce soir on va *en
soirée* chez les Jubineau, il y aura bal et punch au thé, on
s'amusera. Or, le jour qu'on s'amuse, on est invariablement
de l'humeur la plus maussade. Pourtant, en consciencieux
anatomiste de mœurs, nous devons dire que l'impatience
et le dépit se manifestaient diversement chez les deux
sœurs : Camille, plus expansive, moins maîtresse d'elle-
même, était plus bruyante, plus provocatrice, elle grondait
avec les inflexions de voix les moins suaves et les moins
obligeantes ; mais, sous cette écorce brutale, il y avait souvent une certaine gaîté moqueuse et taquine, puis des re-
tours soudains, qui montraient qu'elle était aussi prompte
à oublier la colère qu'elle était vive à s'y laisser entraîner.
Paul-Émilie, au contraire, était plus contenue, plus digne,
plus maîtresse d'elle-même, elle retenait toujours l'éclat
de voix et donnait ainsi à sa malédiction un accent ferme
et doux qui n'était pas sans grâce ; mais ses mots, adoucis
quant à la forme, étaient cruels de signification ; on sentait le stylet sous le velours. Ainsi Camille, quand elle s'impatientait contre Marie, — une douzaine de fois par jour
à peu près — avait pris l'habitude de la baptiser *la Vierge
Marie,* et, par variante quelquefois, de lui défiler successi-

vement le chapelet des perfections qu'on attribue à la mère du Sauveur, comme *Maison d'or*, *Tour d'ivoire*, *Étoile du matin*, etc. Or, il faut savoir que la pauvre Marie, laborieuse et bonne fille, avait eu plusieurs malheurs dans sa vie. Le premier des malheurs s'appelait Jacques, il était apprenti commissionnaire ; le second malheur se nommait Marie, comme sa mère, et apprenait à coudre ; le troisième....... bref, la demi-douzaine y était complète. Une chose singulière, c'est qu'au village — où les cancans règnent et gouvernent, — on n'aurait pu, sans les irrécusables manifestations qu'on présentait de temps en temps aux fonts de baptême, trouver un seul mot à redire sur Marie. On ne lui connaissait pas la moindre intrigue, pas l'ombre d'une liaison. Qu'on dise encore que les hommes ne sont pas discrets ! Chaque malheur nouveau, Marie le recevait avec patience et humilité, lui donnait ce qu'elle pouvait lui donner, son nom de fille, — c'étaient tous des *Marie*, — le lait d'une bonne mère, et le pain que gagnait une ouvrière courageuse ; puis, Dieu et les bonnes gens aidant, chacun se tirait de misère tant bien que mal. De père, d'infidèle, de monstre, d'ingrat, pas un mot. Il est vrai qu'insolemment laide et atrocement rouge de cheveux, la pauvre Marie n'était pas une de ces conquêtes dont on se fait honneur. Il y a des hommes bien vaillants !

On comprend maintenant les pointes de Camille. Elles n'étaient pas de bien bonne compagnie, mais la malice passe souvent pour de l'esprit.

Pourquoi une mère a-t-elle un faible pour l'enfant qui la

tourmente le plus ? Pourquoi la Vierge-Marie avait-elle une préférence assez marquée pour Camille, qui la martyrisait sans cesse, au lieu qu'elle se sentait une espèce de crainte voisine de l'aversion pour Paul-Émilie, la douce fille, aux lèvres roses et aux yeux bleus ? C'est que dans la taquinerie de l'aînée elle avait cru trouver un fonds de bienveillance, tandis que les ménagements de la jeune lui paraissaient voiler un peu de mépris.

— Marie de malédiction, va ! elle ne reviendra pas de chercher son lacet. Que le diable l'emporte !

— Ce pauvre Diable, répondit la blonde, tu lui en veux donc bien !

— Voilà six heures et demie, et je ne suis pas encore chaussée. Maudite tortue, tu me le paieras !

— Nous aurons encore le temps de nous ennuyer, sois tranquille !

— Bon pour toi, l'ange martyr qui as toujours quelque plafond à contempler, en guise de ciel d'azur. Moi je veux danser toutes les contredanses, et j'espère bien n'en pas manquer une.

— Si tu as des cavaliers.

— J'en demanderais plutôt, fut-ce le père Gendret, qui boite, le vieux Ringou, qui prise à chaque figure, ou le grand dadais de Poutrin, qui a l'air de vouloir pleurer quand on le regarde. N'importe qui ! je danserais plutôt toute seule.

— Tu n'en seras pas réduite là. Les gens de goût ne nous manqueront pas, il faut l'espérer.

— En vérité, mademoiselle fait la moqueuse, parce que mardi dernier elle a conquis son Parisien; mon Dieu! garde-le, va, je n'en suis pas si curieuse.

— Je n'ai conquis personne, dit Paul-Émilie, en rougissant un peu de dépit, puis d'autre chose; M. Grandmaison a parlé avec moi quelques instants, voilà tout.

— Oui, un tout petit instant... depuis sept heures du soir jusqu'à deux heures du matin... quelque chose comme sept heures d'horloge.

— Tu as compté bien mieux que moi; mais, au surplus, je ne sais pas où est le mal.

— Mon Dieu, comme elle s'enfle! Qui dit qu'il y a du mal? Nous savons bien que c'est un galant homme, et, en définitive, un bon parti.

— Que tu es insupportable, Camille! dit la blonde, tâchant de se fâcher pour cacher son trouble. Il est impossible de dire un mot avec toi sans que tu viennes nous jeter à la face des choses.. auxquelles personne ne pense assurément.

—Tu n'y penses pas, toi, répliqua Camille, que le dépit de sa sœur mettait aux anges; tu n'y penses pas, parce que déjà l'amour t'aveugle.... tu sais bien qu'il a un bandeau?

— Camille, oh! Camille, que tu es assommante! si tu continues, je m'en vais.

— Tu ne peux pas t'en aller comme cela chaussée d'un pied; M. Grandmaison aurait des inquiétudes : tâche donc de te modérer. Est-ce que tu ne saurais te contenir?...

Comme cela lui arrivait constamment, Camille avait dé-
passé la limite, et Paul-Émilie, dépitée et confuse de ses
plaisanteries au gros sel, s'était laissée tomber sur un fauteuil et pleurait; Camille s'en aperçut, et, d'un seul bond,
fut à genoux devant elle, essayant de lui soulever les mains
dont elle se cachait le visage. Celle-ci résistait énergiquement, mais elle n'était pas la plus forte, et quand Camille
se fut emparée de ses deux mains, elle vit les deux beaux
yeux bleus inondés de larmes.

— Mon Dieu, Lilie, que tu es sotte ! Grande bête, va,
qui pleure pour cela! — Et ces mots insultants étaient
pleins de douceur dans sa bouche. — Voyons, Lilie, tais-
toi : tiens, je vais t'essuyer, embrasse-moi. Tu sais bien
que je t'aime. Ne m'écoute jamais, tu sais que je cause à
tort et à travers. Ma bonne Lilie, je t'en prie, voyons embrasse-moi.—Et, moitié gré, moitié force, elle obtient un
baiser et en prend une douzaine. Puis, se relevant avec la
vivacité d'une chèvre :— Vierge-Marie de mon cœur, va !
si je ne lui arrache pas les oreilles !... — Ah! patience,
j'aperçois un potiron, ce doit être sa tête.

Il est de loi qu'une mère accompagne sa fille, et *à for-
tiori* ses filles en soirée; les mœurs y gagnent et les mè-
res aussi. Sophie, la vicomtesse d'Angéli, accompagna donc
ses filles, mais il fut excessivement difficile de faire entendre raison à maman Laroche qui, malgré sa soixantaine, se
prétendait là plus nécessaire que tout le monde. A l'entendre, il ne fallait pas moins de deux surveillantes pour
répondre de deux belles demoiselles aussi jolies que ses

petites-filles, et d'ailleurs, toujours d'après elle, Sophie
était encore assez jeune et assez jolie pour faire tourner
bien des têtes. Ce dernier motif faillit assurer son triomphe. La veuve Poussetout prit une pose quasi-enfantine,
s'arrondit le bras, se cambra une hanche et dit *maman*...
Mais la raison revint: il ne fallait pas laisser la maison
seule. Vexée de cette preuve de confiance, l'aïeule reste
en grommelant contre les plaisirs évaporés d'une jeunesse
inconséquente. De son temps les choses allaient bien
mieux.

II.

La soirée. — Les Jubineau.

Si c'est une *affaire* que d'aller en soirée, qu'est-ce donc
quand il s'agit de recevoir ? Nous parlons de la province,
—Saint-Mandé est une ville de province.— Pour la fashion
de la capitale, c'est son métier; elle se trouve mal à l'aise
quand elle ne reçoit pas.

Depuis cinq heures du matin on courait, on trépignait,
on voustait deçà et delà chez les Jubineau; les meubles
avaient été époussetés, les parquets cirés, les tapis bros-
sés, les rideaux changés, les lits mieux bordés, les feux
récurés, les lambris frottés, les plinthes tamponnées, les
rampes essuyées et ressuyées à bras que veux-tu; tout
était net, propre, luisant et pimpant comme dans la maison
d'un bourguemestre au nom de sept syllabes commençant
par *Van* et finissant en *oek* ou en *eim*; la place était bien

2

disposée à soutenir l'attaque... des quolibets malveillants avec lesquels les gens que nous recevons ne manquent pas de payer notre hospitalité. En arrivant peu à peu pendant une heure, les invités ne trouvaient rien à dire et paraissaient excessivement vexés. Il était plus de sept heures et demie, fort tard par conséquent, quand arriva madame la vicomtesse d'Angéli, escortée de ses deux belles grandes filles, la brune Camille et la blonde fille du Hâvrais Poussetout. Leur entrée au salon produisit un certain effet, que ne justifiait pas complètement leur beauté, qui, sans tenir du prodige, était pourtant incontestée. Il y avait une cause supplémentaire.

A propos de beauté, les deux filles d'Angéli donnèrent lieu à une certaine division dans les opinions de leur cercle de connaissances, division bien explicable sans doute par la nature différente de leurs beautés, mais digne pourtant d'une certaine attention. Avec sa haute stature, sa taille cambrée, ses hanches d'un modelé un peu trop *avantageux*; avec ses yeux noirs, sa chevelure aux flots noirs, ses sourcils aux arcs noirs, et ses longs cils aux reflets noirs, tout cela sur une de ces peaux d'un blanc un peu mat mais pur comme n'en ont que les brunes, Camille produisait beaucoup d'effet, à ses entrées surtout. Elle commandait l'attention, et cette première impression dominatrice restait presque toujours à l'état de jugement définitif pour les femmes et les très jeunes gens. Pour eux, Camille était surtout belle par la raison qu'on ne voyait personne qui pût lui être comparé. Paul-Émilie, au contraire, produisait moins de sensation ; son visage rose éclatait moins que celui de sa sœur, énergiquement relevé par le noir vif de ses bandeaux de jais. Sa chevelure blond-cendré paraissait moins épaisse qu'elle ne l'était en réalité ; sa taille était moins élevée; ses muscles moins puissants, moins ressortis, et, pour achever le contraste, sa voix douce et claire était quelque peu *fluette*, et n'avait pas le timbre harmonieux et résistant de la voix de sa sœur. A une certaine distance Paul-Émilie se confondait dans la foule et paraissait jetée dans un moule vulgaire, mais elle soutenait bien le détail et l'on gagnait à l'étudier. Aussi avait-elle pour elle quelques femmes expérimentées, et tous les hommes qui avaient passé vingt-cinq ans.

Nul n'est content de sa fortune, dit-on. Ce n'est pas toujours exact. Ainsi, dans le cas actuel, les deux sœurs paraissaient s'arranger du partage, et se trouver bien loties chacune de son côté. Vaniteuse et grande dame, Camille aimait à écraser ses rivales. Forcer l'admiration même des femmes, c'était à ses yeux le *nec plus ultrà* du succès. Plus sérieuse, plus pensante, il faut le dire, et d'une intelligence supérieure, la jeune sœur appréciait assez peu ce triomphe qui consiste à écraser la jalousie et faire taire les bouches envieuses. Aussi voyait-elle sans peine aucune l'espèce de bruissement approbateur qui s'élevait des groupes d'hommes, le dépit mal dissimulé qui se manifestait dans les petits conciliabules de femmes, quand apparaissait le front junonien de l'héritière des d'Angéli. « Mon tour viendra, » pensait-elle, et son tour venait. Un

jour pourtant elle se sentit impatientée par les éloges in-
tarissables qu'un blondin à la figure scandinavique pro-
diguait, parlant à elle, à sa sœur aînée un instant absente.
Aux expressions poétiques c'est-à-dire un peu boursouflées
du bachelier vingtenaire, elle souriait de son sourire le
plus doux, et répliqua avec un accent plein de soro-
rale bienveillance : « N'est-ce pas qu'elle serait jolie en
« habit d'homme? Quel charmant garçon ! vous, monsieur,
vous ne vous êtes jamais habillé en femme? Je suis con-
vaincue qu'une robe vous irait bien. » — Le jeune homme
n'était pas un sot; il comprit qu'il y a des limites, assez
resserrées même, aux éloges qu'on adresse à une femme
par l'intermédiaire d'une autre, cette autre fût-elle sa
sœur.

Évidemment, avons-nous dit, on attendait, mais d'une
façon spéciale, la famille d'Angéli, et la dame blonde fit
peut-être *in petto* la remarque que les Grandmaison
étaient au mieux avec les Jubineau, et que la soirée n'était
qu'un coup monté. Aussi quand les trois dames firent leur
entrée, rayonnantes de dentelles et dans tout l'éclat de
leur satin, le père Jubineau et l'aîné Grandmaison échangèrent un regard qui disait plusieurs choses, et madame
Jubineau, grosse bonne petite mère, joyeuse comme toutes
les personnes grasses, et grasse comme toutes les personnes joyeuses, courut à pas de canard au devant de la
veuve et lui adressa une de ces interrogations qui n'inter-
rogent pas et n'admettent même pas de réplique.

— Vous n'avez pas pris le café? non, c'est impossible,

vous ne devez pas...Tenez, entrons, on vient nous dire que
nous sommes servies.

Pourquoi la maman Jubineau savait-elle si à point l'instant précis de l'entrée des d'Angéli, pour avoir ainsi fait
apprêter le café de manière à les saisir ainsi au pied levé.
C'est qu'à Saint-Mandé il y a des arbres dans les rues,
c'est qu'il y avait un gamin dans un des arbres, et que le dit
gamin était chargé de siffler la polka quand il verrait, là-
bas, à toute portée, trois dames sortir de la maison blanche aux palis verts. C'est ainsi qu'on arrange le hasard.

La conjecture de madame Jubineau était parfaitement fondée, c'est tout au plus si les arrivantes avaient dîné. Ce fut donc
sans peine que les trois dames se laissèrent conduire dans
la salle à manger — irrégularité de circonstance — où se
trouvait servie la liqueur arabique. Là une particularité
frappa Paul-Émilie, c'était un magnifique cabaret de douze
demi-tasses en sèvres — vrai ou imitation, — qu'elle ne connaissait pas aux Jubineau et qu'elle croyait avoir vu chez
les Grandmaison. Connivence! Connivence! Camille remarqua que Julie Robernot était sortie à son entrée et flânait
dans le jardin; or, Julie Robernot avait des yeux noirs, des
sourcils noirs.....comme Camille, elle était presque aussi
belle. Ce *presque* la désespérait, elle aurait voulu être
rouge et bossue. Madame Sophie remarqua que le café avait
un arome que ne donne pas toujours le pseudo-moka, le
censé martinique de MM. nos négociants en épicerie. Chacun remarque ce qui l'intéresse.

On s'assied, mais d'abord, par un effet de l'éternel hasard, madame la vicomtesse se trouva voisine du papa Jubineau, grand mince aux oreilles montées en couleur , buvant sec et jouant dru à toute espèce de jeux de cartes ; Camille se trouva auprès de M. Grandmaison le jeune , et Paul-Émilie auprès de M. Grandmaison l'aîné , avec lesquels nous allons faire plus ample connaissance.

Fils d'un honnête négociant — c'est une manière de parler qu'on a comme cela et qui ne tire pas à conséquence — Jacques et Charles Grandmaison avaient hérité d'une fortune que les uns eussent trouvée colossale et les autres fort mesquine ; ils avaient de sept à huit mille francs de rentes chacun. Ils vivaient tranquilles, s'occupant tout paisiblement à lire les journaux, à faire leur partie le soir, à flâner le jour, à bien dormir la nuit. C'est ainsi qu'en s'écoutant vivre ils étaient arrivés, minute par minute, insensiblement, au delà de la trentaine, et que le terrible chiffre de quarante poignait déjà à l'horizon. Pour la vie du cœur, c'est l'histoire de tous les célibataires, et même de beaucoup d'hommes qui ne le sont pas : des rêves d'amour, puis des réalités beaucoup moins poétiques. Les premières conquêtes les avaient positivement conquis, les autres s'étaient laissé conquérir. D'abord des femmes *faites* et ennuyées, puis des femmes ennuyeuses ; des veuves que la mairie n'avait jamais vues, des innocentes qu'ils trompaient — en quatorzième ligne — des épouses qui leur sacrifiaient tout, maris, enfants, honneur, familles, et qui demandainet un immense amour en raison directe de la faute qu'elles commettaient ; des fillettes à l'amour vagabond, des douairières à l'amour engluant, des lorettes à l'amour mendiant, des grisettes à l'amour gourmand, des marchandes à l'amour calculateur, et tout le chapelet de nos éternelles faiblesses.

Les frères Grandmaison connaissaient parfaitement le petit sexe ; cela peut-être explique pourquoi ils restaient garçons, persuadés sans doute, les égoïstes, que les femmes ne sont aimables que pour ceux qui ne les épousent pas, et qu'une robe sied toujours bien aux yeux de ceux qui ne voient pas les factures des fournisseurs. Mais il faut une fin, et quand la quarantaine approche, le célibataire, qui devient de moins en moins alerte à supplanter les maris, se fait mari à son tour, bien convaincu qu'on ne le supplantera pas. Nulle femme ne lui a résisté, parce qu'il est trop aimable; nul rival ne le trompera, parce qu'il est trop habile ! Heureuse présomption ! beau songe d'enfant qui voit mourir tout le monde et qui se persuade que sa mère ne mourra jamais ni lui non plus. En vérité, c'est dans la douce quiétude des maris que j'admire le plus la sagesse de l'auteur de la nature ! et notez que plus un homme a *vécu* étant garçon, plus il a été franc vaurien, plus il a de candide confiance dans celle qu'il épouse.

Cela ne soit pas dit spécialement pour nos deux célibataires. Nous l'avons dit, ils avaient vécu de la vie commune, sans excentricité d'aucune espèce, et leur conscience n'était chargée que de ces peccadilles courantes qui font le bagage ordinaire du commun des viveurs bourgeois. Aussi n'avaient-ils dans leurs futures épouses qu'une foi raisonnable et raisonnée.

Propriétaires par indivis d'un assez joli pavillon, et d'un délicieux jardin à Saint-Mandé, ils s'étaient promptement liés avec le voisin Jubineau et toute la famille ; puis, un peu, par ricochet, avec les d'Angéli. Seulement dans le dessein de nouer plus intimement une connaissance qui était, dans leur oisivité, une bonne fortune, ils étaient parvenus à obtenir une acceptation de ces dames pour une soirée donnée à Paris dans leur maison de la rue Saint-Antoine. Ces deux grandes et belles filles qui passaient pour très sages, et qu'on savait suffisamment riches, leur avaient laissé de vagues pensées, une pente au cœur, et c'était en suivant cette pente, mais sans en avoir délibéré ensemble, sans s'être même expliqués dans leur for intérieur, qu'ils avaient comploté une soirée avec la maman Jubineau, et avaient fait apporter le beau cabaret de douze petites tasses que Paul-Emilie reconnaissait.

Dans la jeunesse — au commencement — on s'imagine que pour captiver une femme il faut de la poésie de style et du pathétique dans les paroles, et quelquefois des larmes dans la voix. Cela en effet réussit, mais *quelquefois* et un *peu*; et comment encore? La femme n'est ni enivrée de votre poésie, ni touchée de votre éloquence, ni attendrie de vos soupirs, mais en bonne enfant qu'elle est, elle vous sait gré des efforts que vous faites, et se dit : « Ce pauvre ⟩ diable ! il faut que réellement il tienne à moi pour se

» mettre ainsi à la torture. Je suis sûre qu'il se gêne horri-
» blement : c'est qu'il n'a pas du tout l'air d'en avoir l'ha-
» bitude. » Ce n'est pas plus poétique que cela. Mais ce que
l'on passe à un blondin quasi imberbe est souveraine-
ment ridicule à un quadragénaire. A cet âge déjà respectable il n'est qu'un chemin pour réussir : auprès des femmes *comme il faut*, de la distinction dans les manières, de
l'esprit, de la supériorité si on le peut ; auprès des femmes
comme il en faut, un châle et un chapeau ; auprès de toutes et pour préalable un bon dîner : le cœur est si voisin
de l'estomac ! Il est positif que nous tous, hommes et femmes, nous valons mieux en sortant de table qu'en nous y
mettant.

Les dames d'Angéli avaient mal dîné, mais le café était
excellent ; quelques liqueurs fines, recommandées par de
respectables étiquettes, par l'éloquence hospitalière des
Jubineau, et surtout par l'exemple de la partie virile et
de la partie surannée de l'assistance, triomphèrent de la
réserve un peu artificielle de ces demoiselles, et quand on
repassa dans le salon on était dans cet état intermédiaire
qui n'est pas tout-à-fait le sangfroid et qui ne laisse pas
encore poindre l'ivresse : état où la chaleur du sang rend
l'âme confiante et dispose à offrir et à recevoir les confidences.

Toutes les descriptions de ces soirées bourgeoises où
l'on improvise un petit bal longtemps comploté d'avance,
où l'on choisit *au hasard* pour la demoiselle de la maison
un morceau de piano que sa maîtresse lui a fait tapoter et

retapoter cinq fois par jour depuis six mois, toutes ces
descriptions se ressemblent, n'amusent guère et n'in-
struisent pas du tout. Nous ferions grâce à nos lecteurs des
quadrilles embrouillés, des polkas risquées et des mazur-
kas de contrebande, si nous ne devions les entretenir d'un
petit personnage qui tiendra son coin dans notre histo-
riette.

Ce petit personnage s'appelle Sabot, du nom de monsieur son père; mais madame sa marraine, une intéres-
sante concierge, lui a imposé le nom quelque peu ambi-
tieux de Florestine. Hélas! les marraines proposent et la foule
dispose. Par le fait Florestine Sabot avait trois ou quatre
noms, au nombre desquels ni Sabot ni Florestine n'étaient
compris. Les uns l'appelaient la Noiraude, les autres la
Taupe, les autres Mine-de-cirage, les plus gracieux la
nommaient la Négrillonne, Camille d'Angéli ne l'appelait
que Guinée ou Congo. C'est que la pauvre Florestine, sans
être de la race aux cheveux laineux, sans même être
disgracieuse par ses traits, était d'un brun qui dépassait
toute permission. Les sots sont impitoyables, et comme
dans le monde les sots forment l'immense majorité,
Florestine s'était entendu reprocher sa laideur beaucoup
plus de fois qu'elle n'avait de cheveux dans l'épais tortil-
lon qui lui couvrait la tête. Il fallait qu'elle fût d'une
bien bonne nature, puisque cette répulsion universelle ne
l'avait rendue ni triste ni méchante. Enfant de parents
misérables, elle avait dû dès son enfance pour voir un peu
à ses modestes besoins ; elle se rendait utile à sa marraine

la concierge de MM. Grandmaison, et Charles, le jeune et
le plus compatissant des deux frères, s'était intéressé à
cette enfant délaissée et l'avait placée chez madame Jubineau, où elle faisait à peu près tout et ne recevait à peu
près rien ; cela ne l'empêchait pas d'être heureuse et fière
de sa condition, de s'attacher à ses maîtres, et surtout de
vouer une éternelle reconnaissance aux frères Grandmaison qu'elle confondait dans un amour plus gros qu'elle.
Florestine avait treize ans et ne paraissait pas en avoir dix
tant elle était petite et maigrette. Mais elle avait une intelligence précoce et supérieure à son âge et à sa condition. A qui devait-elle cette intelligence ? à la nature d'a-
bord, au malheur ensuite, car la pauvre enfant ne savait
pas lire. Il y a tant de grandes imbéciles de quinze ans
qui font des analyses logiques et répètent à contre-sens
tous les rois d'Israël et de Juda !

Entre un quadrille et une valse, pendant un moment de
repos, Charles promenait à droite et à gauche un regard
inquiet et chercheur. Ce soir-là, Florsetine avait mis sa belle
robe d'indienne à carreaux, et s'était avec force savon
lavé et relavé le visage, ce qui le rendait d'un noir plus
brillant ; elle pouvait se glisser au salon. Tout le temps que
duraient les danses, elle suivait des yeux ses protecteurs
et semblait heureuse de les voir se distraire; quand les
danses finissaient, elle se mettait en quatre pour courir
au devant des désirs et des besoins de tous. Voyant
Charles préoccupé, elle glissa auprès de lui comme une
ombre et lui dit ces mots, que lui seul entendit : «Elle est

là, dans la chambre verte. » Honteux d'être deviné, Charles rougit et voulait répondre avec brusquerie, quand, en dirigeant les yeux là d'où la voix était venue, il vit sa petite Négrillonne présentant aux danseuses le punch et le sirop traditionnels. Mécontent de voir un enfant posséder un secret que lui-même n'avait pas encore regardé dans le fond de son cœur, Charles fut pris d'une bouderie d'enfant et résolut de se punir lui-même en n'allant pas dans la chambre où *elle* était. — M. Grandmaison ne sera pas longtemps célibataire.

Dix minutes plus tard, pendant que, faisant une moue très ennuyée, il regardait avec acharnement une grande vieille lithographie de Judith et d'Holopherne, il sentit sur son bras une pression si douce qu'elle semblait faite par l'aile d'un roitelet; c'était la Négrillonne.

Je vous ai fait de la peine, dit-elle d'une voix basse et avec tristesse.

— Laisse-moi donc tranquille ! dit Charles en la repoussant avec cette brutalité de geste qu'a toujours un homme fort qui s'impatiente; mais, chancelant sous la pression, Florestine ne s'éloignait pas, et, en laissant tomber un regard sur elle, Charles lui vit des larmes plein les yeux.

— Allons donc, lui dit-il d'une voix brusquement douce, ne vas-tu pas pleurer maintenant? Tiens, mon pauvre Moricaud, c'est moi qui ai tort. Allons laisse donc ma main !

En lui retirant sa main, qu'elle baisait en cachette, Charles s'inclina vers elle, ses lèvres touchèrent le front

de l'enfant, et il la sentit frémir sous ce contact. Pauvre
fille! pensa-t-il, si jeune encore et si sensible déjà... puis
si laide et si pauvre... quel avenir, mon dieu! quel avenir!

C'était là une vraie réflexion philosophique, mais on ne
philosophe pas longtemps quand on est pris par certain
côté, et, en dépit de sa petite pointe de maussaderie, Charles se rappela qu'*elle* était dans la chambre verte, et *il* y
alla tout doucement, dissimulant, circulairement, regardant d'un autre côté et comme par hasard; l'amour est un
gaillard bien adroit.

Il était plus que vrai qu'*elle* était dans la chambre verte, car
elles y étaient fort bien toutes deux. Assise et obliquement
appuyée sur sa chaise, Paul-Émilie décelait par sa pose
arrangée qu'elle était là depuis quelque temps, et qu'elle
se disposait à y rester encore. Le regard dirigé vers la fenêtre, elle se laissait aller à une rêverie vague en face des
côteaux assez peu poétiques de Bagnolet et de Montreuil.
Mais Pélisson aimait bien une araignée, et telle fille de
dix huit à vingt ans se laissera rêver jusqu'aux larmes mé-
lancoliques devant la boutique d'un cordonnier ou un vieux
mur en plâtras. Paul-Émilie rêvait donc, et pendant que
les derniers reflets du soir jetaient quelques tons dorés sur
les boucles pendantes de sa blonde chevelure, Camille, qui
s'était brusquement assise, ne paraissait songer qu'à reprendre haleine. Le coloris de ses joues, le rouge vif de ses
lèvres un peu grosses, mais bien bordées, les tons roses
de son cou et de cette partie de la gorge que la décence
actuelle autorise à montrer, plus que tout l'éclair scintil-

lant de ses yeux et le mouvement pressé de son sein, tout témoignait de l'exercice qu'elle venait de prendre et du plaisir qu'elle en avait ressenti.

Comme elle ne se réfugiait pas dans cet asyle pour causer, Camille n'avait pas encore dit un mot à sa sœur quand Charles entra.

Jusqu'ici la descendante d'Angéli avait peu remarqué M. Grandmaison, parce qu'en effet il ne lui était pas apparu sous un aspect très remarquable. Un peu sans gêne, presque négligé dans sa toilette et relâché dans sa tenue, il passait inaperçu dans la foule. Ce jour-là il était en toilette, et le regard satisfait de Camille, en se reposant sur lui, disait : « Il est vraiment bien ! »

D'un âge qui variait, selon l'occasion, entre trente-cinq ans et trente-huit, Charles Grandmaison avait conservé de sa jeunesse une grande souplesse de mouvements et une certaine fraîcheur dans la voix. Son visage trahissait bien un peu les années, mais, quand il s'animait, son regard, sans trop perdre de sa douceur, acquérait une grande puissance. Haut de stature et vigoureusement taillé, Charles portait la tête un peu haute peut-être, mais comme toute sa désinvolture était flexible et pliante, on ne s'apercevait pas de cette légère imperfection dans les moments ordinaires ; dans les instants exceptionnels où tout homme pose, cela devenait une remarquable qualité. Au total, M. Charles n'était plus ce qu'on appelle un charmant cavalier, mais pour un mari il présentait un de ces types dont toute femme est fière. Ainsi jugea Camille, car derrière le dernier feuillet de son cœur se grava cette phrase : « S'il me demandait, je l'accepterais. »

Ce n'était pas à Camille que Charles avait pensé d'abord, c'était à sa sœur, dont la beauté plus poétique, le caractère plus doux et plus rêveur, lui promettait un bonheur moins ardent mais plus intime : il la voyait sa femme, la mère de ses enfants ; cette idée lui avait souri, et comme à son âge on peut se décider, il s'était décidé à en faire la demande le soir même, et il venait dans la chambre verte tout simplement pour solliciter l'autorisation nécessaire, comme cela se fait dans toutes les familles civilisées. Mais l'homme vers la quarantaine est rarement assez amoureux pour perdre le sang-froid et la réflexion. Le matin il eût encore vu Paul-Emilie cent fois plus belle que sa sœur ; à ce moment, — effet du dîner et du bal, — il appréciait merveilleusement la beauté plus caractérisée, plus positive, plus physique en quelque sorte, de Camille. Celle-ci, du reste, était là dans toute sa splendeur. Frappé d'une idée subite, Charles, en homme prudent, commença par...... se taire.

« Le mot que tu prononces est ton maître, celui que tu retiens est ton esclave. » Bonne et sage maxime, en conséquence de laquelle M. Grandmaison le jeune résolut de remettre sa demande au lendemain. Quand on a bien attendu une vingtaine d'années, se dit-il, on attendra bien une journée encore, et je verrai... peut-être..., enfin nous verrons. En raison de tout quoi il en resta avec les deux sœurs aux simples formes de la politesse.

Quand un homme d'esprit a pris parti de n'être pas ai-

mable et renonce à toute prétention, il a presque toujours
du succès. La liberté d'esprit que lui donne son renonce-
ment tourne en sa faveur, et c'est alors qu'il est dangereux. Une conversation s'engagea à trois, et, malgré les efforts des deux dames, Charles eut toujours l'avantage. Il
ne s'était jamais senti autant de verve ; il fut d'une galanterie parfaite : de plus, il resta si bien dans les convenan-
ces, en voulant qu'aucune des sœurs ne donnât trop de
signification à ses politesses, qu'il manqua complètement
son but : chacune des deux se crut préférée, — car chacune, il faut bien le dire, se croyait préférable ; — d'ailleurs, depuis quelques jours, le célibataire avait manifesté
devant quelques amis le dessein de se marier, et le bruit
en avait transpiré jusque dans le gynécée de la famille
Poussetout.

On rentra au bal. Camille fut invitée la première.

—C'est pour lui donner le change, pensait Paul-Émilie.

—Preuve qu'il me préfère, pensait Camille.

M. Grandmaison fut galant et gracieux comme un mar-
quis de l'ancienne cour.

—Comme l'amour l'inspire ! pensait la brune aux yeux
noirs.

—Comme on a de l'aisance quand le cœur est libre,
pensait la blonde aux yeux bleus.

Après la contredanse en vint une autre. Paul-Émilie fut
invitée.

—Quel tact ! pensait Camille ; il veut la consoler.

— Quel savoir-vivre! pensait Paul-Émilie ; il ne veut pas que cette pauvre Camille s'y trompe.

A la troisième contredanse , ce fut la veuve d'Angéli qui fut invitée.

Décidément c'est officiel , pensèrent ensemble les deux sœurs. Il viendra demain en habit noir et en gants blancs.

Pendant les quadrilles, une espèce d'ombre glissait de temps à autre derrière les groupes ; c'était Florestine. De ses yeux perçants l'enfant dévorait chaque impression sur le visage de ces deux femmes, puis elle reposait ses yeux sur le visage animé de son bienfaiteur, et, sous l'éclair de joie qui lui scintillait aux yeux , un étrange sourire — triste et moqueur — lui contractait la lèvre supérieure. — Puis il fallut aller chercher des rafraîchissements. Pendant qu'elle était dans une pièce servant d'office , Paul-Émilie entra, quoi faire? Je n'en sais rien : les femmes ont toujours au besoin un cordon qui s'est dénoué. Sans faire semblant de la voir , la Négrillonne chantonnait :

> C'est à qui l'aura ,
> Larirette ;
> C'est à qui l'aura ,
> Larira.

La fille du négociant havrais parut piquée de cet insignifiant refrain, et, dardant de ses grands yeux bleus un regard cruellement scrutateur sur la pauvre Congo, elle lui dit d'une voix tranchante comme la lame d'un poignard :

3

— Qu'est-ce que c'est que cette chanson ?

Mais la Moricaude, la regardant d'un air surpris et presque hébété, lui répondit du ton le plus simple : — Je ne sais pas, madame, je luronne comme cela sans y faire attention. Paul-Émilie lui attacha aux yeux un dernier regard qui semblait dire : Ne me trompes-tu pas ? Mais la fillette, retournant insouciamment à ses plateaux, sembla ne se douter de rien, et marmotta entre ses dents :

> Ta, ta, ta, ta, ta,
> Je suis la plus belle !
> Ta, ta, ta, ta, ta,
> Il me laisse là.

Décidément, pensait Paul-Émilie, cette négrette me fait l'effet d'un oiseau de mauvais augure.

Un bon menteur, dit-on, finit par croire à ce qu'il invente. La foule est un peu dans ce cas-là. Charles Grandmaison avait, nous l'avons dit, manifesté à quelques amis l'intention d'*en finir*. Ses amis avaient des femmes, et ces femmes des commères. De causeries en causeries, on était arrivé à conclure que le mariage allait incessamment se conclure entre le jeune Grandmaison et la jeune d'Angéli. Pourquoi la jeune et non pas l'aînée ? les plus habiles probablement n'auraient pas pu le dire, mais c'était comme cela : la jeune et non pas l'aînée. La rumeur, avons-nous dit encore, en était venue aux oreilles des parties intéressées, et sans en rien dire à personne — elle n'était guère expansive — Paul-Émilie s'était accoutumée depuis quelques jours à regarder le célibataire comme son futur époux , et si elle s'était si fort émue à la brusque agression de Camille , ce n'était pas l'émoi d'une pudeur surprise , mais le dépit d'un amour deviné.

Quand les trois dames reprirent le chemin de la gentille maison au palis vert , chacune d'elles était heureuse d'une joie intime qu'elle cachait égoïstement comme un voleur cache un trésor trouvé. — Ce sera bientôt , pensait la dame blonde , et son cœur battait. — Cela vexera ma sœur, mais ma foi tant pis , elle n'en manquera pas d'autres , pensait Camille , et son cœur battait aussi. — Enfin je vais marier une de mes filles , pensait la veuve d'Angéli , et le cœur lui battait plus fort qu'à tout le monde.

— En vérité , en vérité! une belle heure pour revenir ! grommela la maman d'une voix à laquelle la colère donnait le timbre d'une cloche fêlée , une belle heure ! il va être minuit!

Mais on était trop content pour écouter ses jérémiades ; on alla se coucher sans lui répondre , chacune attendant la visite du lendemain. Il en résulta que la mère Laroche, ne sachant qui quereller , vida le reste de sa colère sur la vierge Marie, qu'elle bataillait déjà depuis trois heures; puis tout entra dans le repos à l'avenue du Bel-Air.

III.

Laquelle des deux.

Charles passa une bonne nuit, il ne dormit guère. Les nuits où l'on dort ne sont ni bonnes ni mauvaises; c'est du neutre.

Les deux frères s'en allaient bras dessus bras dessous. Le bonheur rend expansif, comme toutes les autres affections quand elles sont trop vives. Un vase ne déborde que quand il est trop plein. — Les deux frères causèrent.

— Décidément, Jacques, il faut en finir.

— Marche en avant, si tu es si pressé.

— Oui, c'est un parti pris, je me mets la main sur les yeux et je franchis le Rubicon sans regarder en arrière.

— Que le Ciel le protége!

— Eh! mon Dieu! ce n'est pas si monstre peut-être ce mariage, et toi-même, l'autre jour, tu n'en étais pas si éloigné!

— Sérieusement, Charles, je n'essaie pas de te retenir sur la pente; tu peux avoir raison, et ta future a certainement des qualités.

— Oui, c'est vrai, mais c'est que...

— C'est que...?

— C'est que, vois tu... ce n'est pas elle.

— Comment cela?

— Non, ce n'est plus elle.

— Ah çà! me parles-tu chinois? as-tu envie que je ne te comprenne pas? ressembles-tu à notre bon curé quand il nous souffle à la face son latin de cuisine, *latinum cuisinæ?*

— Je t'avais, tu sais bien, parlé de la jeune... la blonde...

— Tiens! tiens! ce miracle des roses! déjà tu ne sais plus son nom. Mon très estimable Charles, tu m'en avais parlé, et tu en avais parlé à pas mal de personnes; et il me semble qu'avant-hier encore c'était tout exprès pour elle que tu nous as fait ménager la soirée d'aujourd'hui.

— C'est que, vois-tu, j'ai réfléchi.

— Cela se voit quelquefois. En conséquence de quoi?...

— Camille est mieux, beaucoup mieux!

— Cela dépend des goûts.

— Non, sérieusement, Camille est mieux, infiniment mieux. Elle est plus grande que sa sœur.

— C'était le défaut que tu lui remarquais l'autre jour.

— Non, à bien le prendre, cela produit meilleur effet.

— Je vois que tu le prends bien.

— Ah! et puis elle est brune.

— L'autre jour tu raffolais des blondes.

— Les goûts changent quelquefois.

— Comment? mais c'était ce matin.

— Non, vraiment ; j'ai réfléchi.

— Il appelle cela des réflexions.

— Non, tiens! tout compte fait, j'aime mieux Camille que sa sœur.

— Ta phrase les juge. La pauvre Paul-Émilie n'est plus que *la sœur* de Camille. Au résumé, c'est pour toi que tu te maries; seulement, on pourrait te faire un reproche.

— Et quoi ?

— Tu peux changer d'humeur et de penchant à ta fantaisie : use et abuse. Mais cela devrait se passer dans l'asyle de ta conscience, ou au moins entre nous deux. Tu as trop manifesté tes préférences auparavant.

— Crois-tu qu'*elle* me tienne rigueur pour cela?

A cette interrogation, Jacques s'arrêta brusquement et regarda son frère bien en face, pendant un instant.

— Décidément, mon pauvre frère, te voilà pris. C'est sérieux, c'est grave, très grave même! Comment! nous en sommes au pronom amoureux? elle se nomme déjà *elle?* comment! c'est à *elle*, à *elle* seulement que tu songes quand je te dis que tu t'es un peu trop avancé vis-à-vis de sa sœur ! j'ai dit que c'était grave ; non, c'est incurable.

— Eh! mon Dieu, dit Charles un peu contrarié, quel reproche peut me faire Paul-Émilie? que lui ai-je dit, après tout? des propos en l'air, des mots de galanterie banale, de politesse civilisée, monnaie courante qui ne vaut que ce qu'on veut.

— Ecoute et parlons raison. Maintenant que nous voici
arrivés, tu vas te coucher et moi aussi. Demain viendra, Paul-Emilie ne te fera pas le plus petit reproche; elle
n'en a pas le droit *rigoureux*, je le sais comme toi. C'est ce
que disent toutes les personnes qui voudraient concilier les
douceurs du caprice avec l'honneur d'une grande loyauté.
Eût-elle des motifs pour se plaindre, tu sais qu'elle est
trop fière pour cela. Elle te laissera marier, et sera à ta
noce, mais son sourire sera triste, car elle est blessée au
cœur. Tu m'accordes un certain coup d'œil, voilà ce que
j'ai vu. Cette jeune fille est aimante et surtout impressionnable; d'autant plus qu'elle se révèle peu; chez elle le feu
couve, mais il brûle. Elle s'était fait une douce idée d'être
ta femme. Quoique tu aies quatorze ans au moins de plus
qu'elle, tu lui as plu. Elle s'était endormie dans ce doux
penser de recevoir bientôt de tes mains la couronne blanche, et tu vas la réveiller d'un douloureux réveil. Je ne te
dis pas cela pour t'entraîner dans une voie plutôt que dans
une autre. Tu te maries pour toi, et, en définitive, si tu n'é-
tais pas heureux, ta compagne ne pourrait pas être heureuse. Ce que je te demande, c'est de réfléchir bien sérieusement; car il s'agit de toute la vie.

— Ah bah! tu exagères toujours; je te dis qu'il n'en
sera rien du côté de Paul Émilie et j'épouserai sa sœur,—si
elle me veut, bien entendu.— Adieu, bonsoir.

L'Aurore aux doigts de rose, sous les traits de la Négrillonne, avait ouvert non les portes de l'Orient — lequel
n'a qu'une immense fenêtre, — mais les portes de la mai-

son Jubineau, et Charles ne se levait pas. L'effet combiné de l'amour et du café l'avait tenu éveillé une partie de la nuit, et sur le frais de l'aube il s'était endormi. Dix fois Jacques avait parcouru le jardin en tout sens, faisant une guerre d'extermination aux petits colimaçons et aux mauvaises herbes, et Charles ne paraissait pas. Pendant que les Grandmaison étaient à la campagne, Florestine avait obtenu comme faveur précieuse de leur faire le café tous les matins. Le café à *ces messieurs!!!* Elle, la pauvre Moricaude, devenir, chaque jour, pendant une heure, femme de ménage, femme de charge, femme de confiance, presque maîtresse de maison, et de qui? de *lui* et de son frère! Oh! la reine de France ne lui montait pas au genou, elle prenait en pitié les anges du paradis. Florestine avait fait le café tout lentement, pour que Charles arrivât bien à point, et Charles ne descendait pas. Inquiète et n'y tenant plus, l'enfant monte à la chambre de son protecteur. Comment faisait-elle? elle avait des pates de chat ou marchait sur les mains; on n'entendait d'elle que son cœur qui palpitait. Charles était là étendu, tout de travers, l'oreiller de çà, l'édredon de là, le lit en omelette frisée; il dormait du sommeil du juste — quand le juste dort bien. — Pendant de longues minutes l'enfant le regarda, puis le regarda encore. Une main était jetée là à l'abandon. Une pensée vint à l'enfant, pensée fugitive d'abord, mais qui se fixa peu à peu, prit une forme, grandit, envahit toute son âme, la fascinant comme le serpent fascine l'oiseau. Elle voulait baiser cette main. S'approchant donc à pas suspen-

dus, elle inclina bien doucement sa tête avec la grâce mutine d'un enfant qui *veut* quelque chose, et cueillit de la
pointe de ses lèvres un baiser qui dut paraître au dormeur
comme le contact d'une mouche. Il fit un mouvement, cependant. Florestine effrayée resta immobile et tous les nerfs
tendus, comme les dormeurs de *la Belle au bois*. Mais ce
ne fut rien, et le sommeil reprit sa profondeur.

Qui sait s'arrêter en ce monde? C'était avec un étrange
sentiment de respect presque adorateur, puis je ne sais
quelle indicible convoitise, que Florestine reposait ses regards sur les yeux fermés de Charles, sur son front si
puissamment coupé, sur les boucles de son épaisse chevelure. Un désir la mordit au cœur, mais un de ces désirs qui
vous minent la poitrine quand on ne les satisfait pas.

—Oh! que j'ai d'envie de l'embrasser! Si je m'approchais
bien doucement, bien doucement, il ne se réveillerait peut-
être pas!

Et Florestine regarde vers la porte; personne. Elle tend
tous ses nerfs auditifs; rien. Jacques est encore au jardin;
elle est seule. Oh, comme le sang lui fouette dans les artères! comme elle tremble! Ses yeux se voilent, ses oreilles
bourdonnent, ses genoux chancellent; la peur la fait frémir jusqu'aux cheveux, et pourtant elle approche son visage du visage de cet homme qui l'attire en dormant. Elle
entend couler son haleine, elle l'aspire, la prudence l'a-
bandonne, sa tête se trouble, et elle appuie vivement ses
lèvres sur les lèvres du dormeur! Pauvre enfant qui croit
commettre un crime!

— Qui est-là ? dit-il en se tordant et avec cette voix brutale et maussade qui est le privilége des mal-réveillés. Que le diable t'emporte, va !

Le diable n'eut pas cette peine. Florestine, effrayée de son audace, avait *jailli* par la porte comme l'oiseau que l'enfant poursuit ; elle s'était littéralement lancée dans l'escalier, au risque de se rompre les os. C'est presque en roulant qu'elle arrive aux dernières marches.

— Qu'as-tu donc ? dit au bruit Jacques qui entrait.

— Ce n'est rien, dit l'enfant, qui, tout excoriée, souffrait en âme damnée. Je voulais aller voir si M. Charles était réveillé, et j'ai fait un faux pas.

Florestine commençait déjà à mentir, et pourtant elle n'avait encore que treize ans !

Charles, qui ne s'était aperçu de rien, se leva, pensant à la veille, pensant au lendemain. De moment en moment, il allait plus lentement. On déjeuna pourtant, mais on parla de choses indifférentes. Midi se passe, et l'on flâne ; une heure vient, on flâne encore ; puis deux heures, puis trois. Charles était sur les épines, cela se voyait ; enfin il fait un effort et attaque le premier la matière.

— Décidément, Jacques, j'ai réfléchi.

— Tu me l'avais déjà dit.

— Non, mais tu pourrais avoir raison. Je me suis un peu avancé avec Paul-Émilie, et en somme elle vaut sa sœur ; elle a moins d'éclat, mais elle est plus mignonne et plus gracieuse ; l'autre me semble un peu hommasse.

— Mais hier...

—Eh bien , oui... Mais , encore une fois , j'ai réfléchi. Vois-tu , la probité avant tout.

— Pourtant, ne te marie pas par point d'honneur et n'épouse jamais une femme par charité.

— Non vraiment ! Je ne sais où j'avais les yeux hier. Décidément , Paul-Émilie est bien plus distinguée que sa sœur ; elle a plus d'esprit et je la crois plus aimante.

— Allons, dit Jacques en riant, je suis heureux de te voir rentré dans la bonne voie. En ami, je te le dis, je pense que ton bonheur est attaché à ce choix.

Raffermi dans sa dernière réflexion, Charles se hâta, — à la manière de Boileau, de se mettre en toilette, — et alla, à pas lents , vers la maisonnette aux palis verts. Ces dames venaient de se mettre à table ; elles avaient presque désespéré. A son arrivée, l'effet fut dramatique. Le blanc visage de la blonde à la peau diaphane devint du rose le plus vif ; Paul-Émilie baissa les yeux , elle tremblait d'émotion. Camille, plus démonstrative, fit un mouvement rapide, spontané , qu'elle ne réprima que trop tard ; un petit cri lui échappa. Quant à la vicomtesse , elle fit positivement cette inqualifiable exclamation :

— Ah ! enfin !

Puis elle se mordit les lèvres ; il y avait de quoi. Pourtant Charles ne l'avait pas entendue. Il y a des instants où l'on a des oreilles à la manière des idoles du Psalmiste.

Rien n'est sot et gênant comme une demande officielle. Je crois, m'aide Dieu ! que la première déclaration d'amour pose son homme moins à faux.

Après les vains et vagues compliments d'usage, Charles accepta de bonne grâce le dîner qui lui fut offert.

— C'est autant de gagné, pensait-il. Pendant qu'on mange, on n'est pas obligé de parler. Il mangea pendant une heure et demie. Depuis longtemps les trois dames le regardaient, immobiles et silencieuses, comme on pourrait regarder manger des boas au Jardin-des-Plantes. Charles s'aperçut enfin du ridicule de sa situation, il rompit brusquement son exercice masticatoire et se leva comme si un scorpion l'avait piqué. On passa au salon. Les dames, qui attendaient depuis trop longtemps, paraissaient décidées à en finir ; en conséquence, elles ne dirent positivement pas un seul mot. Il fallait rompre la glace. Charles avait la fièvre, les oreilles lui bourdonnaient. Il prononça une parole et crut avoir parlé à vide ; il ne s'était pas entendu. Enfin, faisant un effort désespéré, il parvint à organiser dans sa tête cette phrase sublime de niaiserie :

— Vous savez *sans doute*, madame, le but de ma visite auprès de vous aujourd'hui ?

— *Certainement*, monsieur...

De tous les adverbes de la langue française, c'était sans contredit le plus mal choisi, et cela prouve qu'il n'est pas indispensable d'être amoureux pour déraisonner.

Madame d'Angéli avait reçu sans sourire le *sans doute* de M. Grandmaison ; celui-ci essuya sans sourciller le *certainement* de madame d'Angéli : la casse vaut le séné.

— Depuis longtemps, madame, je m'étais formé le doux,

l'heureux espoir d'être un jour uni par des liens intimes à une aimable famille qui...

Charles s'arrêta tout à coup ; il commençait à entendre ses paroles et les trouvait empâtées et ampoulées. L'heureuse Sophie ne remarquait pas cela ; le gendre désiré qui demande une fille est beau comme Apollon et éloquent comme Mercure.

— Certainement, monsieur, c'est un grand honneur pour nous de pouvoir penser que vous nous faites l'honneur de penser...

— Ouf ! se dit Charles , elle est encore plus empâtée que moi.

Il jeta un coup d'œil sur Paul-Émilie ; elle rougissait en baissant la tête et se mordant les lèvres. Camille lui lançait des éclairs de ses yeux noirs. Il reprit d'un ton dégagé :

— L'indépendance du jeune homme a des charmes ; mais on se lasse bien vite de cette liberté qui laisse le cœur vide. Il vient un moment où l'on a besoin de se reposer l'âme dans les douces affections de la famille. Depuis quelque temps déjà je sens vivement l'ennui de cette existence qui me pèse , et.. — Bon ! pensait-il , je tourne à l'impertinence, cachons cela. — Si *l'une* de vos demoiselles ne craignait pas trop d'associer sa vie à un vieux célibataire comme moi, je tâcherais de payer , à force d'égards, de soins et d'amour , le sacrifice que l'on ferait pour moi.

La fin de cette phrase , vaillamment lancée, prouve que l'amoureux était tout-à-fait remis. Madame Sophie prit aussi un peu de verve dans la verve de son interlocuteur, et, se méprenant sur la signification du mot *l'une*, elle lui répondit avec un ton de franche bonhomie :

— Devant vous , monsieur , je ne veux rien dissimuler. Vous nous offrez un parti acceptable sous tous les rapports, et, laissant de côté toute étiquette , je vous dirai franchement...

— Maman! interrompit Camille.

Paul-Émilie ne lança qu'un regard.

— Eh ! mon Dieu ! laissez-moi dire. A quoi sert de faire des façons quand le cœur n'y est pas? Eh bien ! oui, monsieur Charles, elles ne demandent pas mieux , et vous pouvez choisir.

— Au fait , pensait Charles , il serait encore temps. Décidément la brune est mieux... Oh ! non...non !... Mais si, en définitive.

— Eh bien, M. Charles, à quoi pensez-vous ?

Mais, à un mouvement de Paul-Émilie, tout le monde tourna les yeux de son côté. La pauvre jeune fille était pâle jusqu'aux lèvres. L'hésitation de Charles, que seule elle avait devinée, lui faisait froid au cœur. Elle se leva en chancelant.

— Où vas-tu , Lilie? As-tu quelque chose ? dit Sophie avec cette tendresse brutale qui déchire en caressant. Est-ce que tu te trouves mal?

— L'indignation rendit quelque énergie à la jeune fille, le sang lui revint aux joues. — Je n'ai rien , répondit-elle d'une voie émue, mais avec un accent de mécontentement, je vais rentrer dans une minute. Elle sortit.

— Au fait, j'aime autant qu'elle nous laisse un instant.
Il m'a semblé que sa présence vous gênait, car, —ajouta-
t-elle avec un air finaud, — j'ai cru voir hier que ce n'é-
tait pas elle que...—D'ailleurs Camille m'avait parlé...

— Oh! maman, maman, dit Camille, pourpre de dépit.
Mais la balle était lancée.

Eh! allons donc, ne vas-tu pas faire la précieuse avec
nous? Quand tu m'aurais dit que tu l'aimerais bien, voyez
le grand mal.

— Au fait, pensa Charles, puisqu'elle m'aimerait... Décidément, elle est mieux que sa sœur; les brunes se conservent beaucoup mieux que les blondes. — Madame,
certes, en choisissant entre deux aussi aimables personnes,
on ne peut guère risquer d'avoir le mauvais lot; mais je
conviens que...

— J'en étais sûr. Eh bien, mes enfants, c'est une affaire arrangée. Nous n'avons rien dit des intérêts, mais...
eh! bien, tu te lèves, Camille?

—Maman, c'est que je pense à ma sœur, qui ne revient
pas.

— C'est bien, ma fille, et puis, je devine, tu ne veux
pas... oui, tu as raison, c'est plus convenable.—C'est que,
voyez-vous, M. Charles, ma fille est sensible et délicate autant qu'on peut l'être. Elle ne m'a jamais voulu parler de
dot.

Il nous faut ici placer une parenthèse. Ce n'était pas
sans raison que madame d'Angéli poussait au mariage de
son aînée. Camille avait le nom le plus beau, mais sa for-

tune était moins considérable que celle de sa sœur. Elle se serait même bornée à zéro, si le négociant du Havre n'y avait mis ordre, en partageant presque également sa fortune entre sa fille et sa belle-fille, au moment où il s'était retiré des affaires. Mais, depuis ce moment jusqu'à sa mort, on avait encore économisé dans la maison, et, d'après le contrat de mariage, l'économie avait profité à la jeune ; si bien que c'était à elle notamment qu'appartenait la maison aux palis verts, achetée depuis quelque temps. Ainsi, par la triple raison que Camille était l'aînée, qu'elle était la moins dotée, et qu'on pouvait la marier sans quitter le petit pavillon blanc, madame Sophie d'Angéli était en paradis de l'avoir colloquée au jeune Grandmaison.

— C'est que, monsieur, ma fille n'a *peut-être* pas une fortune égale à la vôtre, elle n'est pas aussi *avantagée* que sa sœur. — Je n'ai pas pensé à vous en prévenir. Mais je suis toute disposée à vous rendre votre parole dans le cas où, comme de juste...

— Comment ! interrompit Charles, piqué au vif, est-ce que je viens conclure un marché ? Dieu merci, je n'attends pas après une dot pour vivre, et je puis me marier à ma fantaisie.

— Vous savez bien, M. Charles, que je n'ai pas voulu vous offenser. J'ai cru devoir... mais, du moment que cela vous blesse, n'en parlons plus. Cependant ma fille n'est pas une mendiante ; feu mon pauvre dernier disait toujours : Eh bien ! elles auront chacune près d'une centaine de mille francs, et cela aide à vivre. Mais il travaillait toujours, ce pauvre ami ; il a fait quelques bonnes spéculations, tout en pêchant à la ligne, et la part de la jeune a plus que doublé. Mais, interrompit-elle vivement, ce n'est pas cela qui fait le bonheur, vous avez raison. Au contrat, c'est cinquante mille francs écus, c'est toujours bon à quelque chose.

— Encore une fois, madame, laissons cela...

— Maman ! maman ! viens donc vite, je ne sais pas ce qu'a ma sœur, elle est *dans tous les états*.

Avec le tact qui la distinguait, Sophie n'eut rien de plus pressé que d'entraîner M. Grandmaison avec elle dans la chambre des deux sœurs : elles n'en avaient jamais voulu qu'une. Paul-Émilie était dans une situation effrayante; renversée sur son lit, elle s'agittait en proie à des convulsions, et le désordre *répandu* autour d'elle témoignait du danger des émotions vives au sortir de la table. La face livide, les lèvres bleues, le regard affreusement fixe, la pauvre enfant semblait n'avoir plus conscience de sa souffrance ! A la voix de Charles, elle tressaillit, et un soubresaut convulsif fut suivi de larmes abondantes qui parurent la soulager un peu. — Maman, dit-elle d'une voix éteinte, et en désignant l'étranger d'un regard, pourquoi fais-tu cela?

— Mon Dieu, ma pauvre Lilie ! dit sa mère en l'embrassant avec larmes, ne t'inquiète donc pas, ne sait-on pas ce que c'est d'être malade, et M. Charles n'est-il pas bientôt de la famille?

Il n'y a pas de plume qui puisse rendre l'expression de tristesse et de découragement qui se peignit sur les traits pâlis de la jeune fille.

— Rien, pensait-elle, rien au monde elle ne le comprendra !— Puis, faisant un de ces efforts suprêmes dont on ne se croit capable qu'en face de la mort, elle tendit la main à Charles, et lui dit d'une voix qui venait mourir dans son oreille attentive : Soyez heureux, bien heureux avec elle, et si je venais à mourir, pensez quelquefois à moi.

Charles pouvait être un peu original avec ses hésitations, mais il n'était ni sans esprit ni sans cœur ; il comprit tout dans une inflexion de voix, dans un regard. Un mot, un mot décisif fut pour jaillir de ses lèvres, mais une pensée, pensée de lâche, lui serra la gorge : il eut peur qu'on ne lui soupçonnât de l'avarice. Il voulut paraître grand, et par vanité il sacrifia le bonheur de Paul-Émilie et le sien. Les qualités prises à contre-sens sont pires que les vices. Mais il était frappé douloureusement dans une fibre bien sensible du cœur, et quand il rentra au pavillon il avait les yeux gonflés.

— J'avais prévu cela, dit Jacques.

— Mon pauvre ami, comment faire ?

— Je n'en sais rien.

— J'ai envie de me dédire.

— Fou ! mais tu ne connais donc rien au cœur humain ! Tu ne sais donc pas que cette femme mourrait maintenant plutôt que de faire un pas vers toi ? Tu l'as sacrifiée, et tu aurais l'air de l'épouser par compassion ! Si tu as ton orgueil, pense qu'elle a aussi le sien !

— Mais que devenir ? Tiens, Jacques, je crois que c'est une crise d'un moment.

— Mon frère, tu n'observes guère. Je connais Émilie mieux que toi : elle en mourra, et sans faire entendre une plainte.

— Il n'y a donc aucun remède ? C'est à désespérer de sa vie.

— Peut-être. Tiens, j'y vais songer.

— Oh ! mon bon Jacques, je te devrai la vie.

— Nous verrons, nous verrons.

IV.

Mariage de raison.

Les hommes ont parfois d'étranges lâchetés... Le lendemain de la demande en mariage Charles Grandmaison parvint à se persuader qu'il avait affaire à Paris. En conséquence, après de longues hésitations, il manifesta à son
frère l'intention d'aller voir quelques personnes auxquelles
il avait affaire. Jacques sourit d'un air amical et moqueur
tout à la fois, et lui conseilla de ne revenir que le surlende-
main. Charles le prit au mot. Il était désolé de la peine
qu'il avait causée à Paul-Emilie, et ne se sentait pas la force
d'être le témoin de cette muette douleur. On appelle cela,
je crois, être sensible.

A peine Charles avait-il disparu dans le petit vallon de
l'avenue du Bel-Air, allant à pas pressés vers les deux
grands chandeliers en pierre qui marquent l'entrée de

la moderne Babylone, que Florestine revint tout essoufflée.

— M. Charles est-il ici?

— Non, M. Charles n'est pas ici ; il n'y a que M. Jacques.

— C'est que madame d'Angéli voudrait bien le voir.

— Bah ! déjà?

— Oui monsieur. Vous ne savez pas, mon bon monsieur
Jacques? continua la Négrillonne en prenant un air entendu;
il paraît que mademoiselle Paul-Emilie est bien mal. Sa
mère a passé la nuit à côté d'elle, et elle a pleuré. Sa fille
a eu une fièvre affreuse, et a été dans le transport toute la
nuit; ce matin, elle est calme. Quand je suis arrivée et
que j'ai dit que je venais de votre part, elle m'a fait entrer
et asseoir à côté d'elle. Elle était tranquille, mais bien
pâle, bien pâle. Elle m'a dit qu'elle se trouvait bien mieux
et qu'elle serait bientôt guérie. Mais elle me disait cela en
souriant d'une façon si triste, que cela m'a fait pleurer.
Elle m'a essuyé les larmes tout doucement avec sa main et
m'a embrassée, puis elle m'a dit :

Adieu, ma fille, j'ai besoin de repos. — En effet, elle
devenait encore plus pâle. — Dis à messieurs Grandmaison
que je les remercie, mais qu'il est inutile de s'occuper ainsi
de moi. J'irai leur porter mes remercîments quand je serai rétablie.—Alors elle m'a fait signe de m'en aller parce
qu'elle ne pouvait plus parler. Madame d'Angéli m'a suivie,
et m'a dit de vous prier de venir la voir; elle ne fait que
pleurer. Mademoiselle ne veut pas entendre parler de
médecin, elle compte que vous pourrez la décider.

— Il me semble, ma petite Moricaude, que tu fais mal ta commission : est-ce que c'est bien *moi* qu'on demande?

— Dame, dit Florestine en balbutiant, elle demande M. Grandmaison.

— C'est bien, c'est très bien, ma petite taupe, va vite chez ta grasse maîtresse de maman Jubineau. Je penserai à ce que tu m'as dit.

La situation relative des trois membres marquants de la famille d'Angéli était quelque peu fausse. Sophie aimait bien ses deux enfants, et certes c'était pour elle un douloureux crève-cœur de voir sa pauvre blonde sur un lit d'agonie. L'hésitation de Charles ne lui avait pas échappé, encore qu'elle ne fût pas très perspicace ; mais elle avait cru bien faire, encore une fois, en *poussant* au mariage de l'aînée. *Ab jove principium....* à tout seigneur tout honneur, et, pour en finir avec les proverbes, les jeunes ne doivent venir qu'après les aînés. Mais elle ne prévoyait pas que les choses iraient de ce pas ni de ce côté : elle était effrayée de la marche des évènements, et n'osait envisager l'avenir le plus voisin. Camille voulait bien vexer un peu sa sœur, elle voulait encore mieux épouser un homme qui lui plaisait ; mais, en définitive, il lui souriait peu d'entrevoir la tombe de sa sœur comme autel d'hyménée. Fâchée et attendrie tout à la fois, elle aurait vingt fois cédé son futur, et se serait rabattue généreusement sur Joseph Pluchet, Anastase Rosier, Paul Mancel ou Jean-Louis Burdeau, qui tous l'avaient demandée et se trouvaient encore disponibles. Mais il était impossible d'aborder un sujet semblable avec Paul Emilie. La victime était dans une de ces situations où l'âme a la force de vouloir contre sa volonté. — Depuis qu'elle ne l'espérait plus, elle se sentait aimer Charles avec une grande violence, et cependant elle était fortement résolue à mourir cent fois plutôt que de l'accepter, fût-il à ses pieds. C'est que l'amour est souvent moins fort que la fierté. Paul-Emilie se laissait mourir, et trouvait dans la pensée de cette solution qu'elle croyait prochaine cette espèce de volupté amère qui fait sourire en glaçant le cœur. Sa mère et sa sœur étaient là à côté d'elle. Pas un mot n'était échangé, et ces trois femmes s'entendaient pourtant. Tout-à-coup la tête rouge de la Vierge Marie se glissa par la porte entrebâillée.

— Madame, voilà M. Grandmaison qui voudrait vous parler.

A ce nom, Paul-Emilie sentit le rouge remonter à son front et à ses joues d'albâtre; elle jeta sur sa mère un regard de douloureux reproche. Celle-ci, se renversant la tête, aperçut l'aîné des deux frères et répondit au regard de sa fille par ces mots prononcés avec intention :

— Tiens, ma fille, c'est M. Jacques, qui vient te voir.

Ce nom produisit son effet, et le visage de la jeune malade n'exprima plus, au travers de la souffrance et de la fatigue, qu'un sentiment de bienveillance polie.

La conversation fut quelques instants vague et flottante, puis, sans chercher d'autres ambages M. Grandmaison demanda à la mère et à la sœur un entretien particulier avec la malade; à cela il n'y avait rien à objecter, et un

instant après l'homme d'âge mûr était assis au chevet de
la jeune fille, et, docteur d'une nouvelle espèce, il attaquait
brusquement la blessure , pour y rappeler la vie en exci-
tant une réaction, si douloureuse dût-elle être.

— Ecoutez, mon enfant, — mon âge me donne le privilége de vous nommer ainsi ; — écoutez-moi bien , mais ne
me répondez pas, ne prononcez pas un mot, je saurai vous
deviner et vous répondre; ne vous fatiguez pas. Mon frère
a un bon cœur, mais il est étourdi, et c'est par étourderie
qu'il a mal agi avec vous... Oh ! enfant, enfant, calmez-
vous ! Votre œil étincelle , vous vous indignez à la pensée
que je viens vous plaindre. Votre fierté offensée se révolte
à l'idée d'être considérée comme une victime, d'être plainte ! Nest-ce pas? Je vois que j'ai deviné. Ecoutez patiemment quelques instants encore. Je sais mieux que lui, mieux
que vous peut-être ce que vous valez ; je sais que vous êtes
digne de mieux que mon frère, je le sais cent fois. C'est un
point bien arrêté. L'intérêt que je vous manifeste ne ressemble en rien à de la pitié : c'est l'intérêt d'un ami, d'un
sincère ami.

Paul-Emilie ne parla pas , mais, soulevant lentement sa
main , elle la laissa gracieusement reposer dans la main
puissante de l'homme qui eût pu être son père.

— Bien ! bien, cela ! Oui, nous sommes amis ; parlons
donc comme amis. Mon frère vous a blessée.

—Mons...

—Oh! écoutez toujours ! Il vous a blessée dans votre'
fierté en laissant s'accréditer le bruit d'une union qu'il n'é-

tait pas fortement résolu à conclure, enfin, — pourquoi ne prononcerais-je pas ce mot, moi, votre vieil ami, presque votre père,—il vous a blessée peut-être un peu dans votre amour. Allons, enfant, ne rougissez pas, l'amour c'est la richesse du cœur. A votre âge on a besoin d'aimer ; il s'est rencontré sur votre route, et c'est sur lui qu'est tombée cette belle fleur qui jaillissait de votre âme.

— Oh! monsieur...

— Patience, patience encore pour quelques mots. Vous avez été blessée, et peut-être, — oh! je vais toucher une corde bien délicate, mais pardonnez-moi pour la bonne intention, — peut-être n'avez-vous pas trouvé un ami, un ami comme vous étiez digne d'en avoir qui vous dît : Courage !

Jacques n'avait plus de peine à empêcher la malade de parler. Depuis un instant l'air de fierté indignée qu'elle avait sur le visage se fondait peu à peu comme une vapeur sous la brise fraîche. Elle regardait M. Grandmaison, et l'air de sympathique bienveillance qu'elle trouvait sur ce visage énergique et même un peu austère, les intonations adoucies de cette voix grave et émue lui faisaient du bien. Peu à peu elle se laissa rouler la tête au bord de son chevet, et Jacques sentit une larme bien chaude qui lui coulait sur la main.

— Pauvre enfant ! pauvre amie ! Oui, laisse-toi pleurer, cela fait du bien. Merci ! merci de ton émotion en ma présence : je me sens ton ami, et j'en suis bien heureux.

— Oh ! laisez-moi parler, je tâcherai d'être calme. Oui !

ils m'ont fait souffrir. Il faut bien que je l'avoue, vous devinez tout. Je l'aimais. Il est venu là, chez nous, il choisissait entre nous deux comme on le ferait entre deux maisons qu'on veut louer, entre deux étoffes dans une boutique; nous étions des choses! Humiliation! Comme j'aurais été heureuse si je l'avais vu me repousser avec dédain parce qu'il aurait été amoureux fou d'elle! Mais non, pour trois francs il m'aurait préférée... Puis cette sœur, qui avait un air insolemment triomphant! Pauvre triomphe! Et cette mère qui faisait des affaires. Elle m'avait l'air d'un maquignon vantant sa marchandise! Comme tout cela est ignoble ! Ils m'ont tous les trois marché sur le cœur!

— Pardonnez-leur...

— Que je leur pardonne! reprit Paul-Émilie avec un sourire triste et amer, que je leur pardonne! Mon Dieu! ils ne s'en sont pas seulement aperçus. Mais, voyez-vous, je m'ennuie dans cette vie. Je voudrais n'être plus.

— Douce et bonne amie, calmez-vous, ce moment passera! Comme je voudrais que le cœur d'un ami pût vous dédommager!

— Me dédommager!!! Eh! qu'ai-je perdu? Il ne m'aimait pas! je n'ai rien perdu; j'ai seulement espéré, parce que j'étais une enfant sans expérience. Maintenant si le Ciel ne veut pas que je meure, advienne de moi ce que pourra.

—Jeune et riche d'avenir, vous trouverez dans une union assortie...

— Moi, oh! je vous en prends à témoin : qu'il se présente quelque misérable, s'il est honnête homme, fût-il mendiant, bossu et manchot, je suis à lui. Il le faut bien, ajouta-t-elle avec un étrange sourire, je ne vaux pas davantage. Je ne demande à Dieu qu'une seule chose, c'est de pouvoir passer pour heureuse. Je ferai tant que j'y parviendrai.

— Allons, calme-toi, enfant, tu divagues.

— Non, en vérité, monsieur, je suis bien résolue. Cela vaut encore mieux que le suicide, et il me faut l'un ou l'autre.

— Si pourtant c'était vrai, si vous étiez résolue à épouser....

— N'importe qui.

— J'ai envie de vous mettre à l'épreuve.

— Essayez.

— Je connais un homme d'une moralité sans reproche.

— Je l'accepte. Me veut-il ?

— Il serait heureux de vous posséder.

— Monsieur Grandmaison, un service d'ami, puisque vous êtes mon ami. Dites à cet homme que je serai sa servante. Mais qu'il se hâte, j'ai besoin pour vivre de voir le jour où je sortirai d'ici.

— Mais s'il a peu de fortune ?

— J'en ai assez, moi. Il sera encore plus riche que l'époux de Camille.

— S'il est âgé ?

— Tant mieux.

— Je vous comprends. Alors, je ne dirai pas : s'il

est laid? vous répondriez encore : Tant mieux ! Eh bien, voyons si vous soutiendrez vaillamment l'épreuve. Cet homme..., c'est moi !

Paul-Émilie s'était un peu exaltée en parlant, et sa pâleur avait fait place à une teinte rosée. Elle redevint pâle comme un suaire, souleva vivement la tête par un mouvement automatique, et fixa ses regards immobiles sur Jacques, sans prononcer un seul mot.

— Eh bien, dit celui-ci, vous voilà terrifiée. Je vous disais bien, ajouta-t-il avec un accent mélancolique, que vous manqueriez de courage.

— Moi ! oh ! mais vous ne me comprenez pas ! Non, mon Dieu ! vous ne me comprenez pas ? Ecoutez, monsieur, vous êtes un honnête homme, incapable d'écraser sous votre pied une pauvre fille, bientôt mourante ; eh ! bien, jurez-moi, sur votre conscience, que vous me parlez sérieusement. Jurez-le moi.

— Avant tout, dit Jacques avec la tendresse d'une mère, avant tout, reposez-vous là bien calme, et ne me parlez plus. Oui, je parle bien sérieusement ; oui, je serai heureux que vous soyez mon épouse, et j'ajoute que vous serez heureuse aussi, car j'y mettrai de la bonne volonté.

— Monsieur, je voyais bien que vous ne vouliez pas me comprendre. Vous savez que je serais trop heureuse, et que si je souffre, c'est de ne pas avoir à vous offrir tout ce que vous méritez.

— Allons ! vous vous exaltez encore.

— Laissez-moi, cela fait du bien ; je n'étais malade qu'à

l'âme. Oui, je vous accepte, oui, je serai votre épouse, et votre épouse bien aimante. Eh! que pouvais-je, mon Dieu, demander davantage? Vous, au moins, vous ne venez pas comme lui... Mais tâchons de n'y plus penser. Mon ami, mon bon et généreux ami, donnez-moi votre main; là, scellons notre union devant Dieu.

—Voyons, madame Jacques, tais-toi; sois calme encore quelques jours.

— Oh! que cela fait de bien! Et Paul-Emilie imprime un baiser brûlant sur la main qui lui était abandonnée.

Jacques, perdant un instant la prudence calme qui lui était naturelle, s'inclina sur la jeune fille, et tous les deux confondirent un soupir dans un long baiser. Madame d'Angéli, ennuyée, entrait avec Camille.

—Ce n'est rien, maman, lui dit Paul-Emilie avec un sourire quasi moqueur, c'est M. Grandmaison qui vient me demander en mariage. Il parait que dans ce cas on a l'habitude d'embrasser les gens.

Madame d'Angéli était trop heureuse pour être sévère.

Quinze jours plus tard, deux mariages se célébraient à la basilique néo-grecque de Saint-Paul-Saint-Louis.

V.

Le commencement de la fin.

C'était un beau jour pour les familles Grandmaison et
d'Angéli. Le bonheur cinglait toutes voiles dehors et vent
en poupe. Comme ces deux époux avaient l'air comblés et
triomphants! comme ces deux femmes étaient jolies, comme
elles semblaient avoir à plein cœur cette tant douce féli-
cité de jeunes épousées qu'on appelle si longtemps de ses
rêves! Et pourtant cette joie solennelle et grave, ce con-
tentement officiel à grand renfort de papiers à signer, d'hommes à écharpes et d'hommes à surplis, a quelque chose de
sévère et quasi de lugubre. L'homme est noir comme un
croque-mort: porte-t-il le deuil de sa liberté? peut-être.
Pourquoi prend-on le même habit le jour qu'on épouse une
femme et le jour que cette femme meurt? l'usage est cruellement ironique et fait brutalement ressembler nos plaisirs à nos chagrins. Les femmes au moins ne sont qu'en
demi-deuil. En effet, elles perdent peu. Un homme était li-

bre dans la société, il s'enchaîne et s'efface; une jeune fille était cachée sous l'aile d'une mère vigilante et jalouse, elle entre dans le monde et marche dans la voie aux larges bords. Aussi les femmes aiment-elles le mariage!

Un observateur doué du coup d'œil de don Cléophas aurait vu ce *beau jour* plus sombre encore au dedans qu'au dehors. Pendant que chaque visage rayonnait de joie, chaque cœur était plus ou moins serré sous une pénible étreinte.

Près de Paul-Emilie, la douce blonde parée et radieuse, Charles en revenait à ses premières idées, et celle qui n'était pas à lui s'embellissait de son amour perdu et de son mariage avec un autre. Jacques, revenu au sang-froid, et peu à peu à l'égoïsme, à mesure que sa fiancée revenait à la santé, Jacques n'était pas sans regretter son célibat, auquel il s'était si bien accoutumé. Paul-Emilie faisait à peine mystère à son époux de sa passion mal éteinte pour ce frère qui lui échappait, et—toute femme de cœur nous croira— souffrait plus encore de se voir épousée, elle, jeune, riche et belle, un peu par générosité. Camille, la plus calme, remarquait la préoccupation de Charles, et aurait de bon cœur troqué avec sa sœur; le caractère plus posé, plus réfléchi de l'aîné lui plaisait d'autant plus que de ce côté elle-même laissait à désirer. Enfin, la jeune mère d'Angéli, contente de marier ses deux filles, aurait également souhaité le chassez-croisez: la jeune au jeune, et l'aînée à l'aîné. La mère Laroche grondait du désordre que ces fêtes occasionaient, et la pauvre Vierge-Marie versait des pleurs de tristesse à la pensée d'être maintenant des jours entiers sans avoir sa maligne Camille à la quereller. Une personne souffrait plus que toutes, c'était Florestine; la pauvre Négrillonne n'avait rien à dire, ne connaissait personne à qui se plaindre, ne savait peut-être pas même de quoi et pourquoi elle souffrait, et cependant elle était sous sa peau bistrée d'une pâleur cadavéreuse. Cette enfant rejetée et maladive avait une surexcitation nerveuse qui la mettait un peu en dehors de notre espèce. Semblable à certaines somnambules, elle avait comme une seconde vue. Telles étaient peut-être les Cassandres de l'antiquité.

Il nous faut maintenant franchir une année entière, et nous nous retrouverons dans la maison blanche aux palis verts. A son grand regret, la veuve d'Angéli a été obligée de vider les lieux, il a bien fallu rendre à César ce qui appartenait à César, et Paul-Emilie s'était posée en propriétaire. Une certaine froideur s'est glissée dans la famille des ex-pêcheurs. Madame d'Angéli, à force de vouloir faire de l'importance chez ses deux gendres, a fini par se faire éconduire, non par les hommes, qui ne l'écoutaient pas, mais par ses deux filles, qui croyaient le temps des complaisances passé. La veuve est allée demeurer à Conflans-Charenton pour s'amuser à voir passer les barques; c'est très gai, dit-elle. Camille et sa sœur n'ont pas eu besoin de se fâcher après le mariage, c'était chose faite d'avance. Restent les frères, que rien ne désunit encore.

Camille est mère, elle a un gros garçon de deux mois, pour lequel Charles a eu le premier grand crève-cœur.

Elle a refusé net de l'allaiter. Inutilement son mari a fait miroiter à ses yeux les vertus domestiques et le plus sacré des devoirs maternels, Camille prétend qu'elle veut dormir et qu'un enfant au sein lui tiraillerait affreusement la gorge. Elle voulait le mettre en nourrice quelque part, auprès de Forges, en Normandie-Cauchoise, avec l'enfant d'une de ses amies. Charles a dû s'insurger pour avoir une nourrice sur place. Camille a été forcée d'y consentir, mais avec une réserve in petto, c'est d'être l'été à la ville et l'hiver à la campagne : où l'enfant ne serait pas.

Jacques, moins heureux que son frère, se désole en face d'une infécondité que le docteur a déclarée *constitutionnelle*. Aussi n'espère-t-il rien de ce côté. Pour le consoler, sa femme essaie de lui faire envisager tout le bonheur qu'il y a à ne pas avoir les tracas du ménage, Jacques comprend de moins en moins ce bonheur-là.

Les deux frères sont à déjeûner seuls. La Moricaude, qui est parvenue à se glisser servante chez Camille, vient quelquefois à Saint-Mandé, et là emploie à prévenir les désirs de M. Charles tout le temps qu'elle ne dépense pas à le contempler dans une muette extase. Charles, que cela excède, vient de l'envoyer à Conflans demander à madame d'Angéli si sa mercière demeure au n° 57 ou au n° 59 de la rue Saint-Antoine.

— Dis tout ce que tu voudras, Charles, tu as tort. Tu laisses à ta femme une liberté quelque peu scandaleuse. Je ne dis pas qu'elle en abuse, je ne le crois pas, mais

5

enfin on en pourrait parler, si on ne l'a pas fait, et cela n'est pas bien.

— Eh! mon cher ami, laisse dire. Que veux-tu que j'y fasse et de quoi veux-tu que je m'effraie? de son moutard d'arrière-cousin, qui n'a pas seize ans et qui lui vient à l'épaule? de son médecin, qui a soixante ans et qui me dépasse de toute la tête? de son loustic de marchand d'acajou, qui a deux mètres et demi de circonférence? ou de son abbé Fortin, qui n'a que la peau sur les os? Allons donc! tu dois croire aux rêves et avoir peur des fantômes.

— Je t'ai déjà dit que je ne crois à rien, mais qu'un peu de prudence ne nuit pas. Son Julien Pardonneau n'est qu'un poupard ridicule, je le sais; elle s'en amuse, je le sais, mais elle s'en occupe trop. Le médecin Persières n'est plus jeune, mais il a du manége et sait flatter; avec cela on va loin. Ton négociant en placage n'est qu'une boule, mais il donne de bons dîners, que, par parenthèse, vous acceptez trop souvent. En attendant mieux, Camille apprécie trop le malaga; elle commence à distinguer au fumet le bordeaux du bourgogne; quand la femme en vient là, elle ne distinguera bientôt plus son mari du voisin. Enfin, c'est le pis, elle est trop dévote depuis quelque temps.

— Mon très cher ami Tantpis, tu prêches d'or, mais je n'ai qu'un mot à te répondre. Pendant que Camille joue au volant avec Pardonneau, qu'elle disserte maux de nerfs avec Persières, qu'elle rit des lazzis du gros Mouderon, ou écoute les prédications furibondes de l'abbé Fortin, elle me laisse tranquille et c'est autant de gagné.

— Tu prends les choses très philosophiquement.

— Moi? s'exclama Charles en poussant dans cette idée avec cette exagération de mauvais goût qu'ont souvent les maris, même devant leurs femmes. Moi! en vérité, je suis trop heureux. Voilà quatre hommes qui s'occupent de ma femme, et cela bénévolement, spontanément, gratuitement, sans me réclamer la moindre indemnité, et je ne serais pas reconnaissant! par la tête de tous les cerfs de France et d'Algérie!

— Mon ami Charles, tu dis des bêtises, et tu ne les dis pas d'une façon amusante.

— C'est évident, mais c'est ta faute, avec tes lubies. Sérieusement, je ne voudrais pas plus que toi être trompé par ma femme, montré au doigt par ses complices et honni par les voisins, mais le meilleur pour cela c'est de lui montrer une grande confiance et de lui laisser une entière liberté. Toute femme se pique au jeu; surveillez-la, elle vous trompe; traitez-la en femme d'honneur, elle ne voudra pas en avoir le démenti. Je n'ai jamais ni gêné ni surveillé Camille en rien, et je réponds d'elle sur mon âme. Je souhaite qu'il en soit de même de ta douce blonde.

— Moi, reprit lentement et d'une voix triste l'aîné des deux frères, je pourrais être plus heureux que je ne le suis. J'ai trop compté sur ce malheureux adage : « L'amour viendra. » Je crains qu'il ne vienne jamais. Cependant je n'ose dire que notre union soit malheureuse. Paul-Émilie est douce et bonne, elle paraît reconnaissante de mes soins et de mes égards, et nous traverserons la vie en bons amis. Mais au moins il y a une chose dont je suis sûr : c'est qu'elle ne me fera jamais rougir de lui avoir donné mon nom.

— C'est toujours là une bonne confiance, dit Charles avec un grain d'ironie : un joli rêve vaut mieux qu'une laide réalité.

— Mon cher Charles, je ne m'abuse pas. J'ai quarante ans dans quelques jours : ma femme n'est qu'un enfant auprès de moi. Je ne lui reproche pas sa froideur à mon égard, et ce n'est certes pas sur mes avantages que se fonde ma sécurité ; mais je crois Paul-Émilie réellement vertueuse ; elle est, tu le sais, sérieuse et fière. Il n'y aura jamais chez elle ni coquetterie ni dévergondage. Une faiblesse seule est à craindre. Car quelle femme n'a jamais failli, au moins en pensée ? Eh bien ! je la soutiens de ma surveillance et de mes soins. Je l'entoure, je l'occupe, je la laisse le moins possible livrée à la rêverie et à l'inoccupation. Je...

— Ah çà ! te voilà geôlier et sergent de ville.

— Mon frère, tu deviens intolérable.

— Pour toi peut-être, mais non à coup sûr pour ma femme ; tandis que j'ai grand'peur que tu ne le sois déjà pour la tienne.

— Nous verrons qui réussira le mieux.

— Je n'en sais rien, mais si nous étions trompés l'un et

l'autre, conviens au moins que c'est toi qui aurais pris le
vilain rôle ; moi, du moins, je ne remplis pas ma vie de
trouble et d'inquiétude, et je lui laisse tout l'odieux d'une
trahison que je n'aurai ni provoquée ni justifiée en rien.

— Et tu crois que les hommes sont toujours traités selon leur mérite ? c'est en général le contraire qui est la vérité.

— Écoute, toute ta philosophie matrimoniale m'ennuie.
J'ai ma méthode, tu as la tienne. Ajournons-nous à dix
ans ; nous verrons qui aura gagné la gageure.

— Avant dix ans tu auras changé de manière de voir.
En tout cas, je veux retourner à la maison. A demain soir,
chez toi ; c'est ta soirée, n'est-ce pas ?

— A demain soir, et cours vite ! ta femme a déjà peut-
être envoyé son âme à quelque nuage blanc qui a glissé
sous le bleu diaphane du brillant empyrée.

— Tu ne reviens pas avec moi ?

— Non vraiment ! Camille est à la maison, j'en profite
pour aller causer un peu chasse avec De Bellay, à Nogent !
— Hé, dis donc ! Moricaude !

— Me voilà ! monsieur Charles.

— Tu vas t'en aller avec mon frère, et tu diras à Camille
que si je ne suis pas rentré avant onze heures, je ne re-
viendrai que demain matin.

— Mon bon Charles, dit son frère, décidément tu joues
gros jeu.

— Mon bon *inspecteur*, je tiens le pari pour ton pavillon
que voici contre valeur égale.

— Allons, tu bats la campagne !

— Pas encore, mais j'y vais à l'instant. Hé ! hé ! Azor ! ici, Azor ! ici tout de suite ! Hé le coquin ! hé le pendard ! hé le scélérat ! comme il est content ! Ici, Azor !—Et Charles ne vivait plus que dans son beau chien ferme.

Jacques et Florentine se mirent en voyage pour traverser ce désert qu'on appelle vulgairement le haut du faubourg Saint-Antoine. Jacques, préoccupé, marchait vite ; l'enfant avait de la peine à le suivre.

— Voyons, ma petite puce, prends mon bras, tu marcheras mieux.

Après quelques façons, Florestine rayonnait au bras de M. Grandmaison.

— Dis-moi : es-tu toujours contente de ta galère? Mon frère ne doit pas te malmener, mais il me semble que Camille est un peu dure à servir.

— Oh! M. Charles est bon comme le bon Dieu. Madame est un peu plus *grecque*; pourtant elle n'est pas méchante au fond, et je serais heureuse si...

— Eh bien , *si* quoi? Tu t'arrêtes comme si tu venais de marcher sur un crapaud.

— Oh! dit l'enfant troublée, ce n'était rien ; je ne sais pas ce que je pensais.

— Mademoiselle la noirette, vous ne savez pas mentir; n'apprenez pas. Vous pensiez quelque chose que vous ne voulez pas dire.

— Je ne pensais rien, je vous jure !

— Ma petite mignonne, votre *jurement* est dégoûtant,

dit Jacques avec une inflexion de voix dont la sévérité fit rougir l'enfant jusqu'aux cheveux. Répondez-moi que vous ne voulez pas me le dire, mais ne me dites pas : Je ne pensais rien.

Florestine baissait la tête et ne répondait pas. Jacques s'inclina pour lui voir les yeux : deux larmes y étaient appendues.

— Petite sotte, lui dit-il avec douceur, pleure donc pour cela ! allons, console-toi, je ne te demanderai plus rien !

— Oh ! monsieur, répondit l'enfant en soulevant vers lui les rangées de longs cils qui ombrageaient ses grands yeux noirs, ce n'est pas à cause de vous que je pleure.

— Pour quoi donc ?

— Eh bien !.. c'est à cause de lui, dit-elle, ne pouvant plus se contenir.

— Parle-moi, ma petite enfant, dit Jacques en la recueillant tout entière tout près de lui. Tu sais que j'aime bien Charles ; tout ce qui l'intéresse me touche. Ouvre-moi tout ton cœur ; que voulais-tu dire ?

— Je sais bien, monsieur Jacques, que vous êtes un bon frère ; M. Charles parle souvent de vous et querelle quelquefois pour cela avec madame, car il vous aime bien aussi, et certainement il mérite un autre sort.

— Mais qu'y a-t-il donc ?

— Eh bien ! il y a qu'on le trompe, puisqu'il faut que je parle. Il y a que son faraud de cousin devrait être mis à la porte à coups de canne.

— Ne te trompes-tu point ?

— Si je ne me trompe point ! —Et, s'arrêtant court devant son interlocuteur, les yeux fixés sur ses yeux, Florestine semblait se transfigurer sous l'influence d'une pensée au-dessus de son âge. — Si je ne me trompe point? ah, monsieur Jacques ! vous, un homme d'esprit, vous ne savez donc pas pourquoi j'ai voulu me glisser dans cette maison où l'on m'a battue trois fois? car elle m'a battue ! — Et l'expression de ses regards était effrayante.— Je voulais voir, monsieur, je voulais voir !

— Eh bien ?

— Eh bien, j'ai vu !

Ce fut au tour de Jacques à attacher un regard scrutateur sur le visage de la Négrillonne : il n'y vit qu'un sourire de pitié.

— Vous ne me croyez pas. Je le savais bien, mais un jour viendra où l'on me croira. Une pauvre négrette comme moi, cela glisse comme une ombre dans un couloir. A la brune on ne me voit pas, je suis de la couleur de la nuit. A toute les portes il y a des trous de serrure. J'ai l'œil perçant et l'oreille fine.

— Florestine, je te crois, et pourtant... déjà ! C'est bien étrange ! il faut bien nous entendre, pour sauver mon pauvre Charles d'un déshonneur complet.

— Vous savez bien, monsieur, que vous ne le sauverez pas ; il est trop tard : D'ailleurs il ne le voudrait pas. J'ai entendu tout ce que vous avez dit ce matin. Il est aveugle ! Je passerais pour menteuse et l'on me chasserait, et je ne veux pas encore sortir, j'ai encore à voir.

— Quoi, encore ?

— J'ai à les y prendre tous les quatre.

— Mais c'est affreux ce que tu dis là, c'est abominable !

— Je le sais bien. Aussi ce n'est pas encore, mais cela viendra, et bientôt. Avec *elle* les affaires vont grand train.

— Quels sont-ils ?

— Ah ! ça, monsieur Grandmaison, est-ce moi qui suis l'homme et vous l'enfant ? Vous les nommiez ce matin, vous le savez bien. Mais vous voici arrivé ; demain soir je vous dirai peut-être quelque chose ; si je ne puis vous parler, je vous écrirai.

— Tu m'écriras ? dit Jacques stupéfait ; tu ne sais pas lire.

— Je ne sais lire pour personne, excepté pour vous. Depuis un an je prends en cachette des leçons deux fois par semaine, et je travaille deux à trois heures par nuit. Je lis aussi bien que vous et j'écris peut-être mieux. — A demain.

Jacques, le philosophe, était subjugué en présence d'un tel caractère. Quelle âme dans ce frêle corps !

6

DEUXIÈME PARTIE.

—

La petite poste.

La soirée est brillante et animée ; le bal est dans toute sa fougue, fougue bourgeoise pourtant, tempérée par la crainte de faire trop jaser le quartier Saint-Antoine ; mais Camille se sent à chaque contredanse plus d'entrain et plus d'audace. Animée par la danse, haletante sous cette chaleur factice que donne toujours l'action simultanée d'un dîner pris avec appétit, de quelques verres de champagne, des flonflons de l'orchestre, des serrements de main indiscrets et des rafraîchissements qui montent à la tête, madame Charles Grandmaison ne touche plus la terre que d'un pied dédaigneux ; la joie l'inonde. Charles a dansé aussi ; mais décidément la chaleur le gêne. Amphitryon, il s'est cru obligé de donner l'exemple à quelques amis, pour les engager à fêter un bon condrieu que vient de lui céder un de ses amis, et, dans ce tourbillon qui lui donne la migraine , il croit par moments voir les meubles émus disposés à participer aux grands mouvements de valse qui reviennent de temps en temps après les quadrilles. Charles n'a pas la tête aussi forte que sa femme — cela arrive quelquefois. — Aussi va-t-il fréquemment dans son jardinet respirer le frais , la tête nue et les mains dans les poches.

Or, quoique la saison doive de beaux jours , il se trouve qu'en ce moment-là elle ne donne que des jours froids et brumeux , comme parfois en décembre. Mais, grâce à son *bain de vapeur*, Charles ne sent qu'une impression de bien-être qui lui dilate la poitrine.

Il est assez agréable de s'isoler un instant d'une fête bruyante et de la contempler à une certaine distance. Sans être poète ni d'un tempérament impressionnable et rêveur, le jeune Grandmaison s'amusait depuis un instant à regarder devant lui toutes ces fenêtres rouges des lumières du bal, à écouter les flots d'harmonie qui couraient parmi les arbustes de son jardin et se brisaient sur les mille anfractuosités des maisons d'alentour, quand il voit s'illuminer une dernière fenêtre qui seule était restée dans l'ombre. Cette fenêtre correspondait à un petit cabinet que madame appelait son boudoir, et dans lequel on entrait et par le salon et par l'alcôve de sa chambre à coucher. La porte du salon avait dû ce soir être close, et la seule issue restant était celle de l'alcôve ; c'est que madame , qui ce soir avait livré toutes les autres pièces de sa maison, s'était réservé formellement son boudoir, ce *saint des saints*, où l'époux lui-même n'entrait jamais.

Sans être intrigué de ce fait si simple d'une lumière qu'on porte dans une pièce, Charles se prit à regarder avec attention. Pourquoi? il n'en savait rien.

— Tiens, se disait-il, est-ce que ma femme va organiser des quadrilles dans son oratoire,—surnom du boudoir, —et installer des cornets à piston sur son prie-Dieu ? Ah ! bah ! c'est encore un lacet qui se brise, une épingle qui se détache, un cordon qui se dénoue. Ces toilettes de femmes, c'est tellement sujet à réparation !— Tiens ! elle n'est pas seule ! ah, c'est sa Moricaude qui va lui rattacher un brodequin! C'est drôle comme cette noirette paraît grande d'ici. Mais... ma foi, je ne me trompe pas, c'est un homme ! Au fait, homme ou femme, qu'est-ce que cela me fait? Ils ont l'air de discuter bien énergiquement ! Tudieu! quelle vivacité la commère met dans ses gestes ! Bien, sa pantomime diminue d'énergie, on va faire la paix... hé ! hé !... mais ils se moquent des gens !...

L'exclamation de Charles était fort naturelle. L'interlocuteur et l'interlocutrice paraissaient en effet fort animés au début de la discussion ; puis à force de s'expliquer on devait s'être entendu, car on se donnait un signe de réconciliation, doux à donner, plus doux à recevoir, mais que les maris ne voient jamais avec indifférence. Or, Charles voyait à merveille ; car, penchée vers la fenêtre, Camille était juste placée entre la lumière qu'elle tenait d'une main et l'observateur sur lequel certes elle ne comptait pas. Bondir sur les marches du perron et s'élancer entre les deux audacieux n'eût été pour l'époux que l'affaire d'un instant, le temps d'une pensée rapide. Mais dans son élan il se heurta contre une pauvre créature qui roula sous ses pieds en poussant un cri de douleur : il venait de marcher sur Florestine. Quelque indigné qu'il fût, Charles ne put s'empêcher de s'arrêter presque machinalement à relever cette enfant, qu'il craignait d'avoir brisée sous ses pieds. Mais celle-ci, résistant avec un mouvement brusque, fit taire sa souffrance pour lui lancer ces mots à voix basse :

— Laissez-moi là, et courez-y vite !..

Charles courut en effet, faisant résonner l'escalier sous les talons de ses bottes, ouvrant les portes à les faire saillir des gonds et arrivant dans le grand salon de danse comme un foudre de guerre, non, comme un ustuberlu. Cent regards se portant sur lui semblaient lui demander : Qu'avez-vous donc ? qu'arrive-t-il ? est-ce que vous auriez une attaque de vertigo ? Mais l'époux irrité n'en a cure; il marche droit à la chambre de madame, franchit la ruelle du lit et pousse énergiquement la porte de l'alcôve en tournant la clanchette. La porte plie en gémissant, mais elle ne cède pas. — Fermée ! pense-t-il ; ah ! c'est trop fort !— Puis il donne un premier coup de poing, comme le général assiégeant qui essaie la portée de ses obusiers et contracte toute ses forces dans un élan terrible, pour faire voler la porte en éclats d'un seul coup; mais il est arrêté au milieu de son effort par un pouvoir magique : c'est la voix de Camille parlant derrière lui.

— Où vas-tu donc ? lui dit-elle du ton le plus calme et

avec cette voix vibrante et presque virile qui faisait tourner la tête à tous les bacheliers. Que ne me demandes-tu la clé ? Tiens, la voilà ; prends donc! tu restes là comme une momie.

Charles était pétrifié ; il voulait parler et ne trouvait plus de voix. A la fin, il parvint à articuler péniblement ces mots qui semblaient sortir étouffés du fond de ses entrailles :

— Tu étais là... qu'y faisais-tu ?

— Qu'est-ce donc que tu me demandes? J'étais là? o donc? je n'ai pas quitté la danse de toute la soirée.

— Mais j'ai vu, moi, là une femme et un homme, te dis-je.

— Ah çà ! définitivement, le vin de ton ami Hourdot te monte à la tête. Que veux-tu? que demandes-tu? qu'as-tu? sors-tu d'un rêve? Tu as vu ici quelqu'un? dans cette pièce? mais j'en ai la clé dans ma poche! Allons, je t'en prie, dit-elle avec cet accent qui n'admet pas de réplique, ne fais pas de scène à te rendre ridicule. Vois, ajouta-t-elle avec un accent d'intérêt, tu es tout pâle et tu as la voix enrouée ; je parie que tu as pris froid dehors. — Déjà trois ou quatre mines indiscrètes s'avançaient dans la chambre, pourtant réservée aux dames. — C'est mon mari, dit Camille du ton le plus naturel, qui se trouve un peu incommodé du froid après s'être échauffé à danser. Ces chasseurs, continua-t-elle avec enjouement, c'est accoutumé à braver neiges et tempêtes, et pourtant il ne faut pas jouer avec les transpirations brusquement arrêtées.

Sur ce, madame rentra au bal, et Charles resté seul se laissa tomber sur un fauteuil en se demandant s'il rêvait. Il se serait abîmé peut-être dans de longues réflexions, si une voix douce ne lui eût adressé ces mots : Un verre de punch, monsieur Charles, cela vous fera du bien !

Autre surprise ; Florestine était proprette et bien agencée, et paraissait ne se douter de rien.

— Ah çà ! tu vas m'expliquer, toi...

— Taisez-vous, lui réplique Florestine d'un ton bas et concentré. Mais à ce moment le bruit imperceptible d'un pas léger se fit entendre à la porte de la chambre. Sans tourner la tête et de l'air le plus naturel du monde, la brune enfant toussa de cette petite toux sèche et forcée par laquelle on dégage le passage obstrué de la voix, et continua ainsi sa phrase : — Ne parlez pas, vous vous enrouez. — Puis, se tournant, elle fit un tout petit mouvement de surprise en voyant madame. Charles ne comprit rien du tout ; il rentra avec la société, assez maussade d'abord ; puis, s'étourdissant, il se mit à parler chasse avec un Nemrod de Champigny-sur-Marne.

Camille a vaillamment fait les honneurs de son bal ; elle a dansé avec tous les cavaliers — prononcez *fantassins* — qui l'ont invitée, quadrilles avec Mouderon, polkas avec le poétique et barbillonnet Pardonneau, valses avec le docteur Persières et dix autres encore, elle a entendu des compliments flatteurs, elle a souri en femme qui sait son monde ; aux pointes elle a riposté par des traits assez malins et

un peu spirituels; et qu'on a trouvés excessivement spirituels et un peu malins. On est enchanté d'elle. Paul-Emilie est éclipsée. C'est, du reste, la réflexion que font deux
femmes, amies intimes de la famille, et qui faute de mieux
se résignent à faire tapisserie. De ces deux femmes, l'une
est jeune, mais médiocrement jolie, et de plus tristement
contrefaite. La nature lui a donné une bosse sur l'épaule
droite, et sa couturière y en a ajouté une sur l'épaule gauche. L'autre femme est une douairière; elle a passé la
cinquantaine, quoiqu'elle ait l'effronterie de n'avouer que
trente-neuf ans. Elle a été belle femme, mais tout passe, et
elle s'en aperçoit. Ces deux femmes ont pris en aversion
le *grand* sexe, mais chez chacune d'elles l'aversion se manifeste diversement. Chez Laure Bourgeot, la jeune bossue,
c'est un éloignement triste et découragé : on n'est pas venu à elle. Chez madame Vicherie, c'est une aversion hai-
neuse et vindicative : on l'a abandonnée.

— Mon Dieu, madame, ne remarquez-vous pas comme
madame Charles *s'en donne* ce soir? — La femme mécon-
tente a souvent le style de la femme mal élevée.

— Elle fait fort bien, en vérité, elle ne s'amusera pas
plus jeune. Seulement, elle en prend trop, ajouta la douairière avec un air finaud; cela pourrait avoir des consé-
quences.

— Que risque-t-elle? dit la vierge à la bosse, comprenant beaucoup plus que sa situation sociale ne devait le
permettre, n'a-t-elle pas son mari?

— Oui, et si ce mari venait à ouvrir les yeux...

— Comme elle a l'air de le craindre !

— Bah ! bah ! bah ! repartit la douairière de sa petite voix et en clignant les yeux, laissez donc ! Les moutons deviennent des tigres dans ces moments-là. Quand on se mêle de tromper un mari, il faut le tromper complètement, et ne pas s'y prendre en évaporée comme elle le fait. Je suis sûre qu'elle a encore dans sa poche le billet doux que lui a glissé notre marchand d'acajou.

— Bah ! c'est peut-être un billet de banque.

— Oh ! reprit la douairière avec la dignité du métier, madame Charles n'en est pas là : Dieu merci, je ne mettrais pas les pieds chez une femme qui.... oh, fi donc !

— Je le disais pour rire, reprit la fille, qui ne voulait pas blesser son interlocutrice ; certainement je n'ai jamais pensé de pareilles choses. Mais je conviens avec vous qu'elle est imprudente. Tout à l'heure elle a disparu avec notre docteur, et je présume que ce n'était pas pour une consultation.

— Elle n'a été qu'un instant absente.

— Vous avez envie de me faire parler, ma petite mignonne. Vous savez bien qu'il était grand temps de rentrer, le loup avait l'éveil. Je ne sais pas qui est-ce qui a pu réveiller le chat qui dort.

— Mon Dieu, c'est Congo ! reprit avec un accent haineux la contrefaite, qui aurait bien donné son teint blanc pour les formes souples de Florestine.

— J'ai envie de prévenir Camille. Décidément elle s'y prend mal.

— Eh! dites-moi, que vous importe ?

— Il est vrai que ce n'est pas mon affaire. Mais entre femmes il faut bien se soutenir contre ces scélérats d'hommes...

La bossue ne répondit que par un soupir, puis ajouta: — Je ne sais pas où est l'étudiant ? Depuis une heure je ne le vois plus.

— Il est peut-être à prendre un potage ou à faire un somme, ce pauvre garçon, il s'est tant fatigué ! — Et l'on voyait, à la lèvre contractée de la douairière, qu'elle avait toujours eu un mépris profond pour les beaux-fils que la moindre valse fatigue et qui demandent quartier à la deuxièmep olka.

M. Jules n'était pas à prendre un potage , mais il était à chercher un joli bouquet, et son absence ne s'était un peu prolongée que parce qu'il avait changé de cravate et de gants ; peut-être aussi pour une des fleurs de son bouquet. Il y a tant de choses parfois dans une fleur !

Oh ! le joli bouquet ! s'écria-t-on de toutes parts ! c'est un prodige ! Ces beaux œillets dans la saison où nous sommes! Cela ne doit venir qu'en serre.—Je suis sûr, ajoutait tout bas un galantin émérite, qu'il a payé cela cinquante francs. On faisait cercle autour de Camille ; la Négrillonne approchait là son visage malicieux et plein d'expression.

— Madame veut-elle me le donner, que je le mette dans l'eau pour qu'il se tienne frais?

Camille jeta sur la Négrette un regard étrange. Mais la

masse de tous les regards pesait sur elle; Paul-Emilie lui lisait dans les yeux.

— Je le veux bien, dit madame Charles d'un petit air nonchalant, et, approchant le bouquet de son visage comme pour le flairer une bonne fois en le quittant, elle y attacha un regard qui fouillait sous tous les pétales. Un imperceptible mouvement se manifesta sur son front : elle avait distingué.

— Tiens, Florestine, emporte-le. Attends, laisse-moi seulement une des roses. Et, arrachant en effet la fleur du milieu, qu'elle pressa dans sa main fermée, elle laissa le reste à Florestine, qui s'en alla en pensant : Elle a eu l'adresse de l'ôter.

Camille flaira encore une fois la rose qu'elle tenait dans le creux de sa main, et la ramassa tout effeuillée dans son sein.

— Il paraît, dit tout bas Laure Bourgeot, qu'elle aime bien l'odeur de la rose.

— Oui, répondit madame Vicherie avec une malice genre Louis XV, la rose et le papillon.

Florestine était allée dans la chambre de sa maîtresse, tout en feuilletant le bouquet. Tout-à-coup une commotion électrique lui fit vibrer tout les nerfs. Plonger sa main dans les fleurs, la retirer et la porter à sa poche, tout cela se fit d'une façon si rapide que le premier prestidigitateur n'y aurait rien compris. Il était temps. En regardant vers la porte, elle trouva au bout de son regard les yeux de Camille. Le visage de Florestine ne peignait qu'une candeur parfaitement insouciante ; et pourtant comme le sang lui fouettait les artères !—Je me défie de cette Moricaude, pensait Camille, mais elle ne sait pas lire ! D'ailleurs, n'ai-je pas là son billet contre mon sein. — Cette fois l'étourneau est pris au piége, pensait Florestine. Oh ! si j'osais ! il y en a peut-être un troisième ? Le fait est qu'il a eu le temps d'en écrire quatre.

— Madame veut-elle me permettre d'aller rarranger un peu mes cheveux ? Dans dix minutes je serai redescendue.

— Je te donne une heure, mon petit Congo, dit avec gracieuseté Camille, qui n'était pas fâchée de se débarrasser un instant de cette surveillante.

— Merci, madame. — Oh ! pensait la Négrillonne en montant deux à deux les marches de son escalier, il ne me faudra pas tant de temps. En effet, elle descendit un quart d'heure après, elle était radieuse.

Minuit arrivait, et les quadrilles allaient s'éclaircissant. Les mamans remmenaient leurs jeunes filles, les papas sentaient venir le sommeil. Que faire dans une soirée où l'on ne joue pas ? Les hommes s'ennuyaient et les femmes étaient obligées de suivre leurs dignes époux : les intimes seuls restaient ; ils avaient le mot : un souper les attendait, ce qui veut dire qu'ils attendaient un souper. Au nombre des amis il faut compter, après, — non, je veux dire *avant* le frère Jacques et Paul Emilie, le cousin au bouquet, le négociant en placage, qui avait glissé son poulet pendant un balancé, et le docteur Persières qui avait réglé ses conditions de vive voix dans l'oratoire.

Le repas fut un peu froid, jeu de mots à part. En perdant son ami le chasseur de Champigny, Charles avait
senti revenir sa mauvaise humeur, et il se promettait bien
de faire une scène à madame quand tout le monde serait
parti. Cela le portait à désirer que tout le monde fût parti,
et par conséquent à leur faire piètre chère. Donc on mangea vite et l'on ne dépensa qu'une gaîté de commande et
un esprit de circonstance. Une idée de Florestine vint seule
rompre un peu la monotonie de l'ambigu : vers la fin,
elle apporta dans son vase le beau bouquet de Camille.

— Il est bien joli, dit Paule-Emilie en détaillant du regard toutes les fleurs qui le composaient ; tu devrais me
le donner.

— S'il te fait plaisir, dit Camille qui s'était échappée
pour l'éplucher jusqu'au dernier calice, — tu peux bien le
prendre.

L'amoureux blond parut inquiet, mais d'un regard si-
gnificatif Camille le rassura. Paul-Emilie allait le prendre,
quand Florestine, qui suivait avec anxiété toute cette scène,
s'élança vivement sur le bouquet :

Attendez, madame, que j'essuie les tiges, elles sont
toutes mouillées.

Et, légère comme un jeune chat qui folâtre, elle
disparut un instant, puis revint avec le bouquet mieux
pairé :

— Tenez, madame, comme cela il ne vous salira pas.

En rentrant chez elle, Paul-Emilie voulut refaire son
bouquet qui tenait mal ; un papier s'en échappa. Jacques

s'en saisit et devint pâle ; mais, en le regardant, sa femme
lui adressa un sourire si calme et si doux que son cœur
battit moins vivement. — Au fait, pensa-t-il, ce bouquet
ne lui était pas destiné. Il ouvre et lit :

« Chère et bien-aimée Camille,

» Je suis trop heureux, et pourtant je m'inquiète. Tu es à moi, et
je désire encore. Tu m'aimes, dis-tu, et je sens le trouble dans mon
âme, que ce mot seul devrait rendre heureuse. C'est que, vois-tu, je
tremble pour mon bonheur. Ange sur cette terre, tu es adorée....
nul ne t'aimera comme moi ; mais toi..... Oh ! Dieu, je frémis à
cette pensée ; ce serait mon arrêt de mort si jamais..... mais je
suis fou ! Pardonne, pardonne, Camille. Demain j'irai retrouver
le calme sous ton baiser, la sérénité dans ton regard qui me parle
des cieux...... »

Il y en avait dans ce style quatre pages sur papier pe-
lure, pages bien tassées et recroisées deux fois. A vingt
ans l'amour est intarissable.

— Brûlons cela, mon ami, ma pauvre sœur se perdra
assez vite sans que nous y contribuions.

— Ma chère amie, répondit Jacques d'une voix douce,
mais ferme, laisse-moi faire. Je ne suis plus un enfant, et
je n'agirai qu'avec réflexion.

— Fais pour le mieux, mon ami, dit la jeune femme,
et elle tendit gracieusement son front sous le baiser conjugal.

Quand Charles se leva, le lendemain matin, il aperçut
sur le somno un tout petit papier, sur lequel se lisaient ces
mots écrits d'une main légère et ferme :

« Il faut moins de temps pour sortir et fermer une porte que pour monter une escalier de dix-huit marches. Votre pas fait trop de bruit ; cela effarouche les oiseaux.

» JÉRÔME D. »

Pendant ce temps, Camille, passant dans son boudoir, lisait :

« Adorée,

» J'ajoute un mot à la lettre que je te remets sous mon beau dahlia, pour te redire encore : je t'aime, je t'aime, je t'aime ! à toi, mille fois à toi. »

Ma'heur ! pensa-t-elle, où est sa lettre ! Oh ! si c'était cette affreuse Négrillonne !... oh ! je la plaindrais. Et par un mouvement instinctif elle courut à la robe qu'elle avait quittée la veille, regarda dans la poche... Rien ! L'autre lettre avait également disparu. Inquiète, effrayée, elle revient auprès de son mari, et aperçoit dans ses mains le billet dénonciateur. L'émoi, la terreur fut plus forte que la prudence, et en s'écriant : « Mon Dieu ! je suis perdue ! » elle tomba évanouie sur le parquet.

II.

Scandale.

Plusieurs de nos lecteurs ne pourront pas, d'autres ne voudront pas comprendre comment Charles Grandmaison avait eu le courage de se coucher tranquillement, ou à peu près, ayant sur le cœur une scène d'ombres chinoises peu faite pour l'endormir, et de remettre ses explications au lendemain matin. La vérité est pourtant qu'il avait très bien eu ce courage, et que ce susdit courage était de la poltronnerie. Charles était moins indifférent à l'endroit de sa femme qu'impatient du bruit et des querelles. Cent fois ces deux caractères s'étaient heurtés dans ces petites escarmouches d'intérieur qu'on appelle le bonheur conjugal, et l'acier de la femme s'était trouvé être de la meilleure trempe. Charles en était venu à avoir à peu près peur de sa femme ; il trouvait plus commode de se courber au joug que de le secouer ; — l'imposer, il n'y faut pas son-

ger, — et, pour tâcher de se mettre un peu d'accord avec
sa conscience de bonhomme, il s'était persuadé que sa
conduite était pleine d'indulgence et de générosité. Camille
l'avait senti, sans s'en rendre compte. Souvent les femmes
raisonnent d'instinct. Ambitieuse, entière, raide comme
une verge de fer, elle avait vu fléchir son époux devant
elle, et l'avait estimé chaque jour de moins en moins. —
Pourquoi cela, si réellement il avait un bon cœur?—Pourquoi? ah, voilà! c'est que les femmes qui demandent sans
cesse, en tout et avant tout, le *bon* cœur, le *bon* caractère,
la *bonne* humeur, tout ce qu'il y a de *bon*, en un mot, les
femmes vous trompent toutes, en se trompant les premières, bien entendu. A l'épreuve, le bon se trouve être en
seconde ligne; en première ligne c'est la puissance et l'é-
nergie que vous demande celle qui s'appuie sur votre bras.
La femme n'aime bien que quand elle craint un peu. Si
avec cela elle voit son époux se poser largement dans le
monde, lui creuser un large sillon dans la foule qu'il faut
traverser, si elle le sent grand et ferme devant les autres comme devant elle, alors il peut lui demander de son
sang sans craindre un refus. Mais être pour une épouse
un *bien bon* mari, tout dévoué, tout pacifique, tout laissant faire..... ah! elle vous mettra en bocal.

Camille avait parfois querellé son mari pour qu'il lui ré-
pondît; une fois elle lui avait lancé une violente insulte,
elle attendait un soufflet. Charles sortit chercher de la patience... Le lendemain elle répondit pour la première fois
à son cousin Jules Pardonneau. Plus tard, quand Camille

7

devint mère , elle aima son enfant , — c'est dire la même
chose deux fois ; — mais le père parut trop attendri , trop
papa, cela déplut. Il donnait trop de soins à cette frêle
créature ; un père doit aimer de haut. Charles parut ridicule en s'occupant trop de layettes et d'épingles , ridicule
en donnant avec une intonation passionnée des noms bur-
lesquement mignards au petit être criard et baveux qu'il
prenait dans ses mains ; Camille prit quasi en dégoût cet
innocent enfant. Elle voulut le mettre en nourrice. Charles
avait là une dernière chance pour se relever. Il n'y avait
eu encore que des imprudences de paroles et d'écrits.
L'enfant, éloigné, aurait préoccupé la mère, on serait allé
le voir souvent ; dans les beaux jours Charles aurait chassé;
il était bien en *saint Hubert* et tirait à ravir. Puis il s'a-
nimait , il redevenait homme devant le lièvre ou la per-
drix..... Mais le destin ne le voulut pas, et, au lieu de hardi
chasseur, il ne se montra plus à son épouse que comme
une espèce de bonne d'enfant... Jules obtint enfin son
rendez-vous.

Charles avait tâché de se persuader qu'il était le jouet
d'une illusion d'optique, et s'il n'y avait pas parfaitement
réussi, il était parvenu à s'endormir. Camille l'avait regardé longtemps : elle ne dormait pas, elle, non que le remords
lui bourrelât le cœur, mais le dépit lui fouettait le sang
dans les veines.

— Le lâche! il me soupçonne et n'ose me le dire. Et il
s'endort là, auprès de moi. Sotte que j'étais de sortir avec

tant de vivacité ! J'avais, en vérité, bien tort de me gêner !
Il paraît qu'à monsieur cela est égal ! Au fait, n'a-t-il pas
ses chiens et son mioche ? Pour ces hommes-là une femme
est si peu de chose ! J'aime bien son entrée furibonde ; il
aura cru que j'allais déranger son fusil !......... Et, sans la
fatigue de la soirée qui lui brisait les membres, Camille eût
passé la nuit dans un fauteuil.

Quoiqu'elle fût loin de se sentir posée comme un cri-
minel devant son juge, Camille fut déroutée à l'aspect du
billet que lisait Charles. C'était un coup de poignard partant d'une main invisible ; c'était un ennemi nouveau et sur
lequel elle n'avait pas compté. Puis, piqué trop au vif,
Charles avait enfin réagi, et son regard lançait un éclair
sinistre. C'est sous ce regard qu'elle s'affaissa, et quand
après quelques minutes sa puissante nature la rendit à la
vie du sentiment, elle retrouva encore ce regard implaca-
ble qui ne l'avait pas quittée ! Un instant elle referma les
yeux, puis elle se prépara à la lutte, lutte suprême et dés-
espérée, car elle, femme altière et dominatrice, elle avait
trop longtemps vaincu pour renoncer au triomphe, et l'é-
poux en cédant toujours n'avait jamais accepté le déshonneur. Recueillant toutes ses forces, elle s'assit sur le bord
du lit avec un calme apparent, et d'un son de voix qu'elle
parvint à rendre quasi indifférent :

— Quel est donc ce billet ?

Un regard méprisant, et pas de réponse.

— Qui donc a écrit cela ?

Après un silence : — Il me semble que tu étais incommodée tout à l'heure.

— Tu l'as bien vu.

— Parfaitement ; je l'ai même parfaitement compris.

— Alors ce n'est pas la peine.....

— De te le demander, n'est-ce pas ? Tu me demandes bien qui a écrit ce billet ?

— Et tu ne me réponds pas.

— Ma pauvre Camille, tu joues mal ton rôle ; tu baisses; je t'ai vue plus majestueuse que cela.

— Mon pauvre Charles, je ne sais pas lequel de nous deux joue le plus triste rôle, en vérité.

— Jusqu'ici, ç'a été moi ; dorénavant l'avenir nous le dira.

Camille fait un geste pour prendre le billet.

— Laissez donc, madame, vous voyez bien que ce n'est pas un billet doux.

— Tu crois donc sérieusement.....

Au début de cette phrase qu'il prit pour une tentative de justification, le visage de Charles exprima une si énergique indignation, une colère tellement concentrée, que sa femme ne put articuler un mot de plus, et comme elle balbutiait, il lui dit de cette intonation basse qu'affectionne l'extrême mépris :

— Cache-toi donc, misérable, tu pâlis.

— Eh, bien! oui, il faut que cela finisse, dit la femme se dressant à son tour de toute sa hauteur ; il faut que cela finisse. Oui, celui qui t'a écrit cela ne t'a pas trompé.

Oui, je te hais! oui, je te méprise! oui, je t'ai trahi! oui, j'en aime un autre; oui! oui! oui!

— Un seulement? interrogea l'époux avec un sourire grinçant.

— Écoute, je l'ai trop pensé pour ne pas te le dire : tu n'es qu'un lâche!

— Un lâche! dit Charles avec un éclat de voix effrayant.

— Oui, un lâche! oui! il y a longtemps que je te trompe, il y a longtemps que tu le soupçonnes, et tu ne m'as pas encore tuée, et tout à l'heure que je te crache ta honte au visage, tu n'oses pas même lever la main sur moi.

Charles fait un geste de colère; Camille s'élance rapidement sur le fusil de son époux et le lui donne.

— Tiens, il est chargé. Voyons si tu as du cœur. — Et elle se pose en face de lui et croise les bras. — Allons donc, est-ce que ta main tremble. Je vais te donner du courage. Tiens, vois-tu, là, sur mon sein; hier, un autre que toi y posait sa tête!

Charles avait des vertiges de fureur; mais, au milieu de ce tourbillon d'idées brûlantes qui lui bouleversaient le cerveau, un sentiment de pitié se fit jour; il se tourna brusquement vers la fenêtre, et lâcha ses deux coups de fusil, puis jeta l'arme elle-même dans le jardin par la fenêtre brisée.

A cet instant, Jacques venait d'entrer chez son frère. Il accourut avec Florestine.

— Hé! venez donc vite, s'écriait Camille exaltée, venez voir le chasseur qui manque son coup à bout portant!

Jacques croyait à une lutte affreuse, à un crime tenté.

— Mon Dieu! mais, M. le frère, vous avez une face de déterré. Il semble que vous avez peur. Ne voyez-vous pas que le digne mari n'est pas d'une pâte à tuer sa femme? Son coup de fusil est parti parce que le doigt lui a tremblé sur la détente.

— Écoutez, ma sœur..... dit Jacques en diplomate conciliateur.

— Qui vous dit que je veuille encore être votre sœur, et que de ce jour je ne répudie pas toute cette famille qui me déplaît et me fait honte?

— Madame?

— A la bonne heure! *Monsieur*, que voulez-vous.

— A l'état où je vous vois, à la tristesse, à l'abattement de mon frère, je devine qu'il y a eu entre vous une explication.

— En vérité! voyez donc! il paraît que vous êtes dans le secret, frère charitable! Ce ne serait pas vous qui auriez, en déguisant honnêtement votre écriture, transmis certain billet d'espion délateur.....

— Madame, interrompit Jacques avec un éclat de voix, c'est à vous, il me semble, à baisser la tête, et vos insultes n'éclabousseront pas votre boue jusqu'à moi.

— Ah! merci Dieu! celui-là aurait-il du cœur?

— Contenons-nous, madame, contenons-nous quelques instants; tout, je l'espère, va s'arranger.

— Soit, dit Camille avec une dignité gracieuse; asseyons-nous..... Non, non, ma petite Négrillonne, ne vous en allez pas, restez, j'ai un compte à régler avec vous. D'ailleurs je devine que vous êtes ici du complot. Maintenant, ouvrons la séance. Monsieur Jacques, qu'y a-t-il pour votre service?

— Je ne sais si vous conserverez longtemps ce ton léger assez déplacé ; pour moi, la circonstance me paraît grave.

— Bah ! mais c'est donc un conseil de famille ! un tribunal, peut-être : lisez donc au moins l'acte d'accusation.

— Le voici en deux mots, madame, puisque vous voulez absolument ce ton-là : vous déshonorez d'une manière infâme le nom que vous portez.

— Première réponse : Nulle femme ne peut ôter l'honneur à un homme qui en a.—Deuxième réponse : La conduite d'une femme ne regarde que son mari. — Troisième réponse : Si quelqu'un déshonorait ici votre frère, ce serait vous en le protégeant de votre ombre, et en le traitant par conséquent comme un lâche ou un sot.

Devant une telle audace, Jacques resta un instant anéanti, et Charles, qui sentait ce qu'il y avait de vrai dans cette apostrophe moqueuse, mais retenu par la présence de son frère, Charles eût voulu voir la terre s'ouvrir sous ses pas.

— Eh bien ! M. l'accusateur, est-ce que la cause est déjà entendue?

— Sur Dieu, madame, je n'aurais jamais cru qu'une femme aurait ce front de bronze. Je vois que vous avez accepté le vice résolument et à plein cœur. Alors je vais vous remettre un autographe que vous joindrez sans doute

à votre riche collection : cela servira plus tard à l'édifica-
tion de vos enfants. — Et il lui remit la lettre de Jules.

Camille, on le comprend, n'était rien moins que per-
vertie au fond du cœur. Fière, un peu vaniteuse, ardente
de cœur, ardente de tempérament, elle avait d'un bond
irréfléchi franchi cette digue souvent insuffisante qu'on
appelle un époux ; mais elle était mère, et les paroles de
Jacques la firent pâlir jusqu'aux lèvres. Un moment elle
sentit des larmes lui monter du cœur aux yeux, elle avait
des velléités de se jeter à genoux et de crier grâce en pleurant sur le sein de son mari ; mais elle était en scène et il
fallait continuer de jouer, dans ce grand drame burlesque
ou sanglant de la vie. Une fausse honte la retint ; elle prit
machinalement le papier des mains de Jacques et le regarda quelques instants avant de le voir.

— Et qui vous a remis cette missive ? Mademoiselle, sans
doute ?

— Un hasard, vous le savez, il était dans ce bouquet...

— Ce n'est pas vrai, je l'avais scruté feuille à feuille.
Ce papier y a été mis après, et c'est une infâme machi-
nation !

— Ainsi, dit Charles, se rattachant à une lueur d'espoir, ce billet ne serait qu'une œuvre de malfaisance.

— Monsieur, je n'ai menti de ma vie, je ne commence-
rai pas aujourd'hui : ce billet m'était destiné. Seulement,
si vous voulez m'écouter et me croire dans un pareil moment, il n'y a là de coupable que moi. Jules n'est qu'un

enfant, une pauvre tête sans cervelle, n'ayant pas la conscience de ce qu'il fait. Et les autres...

— Les autres ? interrompit Charles en poussant un cri de rage.

— Les autres... je ne les ai pas écoutés.

— Ah ! grâce à Dieu ! dit Charles en étouffant un soupir de triomphe, grâce à Dieu, voilà un homme en face de moi.

— Mais ce n'est qu'un enfant, cet homme.

— Quand on ose déshonorer un époux, on doit oser tenir une arme devant lui. J'espère, madame, que vous retirerez la qualification de lâche que vous m'avez tout à l'heure collée sur le front.

Camille venait de braver la mort ; mais l'idée d'un homme tué pour elle l'effrayait. Et lequel périrait ? Le mari outragé, déjà trompé indignement, ou bien le tout jeune homme, cet enfant, comme elle le disait, coupable, après tout, d'une étourderie de jeunesse ? Un homme tombant sur l'herbe dans une mare de sang et étouffant sous un râle d'agonie, un procès peut-être, une esclandre devant les tribunaux, où il lui faudrait, elle femme adultère, essuyer les regards insolents d'une tourbe acharnée sur elle comme une meute à la curée, un enfant, un pauvre enfant à qui l'on reprocherait un jour la honte de son père et de sa mère, puis la joie atroce des voisins, des amis... tout cela lui scintilla devant les yeux comme un diorama éclairé par une flamme de l'enfer... Camille, tremblante, courba la tête et se mit à pleurer.

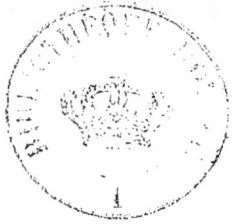

Il se fit un moment de silence pendant lequel les deux frères échangèrent quelques regards, puis d'un même mouvement spontané ils se levèrent.

— Oh! non, non, je vous en supplie! dit Camille en se jetant au devant de Charles qui voulait sortir. Non, vous n'irez pas le tuer, vous ne le ferez pas. Mais tue-moi plutôt, moi, la criminelle, et laisse vivre ce pauvre écervelé.

— Ah! madame, dit Charles avec une ironie amère, sa vie vous tient bien au cœur!

— Oui, je l'avoue. Ne fais pas semblant de t'y tromper, tu sais bien que je ne te croirais pas. Ce n'est pas par tendresse, par amour. Je ne l'aime pas, je ne l'ai jamais aimé. Il a été pour moi l'occasion d'une fantaisie, coupable sans doute, mais insignifiante comme liaison de cœur. Un autre se serait rencontré sur ma route, c'eût été la même chose. Maintenant, qu'il aille à mille lieues, qu'il se marie, qu'il disparaisse, bien peu m'importe, et je n'en pousserai pas un soupir. Mais être la cause qu'on le tue! non, j'en fais le serment, cela ne sera pas, ou du moins je ne le verrai pas, car j'irai me jeter entre vous deux! Écoute, Charles; veux-tu oublier le passé? Rends-moi justice. Tu me crois du cœur et de la parole. Toute ma vie j'ai ignoré la peur comme la dissimulation. Si tu le veux, nous recommencerons une vie nouvelle, le passé me sera une leçon pour l'avenir, et je te jure que tu n'as guère à me pardonner. L'adultère ne peut être que dans le cœur, et, malgré ma conduite inconséquente, il n'a jamais pénétré dans le mien.

— Et qui me répondra de ce qui se passera dans le cœur

de cet homme quand il me verra passer? qui me répondra de ses indiscrétions?

— J'en réponds, moi. Il viendra ici demander grâce, il écrira ce que tu lui dicteras, ou bien, moi femme, je le soufflette en plein boulevard. Charles, veux-tu?

— Nous en reparlerons, madame, dit Charles avec une inquiétante tranquillité. Seulement, comme la scène m'a un peu ému, je ferai quelques pas dans le jardin, et Jacques et moi nous allons causer de cela. Fais-nous préparer à déjeûner.

En rentrant dans le prosaïsme de la vie, Camille sentit le tort qu'elle avait eu de retenir la Négrillonne; puis, ne la voyant pas, elle se rappela qu'elle avait disparu presque aussitôt. Quand les hommes manquent de tact, les enfants en ont quelquefois.

— Tu comprends bien, mon cher Jacques, que cela ne se passera pas ainsi.

— Je comprends, mon frère, que tu vas faire la folie de te battre; mais, comme je ferais en pareil cas la même folie, au lieu de prêcher morale, je t'apporterai demain ma boîte de pistolets.

— Nenni, je suis pourvu comme Lepage. Règle seulement les conditions pour demain matin, je t'en prie. — S'adressant à Camille : Comment! déjà?

— Oui, Florestine avait tout disposé. Venez.

On déjeuna de bon accord, le sourire sur les lèvres, et devisant de ceci et de cela, comme s'il se fût agi seulement d'une promenade à Joinville pour le dimanche suivant.]

C'est que Charles ne tenait pas seulement à venger son outrage, il tenait encore à prouver à Camille qu'il n'était pas un lâche. Rien n'est doux au cœur de l'homme trompé comme de pouvoir dire : Tu m'as trahi pour un homme qui ne me valait pas. Mais cette belle chose, chacun la prouve à sa manière.

III.

Le duel.

En vain Camille se proposait d'employer tant de moyens que le duel ne pourrait avoir lieu ; cette fois, ce que femme voulait Dieu ne le voulut pas, une ruse plus habilement conçue que les siennes déjoua tous ses calculs. Malgré l'aversion naturelle qu'on reconnaît — qu'on *prête* peut-être — aux femmes pour le sang, Florestine poussait au combat de toutes les forces de son cœur. Elle tenait à l'honneur de Charles comme au sien ; elle aurait voulu être homme pour souffleter le maraud qui s'était intronisé au foyer domestique ; ne le pouvant pas, elle souhaitait un triomphe complet à son protecteur, et elle y mettait tant de son âme, qu'elle arriva à ne plus regarder le contraire comme possible. Le combat, pour elle, cela signifiait le châtiment. Sublime et naïve confiance qui a souvent enfanté des héros.

Le lendemain du jour de l'explication, dès le matin, alors que Camille se promettait de ne pas quitter son mari plus que son ombre, au moment où elle traversait le salon, Florestine lui remit un tout petit papier plié en quatre.

— Madame, voici ce que j'ai trouvé sous la porte ; voyez donc ce que c'est.

Camille jeta un coup d'œil sur le papier, et, le froissant dans sa main, mais sans le quitter, elle dit avec une indifférence affectée : — Mon Dieu, ce n'est rien du tout.... un papier insignifiant qu'on a laissé tomber.

Or, le papier insignifiant contenait ces mots :

« Madame,

» Je pars pour un voyage peut-être assez long ; mais auparavant il me faut absolument vous voir, ne fût-ce qu'un seul instant. Vous saurez tout ; mais pour Dieu venez, *il le faut*. Je vous attendrai jusqu'à votre venue, rue Faubourg-St.-Honoré, numéro 14. Demander M. Adrien.

» Mon cœur à vous pour la vie.

» J. P. »

— Dis-moi, Charles, dit Camille d'une voix douce et priante, je vais sortir un instant, faire une course. Je t'en prie, ne sors pas que je ne sois rentrée ; n'est-ce pas ? je t'en prie !

— Je te promettrai tout ce que ce que tu voudras, dit Charles, retenant à peine l'éclair de joie qui brillait dans ses yeux ; — et il ajouta tout bas : Tu ne seras pas loin que je serai sorti.

Sans confiance, mais aussi sans inquiétude, Camille sortit. Que m'importe? pensait-elle, il ne se battra pas seul.

— Tiens, mon bon, voici une lettre qu'un commissionnaire vient d'apporter ; il était tout en sueur ; c'est très pressé, et pourtant il n'y a pas de réponse ; vois donc., disait Paul-Emilie à son époux encore couché.

Jacques rompit le cachet. Il y avait une missive enclosant et une missive incluse. La missive incluse était précisément et mot pour mot, que dis-je ? trait pour trait, la même que celle qui avait été remise à Camille. Seulement, au lieu de : rue Saint-Honoré, n° 14, on lisait : port de Bercy, n° 10. La missive enclosante, la voici :

« Le petit oiseau veut prendre sa volée. Au lieu de voyager
» *après*, il aime mieux voyager avant. Je vous envoie une lettre
» qu'il m'a remise, en se recommandant d'une pièce de 5 francs.
» J'ai refusé son écu, j'ai promis de remettre *adroitement* sa
» lettre ; je tiens ma parole. M. Charles va aller vous trouver,
» j'ai un moyen de le rendre libre. Adieu. Je n'ose m'inquiéter,
» tant il me semble que le Ciel sera pour nous. Pardon, mon-
» sieur, de ce mot, mais je vous aime tant tous les deux !
     » Sincèrement votre servante
           » FLORESTINE. »

Jacques ne cachait rien à sa blonde épouse qu'il savait un peu spartiate ; il lui montra la lettre de Florestine.

— Si j'étais pour quelque chose dans vos conseils, ce combat n'aurait pas lieu.

— Si tu étais homme, mon amie, tu parlerais autrement.

— Je n'en sais rien.

— Moi, je le sais. Déjà tu ne souffrirais pas une injure, et je suis sûre que devant une insulte grave tu reculerais plutôt à cause de ta robe et de tes dentelles que faute de cœur et d'énergie.

— Tu as raison, dit la femme en rougissant d'émoi de se voir ainsi appréciée. Je comprends madame de Nesle. Mais, après m'être battue, je n'auraisjamais revu l'homme qui en aurait été la cause.

Charles arrivait. On partit.

Jules Pardonneau n'avait aucune envie de se battre, cela se conçoit; mais, malgré son désappointement en voyant arriver trois hommes, — Charles avait absolument voulu avoir le docteur Persières, sans doute pour lui faire voir ce qui arrive aux célibataires chassant sur les domaines du mariage, — Jules, disons-nous, soutint assez bien le choc et fit contre fortune bon cœur.

— Monsieur, dit-il, en fin d'explication, je suis tout à vous. Seulement, ayéz la bonté de me laisser prévenir mes témoins.

— Nous vous épargnerons cette peine, monsieur, dit Jacques avec un peu d'inquiétude; veuillez nous indiquer leur demeure, et l'un de nous...

— Très volontiers, dit Jules avec une indifférence superbe. Voici leurs adresses — il venait de les écrire sur un carré de papier. — Seulement, j'ai à vous demander pardon du sans façon avec lequel je vous reçois. Logé en garçon, et qui pis est en écolier, je puis à peine vous of-

frir des siéges; mais , entre parents , c'est presque entre
amis.

Charles trouva la plaisanterie de mauvais goût ; mais ,
après quelques dispositions de toilette , Jules fut prêt, et
Jacques arrivant avec les témoins, on partit vaillamment
pour le bois de Vincennes dans deux *chars numérotés* ,
comme le dit l'académicien Scribe. Tout était en règle :
deux paires de pistolets et deux paires de témoins. Ceux du
jeune homme étaient un blondin aux tons flaves, aux
sourcils blancs, aux lèvres vermillonnes et ne rêvant que
plaies et bosses ; l'autre était un créole , étudiant en droit,
brun à l'œil de feu , aux formes d'Hercule, aimant bien
son Jules, et venant là avec la ferme résolution d'empêcher le duel ou d'y jouer un rôle actif.

— Monsieur, dit le créole au mari offensé , ordinairement ce n'est pas sur le terrain qu'on fait des explications;
nous voilà prêts , il s'agit de se battre. Pourtant , par exception, vous me permettrez , à moi, et par exception ,
de tenter un dernier effort pour éviter l'effusion du sang.

— Il me semblait , monsieur, dit sèchement Charles, que
votre rôle devait se borner ici à mesurer les distances et à
charger les armes ?

— Ce n'est pas tout , monsieur.

— Sans doute ! et à voir si tout se passe dans les règles. De ce côté, vous n'aurez rien à désirer.

— Nous savons , monsieur, que vous êtes un homme de
cœur ; mais ce n'est pas une raison suffisante pour se battre sans qu'on sache pourquoi.

8

— Si ce que vous dites est une épigramme, franchement elle n'est guère spirituelle; si vous parlez sérieusement, c'est trop de naïveté.

— Laissons les qualités, cela nous conduirait un peu
loin. Je suppose que nous avons tous hâte d'en finir. Que
reprochez-vous à Jules? un crime selon vous, une étourderie selon lui. Faut-il le tuer pour cela?

— S'il s'agissait de vous, vous parleriez autrement.

— S'il s'agissait de moi, époux, je penserais peut-être
comme vous, et vous auriez alors raison de me ramener
à des sentiments meilleurs. S'il s'agissait de moi, comme
suborneur, je ne suis plus un enfant, je sais ce que je fais,
et vous me verriez déjà en face de vous.

— Il est malheureux alors que ce ne soit pas vous.

— Pour peu que le cœur y soit, si vous le voulez, je
prendrai sa procuration.

— Après, si cela vous sourit?

— Non, monsieur, non, pas après; avant.

— Assez de colloques, dit Jacques, tout est disposé et
nous attendons.

— Tout doucement, s'il vous plaît, insista le créole,
tandis qu'on se groupait autour de lui; j'ai voix au cha-
pitre. Or, voici ce que je propose, et qui va être accepté.
Jules a eu des torts, des torts graves envers M. Charles
Grandmaison; il va en faire ici des excuses, des excuses
suffisantes, ou je me bats contre lui. M. Charles Grandmaison acceptera ces excuses et pardonnera à un écer-

velé, ou bien je prierai ledit M. Charles de m'accepter pour adversaire.

— Monsieur, dit le docteur Persières, j'ai assisté à des rencontres, tant pour mon compte personnel que pour le compte des autres, et je n'ai jamais vu qu'on pût dénaturer ainsi les conditions primitives d'un combat.

— J'ai déjà eu l'honneur de vous dire qu'ici tout est exceptionnel.

— Exception tant que vous voudrez. La querelle est entre les deux adversaires que voici; c'est entre eux qu'elle se videra. Votre intervention ne pourrait qu'occasionner une querelle nouvelle, qui aurait sa solution après, ou qui appellerait sur la scène un nouvel intervenant. — Et le docteur accompagna ces paroles d'un coup d'œil qui leur servait de commentaire. Nourri dans les bonnes traditions de la vieille galanterie française, le docteur aurait voulu se battre pour Charles, sauf plus tard à se battre peut-être contre lui.

Cette nouvelle phase de la question déroutait le créole; il voyait son but manqué, surtout quand le docteur ajouta:

— Hâtons-nous; il semblerait que nous attendions l'intervention de quelque brigade de police pour nous faire rengaîner.

— Ainsi, dit le créole outré de dépit, il faut qu'on tue un malheureux enfant parce qu'il n'a pas craché à la face d'une misérable qui s'est jetée à sa tête.

Sa phrase n'était pas finie qu'il avait reçu un soufflet. Il en résulta une nouvelle face de la question. Après quelques mots, il fut convenu que Charles se battrait d'adord contre le créole, et en cas d'insuccès Persières prendrait sa place. Charles avait droit à un avantage, il y renonça. Les deux adversaires furent placés à quarante pas, avec permission de marcher l'un sur l'autre, sans fixation de distance. Une seconde les deux combattants se recueillirent et se mesurèrent du regard, pendant que, dans la belle voûte de verdure qui les ombrageait, les petits oiseaux chantaient leurs chansons d'automne, pendant que les fleurs épanouissaient dans le gazon de velours. Tout-à-l'heure le bruit des armes allait faire taire ces concerts, un cadavre en tombant allait écraser ces fleurs.

Charles fit dix pas et s'arrêta; le créole avait fait dix pas et s'était arrêté. Charles abaissa son arme; le créole resta effacé. Charles tira et la balle de son pistolet souleva une boucle de cheveux noirs du créole.

— A vous, maintenant...

Sans répondre, le créole marcha jusqu'à toucher son adversaire, mais sans déranger son pistolet, qu'il laissait couché sous ce qu'on appelle l'aile droite.

— Maintenant ce n'est plus possible, il faut recommencer.

— Je ne demandais pas de quartier, dit Charles avec dépit.

— Je le sais bien; aussi nous allons mieux faire. Les témoins s'interposèrent, mais en vain, le combat dut recommencer. Cette fois deux coups partirent et deux hommes tombèrent. Charles avait le bras droit cassé, et le

créole avait reçu une balle au milieu du front : il était
mort.

— C'est étonnant que je l'aie manqué la première fois ,
dit Charles avec une vanité de chasseur ; à trente pas je
couperais le bec d'une linotte. — Maintenant , M. Jules ,
vous serez obligé d'attendre quelque temps , mais vous
n'y perdrez rien.

Jules avait de moins en moins envie de se battre. L'exemple qu'il avait sous les yeux était décourageant , et la réflexion un peu vantarde de Charles l'était davantage. Le
docteur Persières voulait absolument faire ce qu'il appelait la partie du jeune amoureux , mais le blond témoin
lui-même devenait pacifique devant ce ruisseau de sang
qui figeait sur l'herbe , devant ces lambeaux de chair qui
frémissaient en mourant. On remit la partie à un autre jour,
et il fallut songer à remporter le blessé et le cadavre.

Camille avait couru à la fausse adresse de toute la vitesse d'un bon remise : rien. Vite à son domicile, dit-elle.
Au domicile elle trouva un concierge qui la regarda insolemment sous le nez , et finit par lui répondre :

— Monsieur Jules ne s'appelle plus monsieur Jules ; il
demeure... je ne sais pas trop... quai de Bercy, ou quai de
Passy..... est-ce Passy, ou Bercy ? ma foi je ne sais pas.
C'est quelque part de ce côté-là...

Camille était partie , la mort dans le cœur.... Devant
elle un incertain, un inconnu pire mille fois qu'une catastrophe. Tantôt elle s'imaginait que ce n'était qu'une
ruse du vieux concierge : ils sont à se battre ! mon Dieu ,

que va-t-il arriver? Tantôt elle pensait qu'il se cachait lâchement et elle se sentait humiliée de s'être donnée à un homme sans courage. Mais cette lettre, que signifie-t-elle? seraient-ils d'accord? C'est une ruse pour m'éloigner.... Après avoir longtemps réfléchi, elle s'arrêta à cette supposition. Il en arrive presque toujours ainsi : c'est le faux qu'on proclame définitivement vrai. Camille rentre : personne. — Où est mon mari? demanda-t-elle à Florestine.

— Il est sorti, madame.

— Avec qui?

— Seul, madame.

— Y a-t-il longtemps?

— Tout de suite après vous, madame.

— Et il n'est pas rentré?

— Pas encore, madame.

— Qu'as-tu donc, toi? tu parais avoir pleuré.

— Non, madame, dit la Négrillonne en s'essuyant les yeux.

Camille vit bien qu'elle mentait, mais elle se tut, et attendit en dévorant le temps seconde par seconde. Vers dix heures un commissionnaire arrive : il portait une lettre de Jacques Grandmaison. Cette lettre racontait sommairement l'issue du combat, et avec tous les ménagements possibles tâchait de faire comprendre que Charles serait peut-être mieux soigné auprès de lui, son frère, qui ne le quitterait ni jour ni nuit.

Camille ne vit pas ce qu'il y avait de blessant dans cette préférence de son mari pour la maison de son frère ; tout

entière au triste évènement qui venait de s'accomplir, elle
sentit au marbre glacé qui lui comprimait le cœur qu'on
peut aimer encore celui qu'on n'a pas craint de déshonorer.
Cet homme s'allant battre pour elle, s'exposant à la mort,
maintenant étendu, souffrant, mutilé, sur un lit de douleur,
tout cela lui faisait paraître ignoble cet adultère qu'elle
avait cru une fantaisie. Son mari n'était déjà plus un lâche.
— Oh! disait-elle, c'est moi qui ne le quitterai ni jour
ni nuit, et s'il y a un Dieu qui pardonne, j'effacerai mes
torts à force de dévouement.

Elle court chez son frère; la porte lui est refusée!!!...
elle revient folle de douleur, Florestine est partie. Elle ne
trouve qu'un billet ainsi conçu :

» Madame, je ne servirai pas une femme qui par son inconduite
expose son mari à se faire tuer. Adieu, il ne vous reste plus qu'à
me faire compliment sur mon écriture. J'écris même assez
bien celle de votre cousin Jules Pardonneau. Je vous rends la
lettre de M. Mouderon dont je n'ai pas eu à faire usage. Un bon
conseil : n'ayez jamais qu'un amant à la fois. Un mot encore:
cela vaut-il bien les injures et les coups dont vous étiez si libérale
envers moi? Je n'ai pas le temps d'emporter mes effets, je vous
en fais cadeau.

FLORESTINE SABOT.

Camille pleurait de rage : repoussée par mon mari !
reniée par ma sœur ! insultée par une servante ! Mon
Dieu ! est-ce le châtiment qui commence ?

IV.

La paix dans le ménage.

Un hiver s'est écoulé depuis la journée du duel, un hiver, disons-nous, le printemps compris, c'est sous-entendu ; l'été s'avance avec ses beaux jours et ses *villeggiature*. Le ménage Grandmaison frères est à la campagne. Ce qui justifie le titre un peu négociant que nous donnons à ce ménage, c'est qu'en effet depuis la catastrophe Charles n'a pas quitté d'un instant son frère et sa sœur, la dame blonde Paul-Émilie. C'est à ce foyer fraternel qu'il a cherché un refuge contre plus d'un assaut, un consolateur contre bien des douleurs intimes. La suite du combat l'a inquiété un instant ; des poursuites ont été commencées, mais elles se sont éteintes. Il s'est trouvé que la victime était un bretteur de profession ; il avait d'ailleurs provoqué Charles, pour lequel il y avait des circonstances tellement atténuantes, que le juge instructeur a fait résoudre l'orage en une ordonnance de *non-lieu*. C'est là la petite peine.

La grande venait de son existence brisée, de ses illusions perdues, de son mariage détruit, de son amour — car il en avait pour elle — violemment déraciné dans les fibres saignantes de son cœur. Cent fois il avait été sur le point de courir vers l'épouse adultère, en la priant d'accepter son pardon, mais son frère l'avait soutenu, mais Paul-Émilie l'avait fait rougir de sa faiblesse. Alors Charles se félicitait d'être échappé à un acte avilissant; puis, recommençant à glisser sur la pente, il se persuadait que la vraie grandeur est dans la générosité qui pardonne, dans la bonté qui relève, plutôt que dans la fierté qui dédaigne, dans l'orgueil qui s'isole. Quand avait-il raison? Toujours et jamais. Pauvres humains qui croyons à un vrai absolu sur cette terre! Que sont nos raisonnements? le corps de nos pensées. Que sont nos pensées? l'écho de nos passions. Le beau, c'est ce qui plaît, dit-on; oui, et le vrai aussi.

Il faut dire ici que Charles a pris son enfant avec lui, et que cet enfant a changé de mère, non, il en a trouvé une, car Paul-Émilie a réduit la fonction de la nourrice à une quasi sinécure. La nourrice, grosse paysanne grosse et molle, *nourrit* et voilà tout, c'est Paul-Émilie qui soigne. Pourtant la gracieuse brunette a une bonne, une vraie bonne de *maison* avec le beau tablier blanc, le minois rond, l'œil franc et vif, le nez court, le menton à fossette, la poitrine saillante, les hanches rebondies, le pied leste, la jambe rondelette et les jupons courts; un bijou de bonne.

Mais la bonne ne fait rien. La tante, idolâtre de sa nièce, imite ces élégants en tilbury qui tiennent les rênes et promènent leur cocher. Paul-Émilie va souvent promener Charlotte et sa bonne. Quant à Anastasie Pluchot, la nourrice, elle aime mieux rester assise.

On est à la campagne ; non plus à Saint-Mandé, un sentiment que l'on devine a fait choisir un autre asile. Le pavillon aux palis verts est loué—c'est à Passy que Paul-Émilie à voulu passer désormais les étés : Passy où elle jouait, fillette encore, Passy où elle avait tant de fois embrassé son père. —Jacques fut attendri jusqu'au fond de l'âme de ce pieux motif. Que je suis heureux, pensait-il, pauvre Charles ! Le bonheur se compose un peu du malheur des autres.

Camille est vaillamment restée au domicile conjugal pendant le reste de l'hiver, mais dès le commencement du printemps elle a loué sa maison, toute meublée, et a pris une demeure dans un autre quartier, sous son nom de fille, madame d'Angéli. Il en est résulté que Charles, qui deux fois avait refusé de répondre à ses lettres, avait fini par ne plus pouvoir la trouver un jour qu'il désirait savoir ce qu'elle était devenue. Vive alors fut la rumeur dans la famille Grandmaison. — Ou peut-elle être allée ? Qu'est-elle devenue ? A-t-elle quitté la France ? Est-elle en pays étranger ? — Personne ne pensa qu'elle se fût jetée à la Seine.

— Je la trouverai bien, moi, dit Florestine, que Charles

avait fait entrer troisième ou quatrième bonne chez son frère, et pour cela je ne demande pas trois semaines.

— Si tu y parviens, dit Charles avec un sourire d'incrédulité, je te donne un merle blanc.

— Je ne demande pas tant que cela.

— Tiens! et que demandes-tu?

— Je vous le dirai.

— Je veux le savoir d'avance.

— Vous ne le saurez pas.

— Alors, pas de marché.

— Vous ne la trouverez pas.

— Je m'y résignerai.

—Allons, dit Florestine presque tristement, laissez-moi la chercher, et je ne vous demande rien, c'était en plaisantant.

— Que voulais-tu dire?

— Je n'ose pas.

—Dis-le, je le veux.

— Impossible!

— Eh bien! je t'en prie.

—Oh! c'est que... non, c'était trop sot à moi, j'en ai honte.

— Encore?....

— C'était... tenez! c'était cela, et, avec un petit geste tout mutin, Florestine se levant sur le bout des pieds, petite biche légère, avait, prompte comme la pensée, volé un tout petit baiser à peine effleuré, et avait disparu comme un éclair. — Quelle singulière enfant! se disait

Charles; quel dévouement de mamelouk! Si je le lui demandais, elle se jetterait à l'eau, et pourtant, qu'ai-je fait
pour elle? tandis qu'une autre, à qui j'avais... Ne pensons
pas à cela.

Florestine avait cherché, dans sa tête d'abord, cela
épargne bien des pas. — Madame est fière et violente, se
dit-elle, elle ne sera pas retournée vers sa mère. Elle est
restée à la maison pour prêter tous les torts à son mari,
puis elle va changer de quartier afin de secouer toute con-
trainte et faire des folies, ne fût-ce que pour s'étourdir.
Tout ce qui occupe la tentera dans son désœuvrement.
Elle ira à la messe le matin et au spectacle le soir. Cherchons d'abord dans les églises. Elle aura conservé sa
Vierge-Marie, c'est son souffre-douleur, et je serai bien
malheureuse si je ne distingue pas une carotte au milieu
de tant de radis noirs! À propos...

Et Florestine s'était frappé le front qui venait de s'illuminer d'une idée soudaine.—Monsieur Charles, il me faudrait une centaine de francs.

— Pourquoi faire?

— Je vous en rendrai compte.

Et Charles avait donné les cent francs.

Pendant que la Négrillonne se livre à ses investigations,
il nous faut dire encore un mot de Paul-Émilie. Pour em-
prunter l'expression de je ne sais plus déjà quel auteur
comique, Jacques et sa femme s'aimaient très décemment,
et tout en conservant les formes d'une exquise urbanité,

d'une gracieuse politesse, les relations intersponsales su-
bissaient évidemment, comme notre globe sublunaire, un
refroidissement continu. — Pourquoi cela? Qui le sait?
— Quel remède? Aucun.

Paul-Émilie souriait parfois, souvent même, mais son
sourire avait quelque chose qu'on ne peut exprimer ni par
le mot *triste*, ni par le mot mélancolique, c'était un sourire résigné, un parti pris de malheur irremédiable. Parfois aussi elle était rêveuse, et oubliait le temps à regarder les nuages au ciel, ou l'arbre balancer ses longues
branches. L'arrivée de Charles et de son enfant, leur ad-
mission à demeure dans la maison, avait apporté une heureuse diversion à cette espèce de tristesse sourde et la-
tente; le mouvement avait doublé dans le ménage, et
Jacques voyait avec joie que la dépense allait se niveler
avec les recettes; car on faisait d'inquiétantes économies,
et l'époux avait eu de vagues craintes de se voir sa femme
et lui passer dans les vieux richards. Mais graduellement
le flot était retombé. Il y avait dans la maison un ordre
tel que chaque chose avait promptement pris sa place.
Devant le caractère méthodique de Jacques, l'incessante
surveillance de la plus soigneuse des maîtresses de maison,
secondée par l'intelligence dévouée de Florestine, que pouvaient faire l'insouciance de Charles, la paresse de la
nourrice, la pétulante turbulence de Mariette la bonne, et
l'incurie de la cuisinière? Madame n'avait même pas une
personne à gronder, elle redevenait rêveuse, et, pour l'œil
scrutateur qui lui aurait bien effeuillé le cœur, sa mélanco-

lie changeait peu à peu de nature et prenait un caractère singulier. Parfois, assise au salon et causant avec Charles qu'elle consolait de ses bonnes et douces paroles, elle sortait tout-à-coup et ne revenait qu'une heure après. Qu'avait-elle fait? rien, ou peu de chose. Elle s'était promenée seule dans le jardin, où elle avait distractivement écrasé une touffe d'œillets ; ou bien elle allait repasser un compte de blanchisseuse qu'elle avait payé depuis quinze jours. Malgré ses efforts, Florestine n'avait pu s'en faire aimer. Paul-Émilie était pour elle pleine de bonté et de douceur, mais on sentait qu'à son égard le cœur était froid. Pourquoi donc? Florestine était cependant bien dévouée. Était-ce un souvenir pour sa sœur? se sentait-elle un répulsion pour l'ennemie de Camille? Avait-elle des craintes? craignait-elle de nourrir un serpent dans son sein? Oui, peut-être, et peut-être aussi quelque autre chose. Il y a dans le cœur humain tant de mystères! Un jour Charles causait avec la Négrillonne. Quand elle fut partie, Paul-Émilie dit d'un ton qui n'était pas sans amertume :

— Elle est bien familière.

— C'est vrai, dit Charles, mais elle est si dévouée que cela donne bien quelques droits.

— Oui, répliqua Paul-Émilie visiblement préoccupée, le dévouement donne des droits, et pourtant.... — Un soupir acheva la phrase, mais comment l'acheva-t-il?

Une autre fois, Charles et sa belle-sœur étaient assis à l'ombre d'un berceau de vignes, dans le fond du jardin. Elle brodait, et lui causait. Puis on laissa venir le silence.

Charles regardait se colorer le beau soir, et Émilie le regardait dans sa contemplation. Puis brusquement elle se
tourna, et attacha le regard le plus tenace vers une entre-
branche d'arbres qui laissait voir un ciel bleu.

— Vous aimez bien le ciel, dit à la fin Charles, et vous
le regardez avec une attention bien soutenue?

—Oui, dit la femme, avec ce ton qui donne deux sens
aux paroles, on peut bien, *lui*, le regarder sans crainte et
l'aimer sans danger.

———

V.

Singulière conquête.

Trouver dans Paris une personne qui se cache est chose assez difficile à trouver, et, pour des raisons connues et à connaître, Camille se cachait. Florestine alla dans toutes les églises, à tous les sermons, et, faute d'y pouvoir entrer, stationna successivement à la porte de tous les théâtres. Peine perdue : Camille ne sortait pas.

— Sotte que je suis! se dit la Moricaude, on peut vivre sans sermons, sans messes et sans opéras, mais on ne vit pas sans manger. Cherchons dans les marchés aux légumes. La Vierge Marie aura conservé son habitude de marchander des carottes, ne fût-ce que pour faire voir qu'il existe quelque chose d'aussi rouge que ses cheveux.

Et la jeune fille de recommencer ses recherches. Sa recette pourtant n'était pas infaillible, et elle commençait à désespérer quand elle se trouva un jour face à face avec la belle aux cheveux d'or ; c'était vers la Madeleine. La bonne était chargée de provisions, et, en regagnant son domicile, elle ne s'aperçut pas qu'un tout petit jeune homme au teint brun, à l'œil vif, à la démarche leste, vêtu du costume de collégien, la suivait presque pas à pas. Elle entra dans une maison de la rue Saint-Lazare. Le jeune écolier prit l'adresse, sauta dans un cabriolet et disparut.

Depuis près d'une heure, ce jeune homme presque enfant à l'uniforme de collégien que vous savez, flânait dans la rue de la Ferme, tantôt marchandant des fleurs aux bouquetières, tantôt taquinant messieurs les concierges en leur adressant différentes questions toutes plus baroques les unes que les autres, mais avec tout cela l'oreille au guet et lorgnant du coin de l'œil le numéro 17 auquel il paraissait prendre un certain intérêt. Tout-à-coup l'écolier laisse tomber dans le ruisseau une orange qu'il venait d'acheter, et court, rapide comme une flèche, après une grosse et grasse servante qui sortait de la maison susindiquée.

— Bonjour, mademoiselle Marie.

— Bonjour, mon petit monsieur, répond la fille aux cheveux de flamme.

— N'allez donc pas si vite, j'ai quelque chose à vous dire.

— A moi? mais je ne vous connais pas. D'ailleurs, je suis pressée, je vais à la bénédiction du mois de Marie.

— Nous ferons connaissance.

— Monsieur, je n'ai pas le temps, dit avec une certaine

9

vivacité et en hâtant le pas la ménagère qui s'impatientait.

— Un mot seulement, insista le collégien. — Puis il lui dit presque à l'oreille :—J'ai des nouvelles de Jean-Simon.

A ce mot, la servante troublée balbutia quelques mots, et s'arrêta, regardant le collégien bien en face.

— En vérité !... mais il me semble que vous ne m'êtes pas inconnu... Oh! comme c'est drôle! vous ressemblez, mais étonnamment, à une jeune fille que je...

— A la Négrillonne, n'est-ce pas?

— Dam, oui ! Seulement, elle est plus grande que vous, et, je crois, plus *foncée* encore de peau. Mais la voix est tout-à-fait la même.

— Ce n'est pas étonnant, c'est ma sœur.

— Ah! aussi je me disais .. est-ce que vous seriez son frère Timothée, dont elle me parlait quelquefois?

— Un mauvais sujet, un petit coureur... c'est moi.

— Mais il me semblait que vous deviez être plus âgé.

— Laissez donc, ma grosse blonde, dit l'écolier d'un air intentionné, je vaux mieux que je ne suis gros: j'ai l'air enfant, et j'arrive à mes dix neuf ans. Mais vous ne m'avez pas répondu à propos de Jean-Simon.

— Ah! c'est pour m'attraper, dit la fille en rougissant de nouveau. Je suis bien sûre qu'il ne pense plus à moi... il est encore comme les autres.

— Allons, ma grosse blonde, vous avez une trop mauvaise opinion de nous. J'allais vous en dire de bonnes nouvelles, mais vous m'avez l'air si pressée.....

— C'est que le salut est commencé, et... .

— Eh! mon Dieu, vous irez demain. Tenez, venez avec moi jusqu'au *monument* de la rue de l'Arcade, et là nous causerons à l'aise. A moins que vous n'ayez peur que madame ne vous voie.

— Oh! il n'y a pas de danger, madame ne sort jamais, dit la Vierge-Marie, qui saisissait l'ouverture avec empressement.

Donc, on alla causer sous les allées de cyprès. On devine ce que c'était que Jean-Simon. Les amants de la Vierge-Marie étaient discrets, mais des yeux furets les épiaient parfois, et le secret de l'un d'eux avait été dérobé. Toutefois, malgré son adresse, le jeune collégien, qui n'était plus petit que Florestine qu'en apparence, et pourcause, ne venait pas à bout de son dessein, qui était de s'introduire dans le domicile de l'épouse fugitive. Mais un bon stratége ne se déroute pas pour une fausse manœuvre, et l'écolier mutin tenta un autre moyen qui ne pouvait manquer de réussir.

— Ma bonne grosse maman, dit-il de sa voix la plus flatteuse, pourquoi donc pensez-vous que Jean-Simon ne vous reviendra pas?

— Parce qu'ils promettent toujours et ne reviennent jamais, dit la fille d'un ton d'affirmation qui faisait honneur à son expérience. C'est pour tous la même chose.

— Il me semble bien, *moi*, que si je promettais quelque chose, j'y tiendrais.

— Oh! vous, dit la fille avec quelque amertume, vous, il vous faudra une jolie jeune fille que vous épouserez.

— On ne peut pas se marier en suivant ses cours d'études, et en attendant on sent le besoin d'une bonne personne, d'une amie sincère qui nous aime et à qui l'on puisse confier toutes ses pensées.

— Tiens, comme il me dit cela gentiment, c'est qu'on dirait qu'il le pense! dit la Vierge au cœur trois fois inflammable, et son regard était tout humide.

— Certainement, je le pense; et je vous assure que je voudrais bien que vous me connussiez mieux. Je vous connais moi, Florestine m'a souvent parlé de vous, et si vous vouliez...... Un soupir, créé pour le besoin de la cause, se chargea d'achever la phrase.

— Oh non, reprit la blonde, c'est pour vous moquer de moi. Je suis vieille déjà et je ne suis pas assez jolie....

— Allons donc! pourquoi ne seriez-vous pas aussi jolie qu'une autre? dit la Négrillonne qui dans son éhonté compliment montrait qu'elle connaissait le cœur féminin. Je vous jure que je serais bien heureux d'être aimé d'une personne sage et bonne comme vous. D'ailleurs, je suis un peu délaissé, orphelin autant dire, et je n'ai personne au monde qui s'intéresse à moi. — Et le jeune élève laissa tomber son visage sur le bras de la Vierge Marie sans doute pour cacher ses larmes. Ce fut le coup de grâce. Marie avait bon cœur. D'ailleurs elle ne savait pas comment se refusait un homme, fût-il enfant; elle en avait si peu l'habitude!

— Dam! dit-elle tout émue à son tour, si je pouvais vous être utile à quelque chose. Vous avez l'air si bon.....

— Oh oui, dit le collégien soupirant encore. Mais écoutez.... *écoute*, ajouta-t-il plus bas et d'un ton à l'*achever*,
écoute, Marie, on n'est pas bien ici, tout le monde nous
observe. Si chez toi....

— C'est que madame... peut-être... — Et Marie n'achevait pas. Mais, comme son accent ne marquait que la crainte
de l'insuccès, on vainquit ses scrupules, et il fut convenu
que pendant que madame serait dans un bain qu'elle devait
prendre le soir même, le jeune homme serait introduit
dans la chambre de Marie qui était à l'étage supérieur.
On se quitta pour une heure.

— Je crois bien que le moutard est fou, dit un épicier
voyant passer Florestine. En effet, le faux jeune garçon
riait aux larmes.

Florestine n'avait pas oublié l'heure du rendez-vous.
Mais quand elle fut à la porte et qu'avec une certaine hésitation elle eut tiré le brillant bouton de cuivre, à sa
grande surprise elle n'entendit pas vibrer la sonnette, et
pourtant la porte s'ouvrit aussitôt. Une main saisit sa main
et servit de guide dans l'obscurité, car le gaz était éteint.
En passant devant la loge du concierge, la jeune fille n'y
vit personne. Marie y entra une minute, et, avec autant
de promptitude que d'adresse, retira un tampon qui avait
assourdi la sonnette, puis elle monta rapide et légère devant son faux compagnon. En mettant le pied sur le palier
du premier étage — Camille demeurait au second — la
servante s'arrêta écoutant et posant un doigt sur la bouche
du gentil brunet. On monta quelques marches, et l'on s'ar-

rêta encore, puis une troisième fois. Un mouvement qui
se fit dans la chambre de Camille effraya Marie, et Florestine la sentit trembler. Puis, par une inspiration soudaine,
comme des pas se faisaient entendre, Marie enlaça l'enfant entre ses bras aux muscles puissants et, avec une lé-
gèreté qu'on ne lui aurait pas soupçonnée, elle monta rapidement les marches qui résonnaient sous ses pas. Il
était temps! à peine elle arrivait au troisième qu'une voix
sonore et vibrante fit entendre un — « Marie! » durement
articulé.

— Me voilà, madame, je redescends! — Et Marie, re-
doublant d'efforts, courait en montant. Quand elle arriva au
quatrième, à la porte de sa chambrette, le cœur lui battait
d'une effrayante façon : il y avait de quoi se rompre les
vaisseaux. La porte de la chambre était entrebâillée, Florestine s'y sentit pousser, et la porte se referma vivement.
L'enfant put alors distinguer à l'oreille que, pour descendre plus vite, Marie se laissait couler sur le porte-main
de l'escalier, et à peine Florestine avait-elle remarqué une
veilleuse jetant une douce et faible clarté, qu'au travers
de la porte fendillée, des jets de lumière lui apprirent que
l'escalier venait de reprendre subitement son éclairage accoutumé.

La première pensée de Florestine fut un mouvement de
surprise à la vue de tant de savoir-faire émanant de cette
masse qu'elle croyait à peine douée de pensée. C'est que
la pauvre Marie, simple dans ses habitudes et résignée à

son humble rôle sur la terre, n'acquérait un peu de la vie de l'âme que sous le souffle ardent de l'amour.

Son absence ne fut pas de longue durée. Bientôt, un pas régulier et un peu pressé annonça, par le crescendo d'usage, qu'on approchait, et Marie se jeta sur une chaise en s'essuyant le front.

— Tu t'es ennuyé, mon petit chéri — mais me voilà. C'est que madame prenait un bain et la voilà couchée. Nous sommes tranquilles jusqu'à demain matin.

— Causons donc un peu, ma bonne petite Marie, j'ai toutes sortes de choses à dire.

— Dis, mon petit ami, reprend Marie avec un accent de tendresse inquiétante. Dis-moi tout ce que tu voudras, là, tout! —

— Est-ce que madame Grandmaison demeure seule depuis qu'elle a quitté la rue Saint-Antoine?

— Toute seule..... Est-ce vrai, mon tout petit, que tu m'aimes un peu?

— Oui, vraiment..... Et elle ne reçoit ici personne? pas d'amis, pas de visites?

— Personne, que le médecin..... Ce n'est pas pour te moquer de moi, n'est-ce pas?

— Fi donc! quelle idée... Est-ce qu'elle est malade?

— Pour sa situation, elle est assez bien..... Mais, dis-moi, mon petit...—Et Marie s'approchait de plus en plus, — est-ce que tu n'as pas besoin de te *reposer*?

— Diable! pensait Florestine, elle est tenace; — pas encore, bientôt; — causons donc un peu.

— Comme tu voudras, dit la servante d'un ton un peu triste.

— Tu me dis sa situation ; dans quelle *situation* est-elle donc ?

— Mais elle vient d'accoucher.

— Vraiment !

— Mon Dieu, oui ! d'une bien jolie petite fille, jolie comme toi. — Et Marie prit sur le front de la jouvencelle un baiser qui pouvait passer pour un commencement d'hostilités.

— Bah ! dit Florestine en riant ; est-ce que ce sera une négrillonne comme ma sœur !

— Oh ! non, au contraire.

— Comment, au contraire?

— Ah! c'est qu'elle est toute blonde.

— En vérité? comme toi, Marie ?

— Oh ! moi, dit Marie un peu honteuse, on dit que je suis rouge.

— Allons donc ! c'est un blond superbe.

— Non, non, dit tristement la Vierge. Mon Dieu, je donnerais deux doigts de ma main d'avoir de beaux cheveux, de beaux cils comme ceux-là.

Et une nouvelle caresse allait sceller cette opinion. Florestine résista par un instinct de pudeur, et manifesta un sentiment qui dut faire peu d'honneur à son vêtement de garçon.

— Ah ! elle a une enfant blonde ! Et cette enfant est en nourrice, à...

— Non, l'enfant est ici, et madame veut le nourrir; elle dit que celui-là c'est le sien.

— Au fait, je ne sais pas qui le réclamerait. Et comme cela, vous ne sortez jamais?

— Si, madame sort, mais rarement, et je n'en suis jamais prévenue.

— Mais son mari, pourquoi ne vient-il pas la voir?

— Il ne nous trouverait jamais. Madame a changé de nom : on l'appelle madame Desplaces; c'est le nom sous lequel elle a fait *déclarer* sa petite fille.

— Et tu ne promènes pas l'enfant.

— Mon bon petit, dit Marie, qui perdait peu à peu le reste de sa patience, qu'est-ce que tu me demandes? promener une malheureuse créature de quinze jours? est-ce que cela tombe sous le sens. Écoute, ma petite fille, est-ce que tu ne t'ennuies pas, comme cela? Moi... tu sais bien, je travaille toute la journée... et...il va être dix heures (il n'en était pas neuf).

— Tout à l'heure, dit Florestine, qui cherchait en vain un moyen honnête de se tirer de là. Est-ce que madame... comment donc disais-tu?

— Madame Desplaces.

— Est-ce que madame Desplaces ne parle jamais de son mari?

— Tiens, tu veux me taquiner, dit Mario, avec une petite folâtrerie encore plus effrayante que sa tendresse; tu veux me taquiner, petit méchant!

Et, malgré la résistance de Florestine, les deux bras qui

l'avaient si lestement enlevée sur l'escalier l'enlevèrent de dessus sa chaise, et elle n'eut pas le temps de se reconnaître qu'elle se trouva sur les genoux de la puissante Marie, qui la pressa contre son cœur avec une voix émue, un regard ardent et humide, capables de faire regretter à la Négrillonne son imprudence.

Bercée d'un espoir qu'elle pensait légitime, entraînée par la puissance d'un tempérament que la pauvre créature avait renoncé à combattre, tant la lutte était infructueuse, Marie n'avait plus assez de sangfroid pour entendre raison, et le mystère qui allait se découvrir pouvait la jeter dans un dépit dont les suites seraient dangereuses. Au moment où, trop faible et luttant vainement, Florestine sentait n'avoir plus de ressource que dans un aveu trop longtemps retenu, ce fut avec une joie inexprimable qu'elle entendit du bruit à la porte, et aussitôt apparut madame Grandmaison, plus inquiétante encore que la Vierge Marie. D'un geste de reine elle montra la porte à Marie, qui baissait la tête sous son regard junonien ; et comme la servante hésitait encore, elle l'aida à sortir avec un mouvement de bras si vigoureux, que la fille en chancela ; puis elle repoussa brusquement la porte.

— A nous deux maintenant, la Moricaude ! oh ! vous jouez des rôles pour vous insinuer dans une maison en abusant cette pauvre fille, aussi bête, serpent, que tu es méchante. Mais, grâce à Dieu, j'ai l'oreille fine, et je reconnais une voix. Me diriez-vous, mademoiselle le collégien, l'honnête métier que vous faites ici ?

— Mon métier est un peu plus honnête que les gens à qui je parle.

— Sérieusement, ma gentille, c'est pour que je te jette par la fenêtre afin d'en finir plus vite.

— Essayez !

— Tudieu ! quel calme ! Monsieur le collégien a peut-être un stylet caché ? Ce serait plus dramatique. Et Camille prit le bras de Florestine avec une violence qui la fit crier : la chair était meurtrie.

Florestine savait trop de quoi son ancienne maîtresse était capable dans un élan de colère pour ne pas pâlir à son aspect ; mais la guerre était déclarée entre ces deux femmes, et, comme le sauvage plein d'orgueil restant impassible sous le couteau que l'écorche, Florestine voulut au moins braver celle qui la tenait en son pouvoir. Le premier cri jeté, elle reprit son calme, que rien dès lors ne démentit. Un regard d'un insolent dédain fut toute sa réponse à la violence dont elle était l'objet ; elle n'essaya pas même de retirer son bras.

— Eh bien ! dit Camille se maîtrisant elle-même, l'espionnage à mal réussi... Voilà le danger des missions délicates !

— Pas si mal, puisque je sais votre adresse en même temps que l'intéressant évènement qui vient de vous arriver.

— Et tu iras le lui raconter ?

— Probablement.

— Si je te laisse sortir.

— Vous ne voudriez pas me garder, vous n'étiez pas contente de mon service.

— Il n'en serait pas de même aujourd'hui. Vous êtes pleine de talents naguère inconnus. Combien me demandez-vous ?

— Pour me taire ?

— Je suis curieuse de savoir si tu plaisanteras longtemps.

— Je vous l'ai déjà dit : essayez.

— Mais tu ne penses donc pas, pauvre folle...— Et Camille, lui prenant les deux bras dans ses mains puissantes, lui lançait au fond des yeux un effrayant regard.... — Tu ne sais donc pas que c'en est fait de toi, et que tu ne sortiras pas vivante d'ici, misérable que tu es ?

— Bah ! il y a encore loin de la prostitution à l'assassinat.

Un soufflet la fit chanceler et bondir.

— Si vous me tuez aussi bruyamment, on va entendre et venir à mon secours.

— Tais-toi, ou je te broie sous mes pieds !

— Mais vous perdez du temps, madame. Vous voyez bien que je vous aide. J'aurais déjà pu briser cette fenêtre et crier au secours; je ne le fais pas.

— Cet amour du martyre ! Tu serais heureuse peut-être de mourir pour lui.

— Pour lui ! oh ! oui, je le voudrais. Et, oubliant son rôle, Florestine laissait échapper ces mots avec un accent d'enthousiasme.

— Ah ! tu l'aimes ! je l'avais soupçonné. Eh bien ! non,

dit-elle. — Et son front s'illuminait d'une joie cruelle : —
Non, tu ne seras pas victime pour lui ; tu n'iras pas en bel
ange l'attendre au ciel ! Aime-le, ma jolie brune, aime-le,
tu es bientôt digne de lui, et je vais te donner la couronne
nuptiale. Et, ouvrant bruyamment la porte, Camille se mit
à crier : « Au secours ! au secours ! au voleur ! au voleur ! »

— Infâme ! s'écria Florestine en s'avançant vers la porte.

Mais Camille la suivait du regard, et, en la repoussant,
elle lui jeta à voix basse ces mots rapides :

— Une femme infidèle vaut bien une fille voleuse. —
Puis, d'un mouvement rapide, elle ferma la porte sur Florestine, donna deux tours, prit la clé, et, pour plus de sûreté, resta sur le palier, en continuant d'amasser par ses
cris les locataires de la maison. Rien n'attire comme le
scandale. En un instant tous les paliers furent pleins ; chacun sortait, venant là l'œil ouvert, le cou tendu, l'oreille
au vent, qui en manches de chemise, qui en caleçon, qui
en camisole et en cornette. « Qu'y a-t-il ? qu'y a-t-il ? » Puis
de s'interroger, de se répondre, de croiser les interpella-
tions : les locataires gardes nationaux cherchant la baïonnette de l'ordre public et le coupe-choux citoyen ; les
prudes se cachant et voulant voir ; une lorette taillée en
Vénus laissant tomber son unique jupon ; deux couturières
se masquant dans la pénombre et pouffant de rire en voyant
les mollets échalas du locataire du troisième et les appas
indisciplinés de sa surabondante moitié ; tout cela formant
un tableau amusant à force d'être drôlatique, si le mot de :
« voleur » n'eût jeté une certaine teinte sombre sur toutes

les figures. Un danger commun fait passer sur bien des petites inconvenances. Enfin la garde arrive guidée par la portière, mégère aux cheveux gris, qui n'était pas dans le secret, et à la vue des uniformes, les femmes s'aperçoivent qu'elles ont oublié le plus indispensable de leur parure. Il ne reste que des hommes, et les femmes se contentent, — non, ne s'en contentent pas, — de guetter le scandale par la porte entre-baillée.

Au moment de livrer Florestine aux chances d'une poursuite injuste au fond, mais malheureusement trop fondée sur les apparences, Camille sentit fléchir sa colère. Elle aurait voulu s'être fait justice elle-même ; mais comment ? En tuant Florestine ? folie que de le penser ! Elle le sentait bien ; le soufflet donné avait épuisé toute sa rage. La déshonorer, cela lui semblait affreux. Mais que dire à ces hommes ? à cet officier qui ne voulait pas, lui, s'être dérangé pour rien ? Pâle et tremblante, — on attribuait cela à l'effroi, — ce fut par un mouvement presque automatique qu'elle ouvrit la porte de la chambrette, et consomma ainsi par force cet acte méchant qu'elle n'avait commencé que dans un de ces moments où l'on ne réfléchit pas.

Les soldats entrèrent la baïonnette en avant, et l'officier le sabre à la main. La chambre était vide... — Dans le lit, dit l'officier. Dans le lit, sous le lit, rien. Est-ce une moquerie ? pensait déjà le chef de la patrouille. Puis, levant les yeux, il voit une fenêtre entr'ouverte. Cette fenêtre en mansarde donnait sur une gouttière en plomb, au-dessous

delaquelle était un abyme de cinquante pieds de profondeur. Camille pâlit et se sentit froid au cœur.

— Il est sur le toit, dit le sous-lieutenant, chasseur ex-
pert de cette sorte de gibier. On cherche, on s'enquête, on
traque.. toujours rien.

Pendant cela deux jeunes filles descendaient l'escalier, se
glissant comme deux ombres. On arrive en bas, en trébuchant à force de courir. — « Le cordon, s'il vous plaît. »
Rien ne bouge. —« Le cordon, s'il vous plaît, » répète une
voix pressée et inquiète. L'une des jeunes filles se sentait
défaillir, quand l'autre, grande blonde décidée et alerte,
s'élance dans la loge du portier, et, tirant le cordon elle-
même, fait craquer le pêne dans la serrure et la porte s'en-
trebaille, puis revient aussi vite, ouvre tout-à-fait la porte,
et, s'arrêtant sur le seuil:

— Adieu, petit garçon postiche. Tu me jures toujours
que ce n'est pas Alfred? Allons, je t'aime bien, sauve-toi
vite. La blonde Pélagie, fleuriste la semaine et grande pol-
keuse le dimanche, remonte en se disant: Je suis bien sûre
qu'elle allait chez ce sournois de Théophile qu'Hermance
écoute : elle s'est trompée de porte. Pauvre Hermance !
elle serait vexée si elle savait cela! certes, je ne le lui dirai
pas.

Lasse de chercher, la cohorte armée redescendait l'escalier, et rencontre Pélagie qui montait nonchalamment, se
berçant à droite et à gauche, et faisant saillir l'une après
l'autre deux hanches comme on n'en trouve que chez les
grisettes ou chez les marquises. — Eh bien! dit-elle à l'of-

ficier, vous ne l'avez pas vu ?—Non.—Il faut qu'il soit sorti par les toits, à moins qu'il ne se cache dans la tournure de madame Michelot. Il y a de la place. — Et la grisette continue de monter en fredonnant Casti-Belza.

Toc! toc ! — Ouvre-moi, Hermance. C'est moi, Pélagie.

— Tiens, j'allais me coucher.

— Dis donc, ma pauvre petite, tu ne sais pas! je l'ai vu!

— Qui cela?

— Le voleur.

— Ah! mon Dieu !

—N'aie pas peur, il est parti. C'est un tout petit garçon, et ce garçon, c'est une fille.

— Tu me fais poser.

— Non, parole !

— Tiens, cette idée.

— Mon Dieu, tu devines comme moi, c'est un rendez-vous manqué.

— Tiens! tiens! tiens! tiens! Si c'était ce gros Marchu. Ah bah! c'est trop gras pour être amoureux, et trop avare pour payer seulement une glace.

— Moi, j'ai envie de faire une scène à Alfred.

— Tu le soupçonnes?

— Elle m'a bien juré que non. Et puis elle s'est jetée à ma miséricorde. La pauvre petite ! c'est tout jeune ; elle est entrée par le plomb de la gouttière. Oh! quand je l'ai vue, le sang ne m'a fait qu'un tour. Je l'ai bien vite prise dans mes bras, et je lui ai enfilé une de mes robes, ma petite violette, par dessus ses habits de garçon.

— Es-tu bien sûre que c'est une fille ?

— Elle me l'a dit , et puis... je m'en suis bien aperçue.

Hermance ne révoquait pas en doute l'aptitude de sa compagne à juger de pareilles choses, mais elle devenait pensive.

— Chez qui pouvait-elle aller ?

— Oh ! je n'en sais rien ; elle m'a bien juré que ce n'était pas Alfred. N'importe, je lui ferai tout de même une petite scène. Bonsoir, Hermance.

— Est-ce joli ? demande Hermance, comme se ravisant.

— Pas trop. Petite, fluette et brune comme une puce... Puis elle ajouta : Mais elle a une voix bien douce, et de beaux yeux ! Dieu, les beaux yeux... et les beaux cils surtout (Hermance n'en avait pas). Adieu, dors bien !

On se sépare et l'on se couche, Pélagie se disant : Pauvre Hermance ! cela la tourmente ; Hermance se disant : Si c'était Théophile, je lui arracherais les yeux.

.VI.

Un repli du cœur.

Pourquoi Florestine mettait-elle tant d'énergie à retrouver les traces de Camille, tandis que Charles, le plus
intéressé, paraissait y tenir si peu ? Pourquoi ? qui ne l'a
pas deviné ? c'est que la pauvre enfant, à qui l'on ne faisait
pas attention, s'était éprise d'un amour immense pour son
bienfaiteur, et que si elle pouvait pardonner à Camille de
l'avoir épousé, elle ne lui pardonnait pas de l'avoir rendu
malheureux. C'est que Charles, bon, mais faible et irrésolu,
Charles sentait plutôt du vide qu'une douleur poignante à
se voir séparé de Camille, et que d'ailleurs ses idées prenaient un autre cours. Pour n'être pas un fat, on n'est pas
un sot ; les paroles quelque peu équivoques de Paul-Émilie,
certains gestes, certains actes, tout minimes, tout imper-
ceptibles, l'avaient pourtant frappé par quelque chose d'é-
trange et d'insolite. Il avait réfléchi, et ses réflexions l'a-

vaient amené à cette conclusion : Elle m'aime. Était-il heureux de cette découverte ? Non certainement, il était trop loyal, trop bon frère. En était-il bien décidément, bien franchement fâché ? C'est triste à dire, mais la nature est ainsi faite : non, encore. Un peu de vanité, je ne sais quel ferment honteux, quelle corde secrète avait été remuée dans son âme. Il jouissait presque intimement. Sans projet, sans espoir, sans désir même, mais il se sentait être content dans l'ombre ; il savourait cela tout seul et replié sur lui-même. Puis il en venait à se faire honte ; alors il essayait de se persuader qu'il n'en était rien ; mais il n'y parvenait pas, il n'eût pas voulu y parvenir.

— Il faut que je la sonde, disait-il, je saurai à quoi m'en tenir.

Le soir du rendez-vous de Florestine, le ciel — peut-être le diable — lui fournit la plus belle des occasions.

Pour complaire à une fantaisie de sa femme, et aussi dans l'espoir de distraire un peu Charles qui s'ennuyait, Jacques, qui faisait des économies malgré lui, tant chaque chose lui prospérait, Jacques avait acheté une petite propriété auprès de Louviers. Il était parvenu, chose assez difficile en Normandie, à trouver un sol parfaitement mauvais et d'un rapport à peu près nul. Étangs, bruyères, pelouses, boscailles et prés jaunis, cela ne valait rien. Aussi, pour une cinquantaine de mille francs, avait-il tout un canton, plus une maison *manable*, qui pouvait passer pour une chaumière.

— Voilà des chasses pour Charles, s'était-il dit ; et, par-

tant gaîment par les grandes Messageries, il dit : « A après-
demain. » Et fouette postillon. Il laissait sa maison sous la
bonne-garde de sa femme, et sa femme entourée de son
frère, de son enfant adoptif, de Florestine et d'une maison
nombreuse. Mais l'enfant souffrait des dents, on était allé
le coucher; la bonne le veillait — ou ne le veillait pas, —
la nourrice dormait, la cuisinière avait la tête pesante, attendu un reste de vin de Malaga, et un petit domestique
avait reçu d'un de ses camarades un billet pour l'Ambigu ;
Florestine était vers la Madeleine, et Paul-Émilie se
trouvait seule au salon avec Charles dès la sortie du
dîner.

Pendant la première heure on parla de choses indifférentes ; mais à la fin Charles, qui voulait savoir à quoi s'en
tenir — se disait-il, — parvint, après deux ou trois tenta-
tives inutiles, à amener la conversation sur un terrain quelque peu glissant.

— Eh bien! ma sœur, vous ne regardez plus les nuages
et le ciel bleu.

— Ce serait assez difficile ici.

— Ah! vous pourriez regarder ce piano, ou bien la porte
de votre chambre à coucher. Tout est bon à regarder quand
on ne veut que tourner la tête.

— Pourquoi me dites-vous cela?

— C'est que l'autre jour votre contemplation céleste
n'avait pas d'autre but.

— Quelle idée !

— C'est vous qui me l'avez dit.

— J'ai dit cela, moi ?

— Du moins vous me l'avez fait entendre assez claire-
ment, en me disant : Lui au moins on peut le regarder
sans crainte.

— Quel mal y a-t-il à cela ? dit Paul-Émilie se troublant
un peu.

— Je suis à mille lieues de dire qu'il y ait le moindre
mal, seulement je ne me croyais pas si tête de Méduse.

— Vous jouez avec vos idées.

— Écoutez-moi, petite sœur, dit Charles se posant tout
près d'elle sur le divan et lui prenant affectueusement la
main. C'est vous qui avez voulu me faire une taquinerie,
que, du reste, je vous pardonne de bon cœur. Vous avez
voulu me faire entendre... des idées en l'air, pour rire ensuite de ma crédulité.

— Expliquez-vous, je vous en prie.

— Bien, prenez de grands airs ! Vous savez bien que je
ne le puis pas, m'expliquer, sans être ridicule. Vous me
comprenez, et vous feignez de ne pas me comprendre.

— Mon bon Charles, dit Paul-Émilie avec un certain
enjouement plein de bienveillance, vous ne sauriez être ridicule avec moi. Quoi que vous pensiez, dites-moi tout ; je
vous y autorise, et je vous en prie.

— Eh bien ! dit Charles s'efforçant un peu, je veux dire
qu'à ma place un homme présomptueux pouvait se croire...
aimé de vous.

— Je n'ai jamais caché mon affection pour vous, dit la

douce blonde en le voilant d'un long regard de ses beaux yeux bleus.

— Sans doute, mais on aurait pu penser que cette affection avait un caractère plus intime.

— Tais-toi, répondit la femme sans le moindre trouble et avec l'accent d'une bien bonne amitié, tais-toi, Charles, ne parle pas de ces choses-là ; tu sais bien que cela ne se peut pas.

— Je le sais, dit Charles d'un ton grave ; aussi je jure ici Dieu et mon âme, si je *vous* — il appuyait sur ce mot — si je vous ai pressée un peu, c'était avec le projet de me séparer de vous deux si ma présence devait être ici un obstacle à votre repos.

— Oh ! non, dit Paul-Émilie avec vivacité, non, ne nous quitte pas, ne me quitte jamais.

— Mais, si tu m'aimais... il y a des choses si bizarres.

— Et quand je t'aimerais, mon bon Charles, qu'en résulterait-il pour nous tous que du bonheur ?

— Mais ton repos.

— Mon repos ! oh, Charles, que je voudrais te dire ce qui se passe dans mon âme ! Mon repos ! mais il n'existe que depuis que tu es ici, avec nous. Sais-tu que j'ai été assez égoïste, assez infâme, pour bénir ton malheur... car c'est lui qui nous a réunis. Mon repos ! oh ! Dieu, qui m'entends, ne nous sépare jamais, et je ne demande plus rien sur cette terre.

Charles était de plus en plus convaincu. Animée par son exaltation, le regard brillant d'un feu intérieur qui se manifestait malgré ses efforts, Paul-Émilie était belle, non comme une Vierge candide qu'on adorerait, mais belle à vaincre, à subjuguer, à rendre fou.

—Oh! oui, mon bien-aimé frère, reste toujours, toujours auprès de moi, tu me rends la vie de mon âme qui s'éteindrait sans cela. Ne crains jamais pour mon repos.

— Et le mien?

— C'est vrai, dit à voix basse la femme subitement effrayée. Le tien! je n'y avais pas pensé. En effet, peut-être vaudrait-il mieux nous séparer.

Ce fut au tour de Charles à dire : « Reste encore », car on n'affronte pas impunément certains tête-à-tête. Le devoir de frère, le devoir d'épouse, semblables à des images devenant confuses au soir, fuyaient peu à peu dans un vague horizon. Déjà plus d'une caresse avait été prise et rendue, caresse licite encore, décente même, mais trop tendre déjà, quand un geste de Charles vient enfin révéler à Paul-Émilie qu'il avait tout-à-fait oublié la sœur pour ne voir plus que la femme. Alors elle s'arracha violemment de ses bras, en se disant à haute voix :

— Oh! non, non, jamais, ce serait bien plus affreux encore! Non, plutôt l'autre malheur. — Puis, comme épouvantée au son de sa voix, elle s'arrêta; tandis que Charles, qui n'avait plus conscience de ses actes, l'enlaçait de ses bras vigoureux, lui couvrait de baisers les mains dont elle se cachait le visage. Tout-à-coup la porte fut violemment ouverte et la Négrillonne entra. D'un coup d'œil tout — à peu près — fut deviné.

— Vous rentrez bien tard ! dit madame, pour se faire une contenance.

— Mais pas si tard, dit Florestine avec intention, puisque madame n'est pas encore couchée. Au fait, il arrive onze heures.

— C'est vrai, dit Paul-Émilie, je ne croyais pas qu'il fût cette heure-là.

— Le temps passe vite quand on ne s'ennuie pas.

Les deux femmes croisèrent un regard. Une nouvelle guerre commençait.

— M. Charles, j'ai bien des *choses* à vous apprendre, mais je suis bien fatigué, *moi*, et je vous demanderai la permission de me coucher. — Florestine sortit, et laissa seuls le beau-frère et la belle sœur. Mais ils étaient séparés par son ironie qui se dressait entre eux. Ils se quittèrent se disant à peine bonsoir, et l'ange des secrets put entendre les monologues suivants :

FLORESTINE. Depuis quelque temps je le soupçonnais, aujourd'hui je n'en puis plus douter : elle l'aime, et lui... il l'aimera aussi. Mon Dieu ! pourquoi cette pensée me serre-t-elle le cœur ? Que m'importe, à moi, pauvre enfant, qu'il regarde à peine ? Ne sera-t-il pas plus heureux d'ailleurs, et cette affection, en occupant son âme, ne le distraira-t-elle pas de ses chagrins de ménage, ne le sauvera-t-elle pas contre le danger d'un retour vers cette affreuse femme, car il reviendrait à elle si seulement elle lui disait : « Je t'attends. » Il est si faible ! Oui, mais cette femme, elle, cette femme ne s'appartient pas, elle appartient à un autre qui la couvre de son nom et du plus beau des titres, celui d'une épouse aimée et estimée. Le tromper! comme ce serait affreux! oh! non, non, j'en jure! je les suivrais plutôt partout, j'arracherais le masque d'hypocrisie sous lequel ils cachent leur affreux secret, je dirais..... Puis les deux frères iraient s'égorger, et *lui*, peut-être, on le rapporterait mort ou mourant! — Que faire donc, mon Dieu! que faire? je voudrais être morte. . . . . .

. . . .

CHARLES. Je m'y perds! Elle m'aime, je n'en saurais douter, et pourtant il y a chez elle quelque chose d'inexplicable, quelque chose qui heurte tous les usages et renverse toutes mes idées. Au premier appel, elle s'élance vers moi sans réserve, sans retenue, presque sans pudeur, elle me jette son cœur et son âme; puis, si je la presse, je trouve une inconcevable résistance. D'où vient cela? La pudeur? la morale? la religion? Mais alors on a de tout cela quand on est de sangfroid. Ces liens religieux et sociaux sauvent la femme en l'empêchant d'approcher de l'abyme, et non pas en la retenant quand elle roule sur la pente. Il y a là un secret, un mystère étrange, incompréhensible. Il semblerait qu'elle voulût trouver dans ma tendresse, dans mon amour peut-être, une sauvegarde contre un danger dont je ne saurais me rendre compte. Mais alors elle se rapprocherait de son époux, et elle paraît heureuse quand il la quitte; je vois cela sous sa froide politesse, sous sa gracieuseté glacée. Alors elle aimerait la surveillance , et parfois elle s'y dérobe; tout à l'heure ses yeux lançaient une flamme sinistre contre la Moricaude, et pourtant elle a soupiré comme une femme sauvée d'un péril. Tout cela est un écheveau bien embrouillé. Au surplus, advienne que pourra; je voudrais bien dormir. . . . .

. . . .

PAUL-ÉMILIE. Que pense-t-il de moi? Oui, je l'aime! je sens aujourd'hui que je l'ai toujours aimé, et pourtant!... Que n'ai-je été toujours près de lui! lui, du moins, m'aurait soutenue. Malheureux mariage! fatale pensée qui m'a jetée, tête baissée et la mort au cœur, dans ce lien éternel qui demande de l'amour et de la liberté, moi qui n'avais ni liberté ni amour. Mon Dieu! s'il savait..... Oh! je voudrais oublier tous mes souvenirs, toutes mes pensées, ne plus sentir les battements de mon cœur! Mon Dieu! mon Dieu! pourquoi suis-je au monde? Si j'avais pu l'aimer! mais il m'aidait si peu, me soutenait si mal : il comptait sur moi... sur moi!...— Et Paul-Émilie souriait d'un amer sourire.— Non, encore! il comptait sur lui, sur sa surveillance! la surveillance d'un mari! Oh! comme tout cela est triste et sombre! tâchons de ne plus penser...

VII.

Catastrophe.

La Négrillonne aurait passé la nuit sans dormir si l'insomnie était possible à quinze ans ; elle dormit donc, mais
elle était éveillée avant que les premières lueurs de l'aube
vinssent blanchir l'horizon vers Ménilmontant. Selon son
vœu, Charles avait dormi assez tranquillement, et pourtant
sa première pensée du matin continua sa dernière pensée
de la veille au soir : « C'est égal, j'en aurai le cœur net. »
Il se promenait en long et en travers sous les charmilles
du jardin, répétant : « Il faut que j'en aie le cœur net. »
Un pas léger, un petit frôlement de robe bruit doucement
derrière lui ; son cœur bat vivement ; il se retourne... —
c'est Florestine. Charles n'était pas gracieux dans le désappointement, il reçut sèchement la Moricaude.

— Monsieur, je l'ai trouvée.

— Ah !... qui donc cela ?

— Qui cela ? dit Florestine blessée au vif de ce manque de mémoire. Mais madame, je suppose, madame votre épouse, que je cherche depuis quinze jours.

— Ah ! oui, à propos ; eh bien ?

— Eh bien ! elle demeure près de la Madeleine... et il vient de lui arriver une chose fort étrange, ajouta la Noirette, voulant frapper un grand coup : sa famille s'est augmentée ; elle est mère d'une toute nouvelle née.

— Tiens ! dit Charles d'un ton distrait, en effet, c'est étonnant.

— Il paraît que cela vous fait peu de chose, reprit l'enfant avec amertume.

— Au bout du compte, que veux-tu que j'y fasse ?

— Moi ? mon Dieu ! je ne vous dis pas d'y faire quelque chose. Pardon seulement de vous avoir occupé un instant à une pareille vétille. — Et Florestine s'éloigna rapidement. Les pleurs la suffoquaient.

— Oh ! c'est fini, pensait-elle, et cette pensée lui brisait le cœur, c'est fini. Il ne rêve qu'elle, il ne respire qu'elle ! Ils sont perdus ! — Et l'enfant se prend à marcher devant soi, au hasard, absorbée dans sa douleur, que peut-être elle ne s'avouait pas tout entière.

Depuis quelques instants déjà elle errait comme poussée par une force dont elle n'avait pas conscience, quand elle se sentit brusquement arrêtée par une dame vêtue en grand deuil ; elle leva les yeux et recula en pâlissant comme si elle eût marché sur une couleuvre.

— Où donc cours-tu comme cela tête baissée ? lui dit la

voix sonore et mélodieuse de Camille ? Comme te voilà
syncopée ! Tu n'as pas peur, je suppose, que je te jette ici
par la fenêtre ?

— Le sentiment que vous m'inspirez, madame, n'est pas la
crainte, vous le savez.

— Nous savons, mademoiselle, que vous êtes pleine de
courage et de dévouement. Mais à quoi bon cette quasi injure, quand moi je n'ai que des dispositions pacifiques ?

— Que me demandez-vous, madame ?

— Un moment de causerie. Cela doit rentrer dans votre
plan d'enquête, mademoiselle, et je vous jure que j'ai un
vif regret de la scène d'hier.

— De son mauvais succès ?

— Tiens, ma pauvre Négrillonne, dit Camille en la rapprochant d'elle d'un geste familier, si tu n'as pas été prise
hier, c'est que je ne l'ai pas voulu. Je t'ai vue descendre
avec une robe sur laquelle tu marchais en trébuchant. Seule
dans le secret, j'ai seule eu des soupçons, et je n'ai rien
dit. Quand la fleuriste est rentrée chez elle, j'ai été l'y
voir, et quand je t'ai sue sauvée, tu ne le croiras pas, Moricaude, j'en ai été contente.

— Je sais, madame, que vous êtes plus violente que
méchante, mais...

— Ne parlons pas de cela. J'ai... nous avons à causer,
viens avec moi, tu dois avoir des moments disponibles.
Mais nous sommes mal ici dans cette rue. Je ne te propose
pas d'aller chez moi, pour t'exposer aux colères de la
Vierge-Marie — Florestine ne put s'empêcher de sourire.

— Mais allons aux Tuileries; là personne ne nous épiera.

Florestine n'avait pas assez de volonté pour dire : Non ; et quelques moments plus tard un mylord les déposait à la grande grille. Les voilà marchant au hasard, assez silencieusement d'abord, puis peu à peu se communiquant quelques pensées sous ces grands dômes verts, refuge des cœurs incompris, des poètes rebutés, des provinciaux flâneurs, des lorettes disponibles, des galantes sur le retour et des dînantes affamées.

Florestine était fine et rusée, mais, comme tous les enfants d'Adam, dans une situation calme et normale seulement. Sous une impression forte, sa prudence l'abandonnait : la pauvre enfant n'avait pas encore assez appris comme il faut sourire dans ce monde quand on a la mort au cœur. Dans une âme de quinze ans, la douleur est expansive comme la joie, et la Négrillonne se laissa aller presque sans défiance à l'appât que lui tendait Camille.

Celle-ci, sachant mieux les choses de la vie, avait trop compris le caractère de Florestine pour ne pas l'apprécier. Tant de finesse, de persévérance, d'audace, l'avait vivement impressionnée. Elle, femme ardente et passionnée, elle aimait ce caractère qui se dessinait avec tant d'énergie. La ruse excentrique de l'enfant l'amusait, son courage devant la douleur et le danger l'avait subjuguée, son intrépidité à marcher sur un abyme excitait son admiration. C'était vrai qu'elle l'avait vue sortir et qu'elle avait dit : « Tant mieux ! » De ce moment elle arrêta dans sa tête de s'en faire une amie, et elle devait y réussir. Le côté vulné-

rable était trouvé, il s'agissait de l'attaquer avec circon-
spection, et depuis quelque temps Camille aussi avait appris à dissimuler. L'acharnement de Florestine contre elle
ne venait pas précisément de ce qu'elle avait violé les lois
religieuses et sociales. Dans les âmes les mieux nées il y a
toujours un grain de personnalité : Florestine aimait Charles, et c'était un peu comme rivale qu'elle haïssait Camille.
La destruction du ménage devait faire disparaître le
premier obstacle entre ces deux femmes, et le ferment de
haine amassée ne pouvait que s'épuiser, rien ne le renou-
vellerait plus. On a vu que Camille avait été servie à souhait
par un évènement imprévu, et sur lequel elle ne tarda pas
à être instruite. Comprenant le faible de la jeune fille, Camille lui parla de Charles d'un ton indifférent, mais en bons
termes et avec l'accent de l'intérêt. Elle gagna d'abord
l'attention de son auditrice, et peu à peu sa confiance. Florestine avait tout raconté, j'allais dire tout avoué, sans
presque s'en apercevoir, et elle se surprit, à un instant, sa
petite main aux longs doigts bruns engagée dans les belles
mains blanches de son ex-ennemie.

— Pauvre Florestine, tu m'en as bien voulu ! pourquoi
donc cela ?

— Je ne sais pas, dit la jeune fille avec quelque embarras, et puis vous m'avez si souvent maltraitée.

— C'est vrai, je suis un peu brusque; mais il faut que
j'aie bon cœur, car tu m'as fait bien du mal, et pourtant je
ne te hais pas.

— J'ai toujours pensé, madame, que chez vous le fond était bon, mais...

— Mais la tête est mauvaise, n'est-ce pas ? Ne parlons plus de cela. Assez de malheur est tombé sur nous, et il serait temps de concerter nos efforts pour faire tête à l'orage. J'ai regretté Charles quand il m'a quittée ; depuis, je me suis cachée, tu sais pourquoi ; et puis, j'ai pris un nom d'emprunt et des habits de veuve pour qu'il n'eût pas à rougir de moi. Il me laisse ma fortune, et même un peu la sienne, si je veux la prendre ; il est si négligent ! Je tâcherai d'élever mon enfant de manière à ce qu'elle soit plus sage que moi, et je ne serais pas à plaindre si j'avais avec moi une amie bonne et intelligente avec laquelle je pusse causer de mes pensées intimes. Dis-moi, ma Négrillonne, ajouta Camille de son ton le plus caressant, et en adoucissant le regard de ses grands yeux bruns, voudrais-tu revenir avec moi?

L'attaque était un peu brusque, et peut-être Florestine eût-elle répondu par un refus, si une chose bien vulgaire à Paris n'eût attiré vivement son attention. Tout en flânant, les deux compagnes se trouvaient sur la terrasse des Feuillants, près de la grille, quand Florestine, arrachant vivement sa main à l'étreinte amicale qui la pressait, la tendit dans la direction d'un omnibus qui passait, en disant : «Tenez, c'est lui ! » Comme s'il eût entendu cet appel, le lourd véhicule s'arrêta, et il en sortit un voyageur d'assez bonne tournure, quoique maculé encore de la poussière d'une assez longue route. Camille reconnut M. Jacques Grandmai-

son, son honoré beau-frère, lequel avait aussi reconnu Camille, son inconséquente belle-sœur. Jacques était prudent
et diplomate, nous le savons, et malgré la surprise qu'il
éprouvait à rencontrer Camille dans une promenade publi-
que et avec une telle compagne, il ne manifesta sa surprise
que par un sourire de bonne compagnie, et aborda les deux
nouvelles amies sans hésiter un instant.

— Nous causions de vous, dit Camille, pour lui épargner
un début qui, *dans l'espèce*, devait être assez embarrassant; comme je tuais le temps, j'ai trouvé ici Florestine, ma
vieille ennemie, et pendant que nous étions occupées à
nous pardonner nos torts réciproques, nous avons pensé à
vous et à votre villeggiatura.

— J'ai faussé ma promesse, dit Jacques, je m'ennuyais à
mourir dès avant d'arriver... Décidément, je n'irai plus
seul.

— Pourquoi aussi, époux mal complaisant, n'emmenez-
vous pas Paul-Émilie, elle douce et rêveuse, qui aime tant
les coteaux bleus à l'horizon, et la brise chantant dans les
branches sonores des grands chênes ?

— Elle n'a pas voulu venir, elle était un peu malade. —
Comment va-t-elle aujourd'hui? continua l'époux en s'a-
dressant à la Négrillonne.

— Monsieur, je l'ai vue ce matin... elle était très bien.

— Alors, je sais où je la surprendrai. La salle des tilleuls,
voilà son boudoir. Elle devise d'amour avec les fleurs et les
papillons. Hé! hé ! cocher? êtes-vous disponible ? — Oui,
not' bourgeois. — A moi ! Adieu, Camille, dit Jacques d'un

11

ton de familiarité fort généreux dans la circonstance. J'espère, ajouta-t-il avec intention, que nous nous reverrons plus souvent. — Cela ne dépendra pas de moi. — A revoir donc, et à bientôt.

—Monsieur, dit Florestine d'une voix troublée et faisant effort, voulez-vous m'emmener avec vous ?

Ma Né vette, dit en souriant l'époux pressé d'arriver, tu viendras à ton aise, tu n'es pas, comme moi, moulue d'une trotte en diligence, qui a duré dix heures.—Et le cabriolet partit.

— Eh bien, donc ! dit Camille à Florestine, qu'as-tu ? te voilà toute verte, et sans mon bras tu tomberais.

— Je n'ai rien, dit l'enfant articulant à peine.

— Comment, rien, malheureuse ! mais tu t'évanouis !

C'était au moins inutile à dire, attendu que la Négrillonne ne pouvait plus entendre. Elle venait de tomber, pâle comme une morte, entre les bras de Camille. Au jardin des Tuileries on ne manque pas de secours, et bientôt l'enfant fut rappelée au sentiment. Mais son regard peignait une indicible terreur. Faisant un effort dont seule peut-être elle était capable, elle se prit à courir, entraînant Camille sous les marronniers, dans la direction des Champs-Élysées.

— Où vas-tu donc comme cela ?

— Oh ! madame, venez ! j'ai peur ! mon Dieu ! j'ai peur !

— De quoi ? dit Camille, s'effrayant par sympathie.

— Je ne le sais pas bien. Quelque chose de vague est là devant mes yeux, que je ne comprends pas, mais qui me fait trembler. J'ai peur ! je sens une voix qui me dit qu'un malheur arrive ! Oh! courons !

— Que crains-tu donc? dit Camille devinant la cause de son effroi...

— Ce que je crains ! Oh ! mais venez donc, vous qui êtes forte et courageuse, vous qui n'avez pas peur comme moi, venez donc !... Ils se vont peut-être déchirer comme des tigres ! et elle, il lui marchera sur la gorge ! Mais venez donc !

— Tu t'effraies à tort, Florestine, on l'entendrait dans tous les cas arriver. Mais je veux bien y aller, ne fût-ce que pour te prouver qu'en effet moi je n'ai pas de peur ; et en ma présence personne ne se battra. Du reste, ajouta-t-elle avec amertume, la haine de tous se concentrera sur moi. Le hasard nous envoie cette citadine. Viens.

Charles n'avait fait qu'une médiocre attention au départ de la Moricaude. Tout entier à ses nouvelles idées, — nous n'osons pas dire sentiments, — quand il ne voyait pas Paul-Émilie en réalité, il la voyait dans les feuilles, dans les nuages, partout. Cette fois, il n'eut pas à rêver longtemps. Une main légère lui toucha l'épaule, et son regard rencontra deux beaux yeux bleus et deux grappes de cheveux blonds fins et doux comme de la soie.

— Venez donc déjeuner.... Et ces mots furent accompagnés d'un sourire qui se fit jour entre deux demi-cerises servant de lèvres.

Et Charles alla déjeûner, pensant :

— C'est singulier! C'est qu'elle n'a pas l'air de me fuir
du tout! Décidément j'en suis pour ma première idée. Elle
est vraiment bien! elle est mieux, beaucoup mieux que
Camille. Ces femmes blondes c'est gracieux comme des
anges. Quel doux son de voix! Cela fait beaucoup la voix!
c'est à mon sens le premier charme d'une femme... après
le regard, et peut-être le sourire... Ah! et puis la taille.
Quelle taille souple! comme elle marche d'un air distingué, aristocratique; c'est une vraie comtesse! Ah! j'étais
fou! cela ne se compare pas! C'est la différence du jour
à la nuit.

Pendant qu'il poétisait ainsi sa sœur *in law*, comme disent nos amis d'outremer, Charles ne restait pas oisif. Un
homme complet mène tout de front; l'estomac et le cœur
sont deux frères créés pour s'aider et se comprendre.
Charles mangeait, buvait, causait, admirait, et se laissait
aller même à aimer un peu au delà de l'ordonnance, et
tout cela simultanément, sans travail et sans effort. Qu'on
nous vante encore César!

Le déjeûner s'en va finissant. Charles devient gracieux,
galant, empressé. Il ne se reconnaît plus : un méchant dirait que certain vieux vin de Côte-Rôtie y est pour quelque
chose. On passe au salon, et le divan reçoit encore les
deux amis. Charles, bien déterminé à savoir, comme il le
dit, à quoi s'en tenir, fait le siége de son ange dans toutes
les règles. Mais il semble que le diable s'en mêle. L'assail-
lant s'approche, on l'engage à s'approcher davantage; il
prend une main, on la lui abandonne; il y imprime un,

puis dix baisers, il se sent ému, il lève les yeux, cherchant
un regard voluptueusement humide.... Paul-Émilie regarde la fenêtre avec une fixité désolante : elle n'a pas
senti ses caresses.

— Ma bonne sœur, vous êtes bien préoccupée.

— Oui, balbutie-t-elle... je pensais.... à quelque chose.
Pardon, je suis maintenant tout à vous.

— Je vous prends au mot ; une femme de cœur ne se
dédit pas : vous êtes *toute à moi !* par malheur vous me regardez à peine ! — Et, recommençant l'attaque, Charles
enroule son bras autour de cette taille pliante et sylphidi-
que qu'il avait admirée. Émilie obéit à une impulsion à
peine sensible, et vient poser ses lèvres sur le front du
chasseur.

— Oui, je vous aime bien.

Charles était hors de lui.—Mais aimez-moi donc *tout-à-*
fait, mais.... — Je t'assure, dit Paul-Émilie avec une douceur enchanteresse, je t'assure que je t'aime bien tout-à-
fait ! tout-à-fait ! — Et elle souriait, comme on sourit à
l'expression hasardée d'un enfant. C'était à rendre fou.
C'est incompréhensible, pensait Charles ; c'est vraiment
incompréhensible ! Mais, pendant qu'il pensait cela, l'ange
aux yeux bleus était redevenue rêveuse. Un instant
Charles contempla ce profil aux lignes délicates et pures
comme celles des statues antiques, mais l'idéal poétique
n'était pas son fait, et il revenait promptement à des idées
matérielles. Ces deux lèvres roses, fleur mobile, lui donnaient d'affreuses tentations ; le diable est fort et l'homme

est faible, et cette fois Paul-Émilie dut se réveiller de sa rêverie sous une caresse qui ne laissait plus rien à l'équivoque. Elle pousse un cri, qui meurt étouffé, et résiste en répétant d'une voix à peine intelligible : « Non ! oh non ! il » ne faut pas ! et pourtant, je voudrais que cela fût ! ce » serait moins épouvantable. »

C'était bien là le cas de se dire : « C'est inconcevable ! » Mais Charles en fut empêché par un nouvel acteur entrant en scène. C'était Jacques, que l'on n'attendait pas. Paul-Émilie le vit la première. D'un effort suprême elle se dégagea de l'étreinte qui la retenait, et alla pour se reposer la tête sur le sein de son mari. Celui-ci la repoussa, et elle tomba rouge de honte sur le divan. Sans articuler un mot, Jacques, l'œil flamboyant, fit un signe à son frère. Entrant sans bruit, il avait entendu un son de voix. Malgré le doute qui lui broyait le cœur, il avait pu monter jusqu'à sa chambre.... Il tenait deux pistolets.

— Vite, Charles, vite ! nous n'avons pas besoin de témoins, et chaque minute est une torture !

Charles, le rouge au front et le remords au cœur, suivait son frère sans trouver un mot à répondre, mais fortement résolu à se laisser tuer. Retrouvant ses idées, Paul-Émilie veut se jeter au milieu de ce combat contre nature. Mais la porte est fermée. Une croisée est là ; elle l'ouvre, s'élance au risque de se tuer... elle ne voit personne ! Eperdue, elle court, elle appelle, personne ne vient. Un coup de pistolet part et lui retentit au fond des entrailles : elle bondit et s'élance d'une course effrénée de ce côté ; elle voit Charles debout, immobile, présentant la poitrine.

— Jacques ! grâce ! ce n'est pas lui ! ce n'est pas lui ! Grâce ! un mot, et tu me tueras, moi ! Grâce ! grâce !

Jacques était calme aussi, et il souriait, mais d'un effrayant sourire. Lentement il dresse le canon de son arme, ajuste son frère au cœur.... puis abaisse son pistolet....

— Non, ce n'est pas toi, pauvre Charles, tu n'as qu'une tête légère.... Et, avant qu'on eût pu lui répondre un mot, Jacques tourne son arme contre lui-même, et le coup part... L'époux malheureux tombe en répandant une mare de sang.

VIII.

Conclusion.

Quelque diligence qu'elles fissent, et malgré cinq francs de pourboire, Florestine et Camille n'avaient pu arriver à Passy aussitôt que Jacques. Seulement, à la barrière, impatientes de cette voiture qui montait au pas, elles étaient descendues, et s'étaient mises à courir avec toute l'énergie que donne une mortelle anxiété. Elles avaient en arrivant entendu les deux coups de feu.

Au son de la voix de Camille, Jacques, tournant lentement les yeux de son côté, lui tendit la main et serra celle de sa belle-sœur de toutes ses forces épuisées. Paul-Émilie comprit cette vengeance et baissa la tête.

Avec les plus grands ménagements on transporta le mourant sur son lit, et oubliant et faisant oublier sa situation, Camille seule, conservant sa force d'âme et sa présence d'esprit, pensa à tout et pourvut à tout. Paul-Émilie

était accablée ; était-ce de honte ? était-ce de remords ?
Charles était comme frappé de stupeur ; il lui semblait
qu'un cauchemar affreux enchaînait ses sens engourdis.
Florestine semblait sortir d'un linceul ; cependant, sous sa
douleur, perçait une constante sollicitude. Il était une personne que son regard ne quittait pas.

Vite on avait couru chercher un médecin ; mais le médecin n'est pas à poste fixe, il fallait attendre son retour ;
ailleurs, même réponse... Les secondes s'écoulaient lour-
des et lentes comme des heures d'ennui.

Un moment, retrouvant quelque force dans l'excès même
de sa douleur, l'épouse bientôt veuve demanda à rester
seule quelques minutes avec le mourant.

— Jacques, lui dit-elle d'une voix pleine de larmes,
Jacques, ne maudis pas ton frère, il est innocent ! je te le
jure.

Jacques sourit, mais son sourire distillait le fiel d'une
écrasante pitié.

— Jacques, c'est moi, moi seule qui suis coupable !

Le mourant pousse un douloureux soupir et détourne péniblement la tête.

— Oh ! mais écoute-moi, dit la femme s'exaltant, écoute-
moi, si misérable que je sois ! Tu ne me crois pas, tu as
raison ; mais tu vas en croire des preuves. Oh ! Dieu du
ciel ! grâce pour ce que je vais faire ! grâce, mon Dieu !
— Et la femme s'arrêta un instant hésitante comme devant un fantôme. Son regard était affreux de terreur. —

Oui ! dit-elle enfin, se faisant une cruelle violence, oui ! il le faut ! dussé-je en mourir de honte !

Renversant alors une chiffonnière dans le brusque effort qu'elle fit pour l'ouvrir, elle prit dans un tiroir secret une petite boîte, et, la jetant sur le lit plutôt qu'elle ne la donna à son mari, elle ne put proférer que ce mot d'une voix étouffée : « Lis ! » Et elle s'affaissa sur elle-même, épuisée d'émotions et privée de sensibilité. Jacques retrouva un peu de force pour ouvrir cette boîte. Elle contenait trois lettres. En jetant les yeux sur une d'elles, il poussa un rugissement effrayant. Florestine, puis Camille, puis Charles, se précipitèrent dans la chambre de Jacques. Ils le trouvèrent sur son séant, descendu de son lit, inondé du sang qui jaillissait de sa blessure rouverte, et regardant avec un indéfinissable sourire quelques papiers brûlant dans le feu qu'on venait d'allumer.

Depuis cet instant, Jacques ne donna plus un seul signe de conscience ; un délire effrayant s'empara de lui, et il expira dans des convulsions qui glaçaient le cœur.

On ne sut jamais ce qu'il y avait d'écrit sur ces lettres. Seulement, dans le transport de l'agonie, il laissait échapper des mots sans suite : « Sacrilège... profanation... hy- » pocrisie... saint ministère... » Son regard devenait fixe et ses cheveux se hérissaient... puis il retombait dans l'atonie.

Vers le soir le malade paraissait plus calme : il subissait ce repos d'épuisement qui devance toujours une crise suprême. Tout à coup il se dresse effrayant sur son séant, et du bras tendu indique la fenêtre où l'on ne voyait rien que l'ombre noire d'un arbre qui se balançait au vent. « Le voilà ! je le vois ! c'est lui ! l'infâme ! je vois le temple ! je vois l'autel ! profanation ! profanation ! » Ses doigts se crispent sous le paroxysme de la rage ; il retombe, il est mort.

Le lendemain un cortége allait au cimetière. Un frère conduisait son frère au champ du repos. Derrière, un peu loin, venait une jeune fille à la peau brune et aux cheveux noirs. Était-ce bien le corbillard qu'elle suivait ?

Le soir, au retour, Paul-Émilie était restée enfermée, absolument seule. Charles et Camille se trouvaient ensemble au salon ; tous deux avaient pleuré et se sentaient encore des larmes au cœur. Charles se trouva, sans s'en rendre compte, la main posée sur l'épaule de sa femme ; il l'y appuya un peu.

— Camille, serons-nous toujours séparés ?

Pour toute réponse, Camille lui donna sa main, en tournant vers lui ses grands yeux noirs, à qui l'attendrissement faisait retrouver des pleurs. — Mon bon ami ! c'est une triste chose que l'existence.

— Ce pauvre Jacques ! dit Charles, incapable de rester longtemps sérieux, sa méthode ne valait pas mieux que la mienne.

MONTDÉRAINES.

Ceux de nos lecteurs qui s'intéressent à la pauvre Florestine la retrouveront au second volume dans une *nouvelle* intitulée : LA NÉGRILLONNE.

ART ET BLASON.

ART ET BLASON.

I.

Dans les environs d'Andernach, non loin des bords du
Rhin, s'élevait, il y a environ un demi-siècle, un château de
la plus haute origine. Il eût pu fièrement le disputer par
la solidité de ses créneaux, ses vieilles murailles noircies
et blasonnées, au manoir féodal d'un des burgraves les
plus orgueilleux de la confédération germanique.

C'est dans cette antique demeure que le comte de Buttler vivait avec sa jeune épouse, la fille d'un seigneur puissant qui habitait en deçà du Rhin.

Le comte de Buttler, dont les illustres ancêtres avaient
joué un rôle important dans les guerres religieuses, était
le dernier descendant de la famille. Riche et honoré, exer-
çant sa puissance sur de nombreux vassaux, il se plaisait

à faire le bonheur de sa compagne adorée. C'était un homme dans la vigueur de l'âge, il ne comptait guère plus de trente ans. Il était de taille élevée, portant dans toute sa personne la noblesse de ses aïeux. D'une physionomie douce et régulière, d'un caractère facile, mais sévère, on lui obéissait plutôt par amour que par crainte. Chaque jour, il parcourait ses domaines moins pour exercer sa surveillance que dans l'espoir de soulager les infortunes de ses fidèles serviteurs.

Quant à la comtesse, c'était une toute frêle créature que chacun chérissait, mais beaucoup sans la connaître, car sa santé ne lui permettait point de faire de longues courses. Toujours enfermée chez elle, sa vie se passait à prier Dieu et à secourir les malheureux qui venaient implorer sa bonté. Ceux qui avaient le bonheur d'approcher de sa personne s'en retournaient toujours satisfaits et racontaient partout ses brillantes qualités ; aussi avait-on pour elle la vénération la plus grande.

Par excès de tendresse, son père l'avait mariée toute jeune, dans l'espérance de secouer ainsi sa mélancolie ; depuis longtemps le comte de Buttler lui rendait des visites assidues ; aussi, lorsqu'il parla de ses projets à la belle Marguerite, il eut le bonheur d'être favorablement écouté, et depuis un an bientôt il s'efforçait de complaire à ses moindres fantaisies. Les personnes qui la connaissaient la dépeignaient comme une beauté parfaite. Elle était délicate, de tournure gracieuse et élégante. Son visage, d'une suave pâleur et d'une rectitude divine, était encadré par les grappes touffues d'une chevelure cendrée qui jetait au loin un reflet brillant, puis qui serpentait trois fois sur le sommet de sa tête. De grands yeux bleus bordés de cils épais complétaient l'ensemble de cette beauté enchanteresse.

Marguerite, fille d'un baron et femme d'un comte, était sans fierté, sans orgueil ; douce, simple et modeste, accueillant tous les malheureux avec une grâce qui lui était naturelle, elle savait répandre à propos ses bienfaits journaliers.

De l'union de Marguerite et du comte était né un fils que tous deux adoraient et qu'ils avaient placé chez la femme d'un fermier voisin du château. Ce jeune enfant, qui avait failli coûter la vie à sa mère, était l'objet de sa plus vive tendresse. C'était pour éviter les fatigues et les émotions de sa femme que le comte l'avait décidée à confier cette créature aux soins de la paysanne. Et depuis, grâce aux attentions maternelles de la fermière, l'enfant était resté chez elle, commençant à prendre des forces, ce qui dissipait les inquiétudes de sa mère.

On était alors en octobre, le froid commençait déjà à devenir piquant ; ce jour-là, le 27, la neige était tombée avec abondance pendant toute la nuit.

Comme c'était un dimanche, il y avait foule sur la place du village de Franztin ; après la messe, les habitants se pressaient pour lire avec avidité un placard qui venait d'être posé sur la porte de l'église.

Vu et considérant les crimes et vols d'enfants commis

par une troupe de bohémiens qui avaient parcouru la province, le comte de Buttler, seigneur du village, recommandait à ses vassaux de pourchasser ceux qu'ils pourraient rencontrer de cette race maudite.

La masse des curieux, loin de diminuer, se grossissait constamment, et, en dépit de la température, des colloques s'établissaient parmi les villageois. Chacun échangeait ses confidences sur les actes infâmes de ces partisans de Satan, fidèles au sabbat et exécuteurs dévoués des préceptes de Belzébuth.

—Eh bien! Fritz, tu as cependant enlevé à ces bohêmes maudits les deux moutons qu'ils voulaient sacrifier au dieu Baal?

—Figure-toi, dit Fritz à son interlocuteur, qu'à environ deux verstes du château où j'étais allé chez le garde-chasse de monseigneur le comte, j'ai aperçu un bohémien avec sa femme, et celle-ci portait un enfant; ils étaient dans un champ de navets, où tous les deux, après en avoir mangé amplement, étaient occupés à en remplir un grand sac.

—Et, Fritz, ils étaient tout seuls?

— La bande avait été déjà éparpillée par les ordres du comte.

— Et tu n'as rien dit, rien fait, à ces maudits enfants de l'enfer?

— Je leur ai dit qu'ils étaient des brigands, d'un bâton j'ai frappé la femme, et de mon couteau j'en ai vertueusement enfoncé un bon pouce dans le bras du mari qui cherchait à se défendre.

—Eh bien, tu auras mérité, pour ce fait, des indulgences de notre saint père le pape, et des éloges de notre seigneur le comte.

— Oh ! à ce nom de comte de Buttler que j'ai prononcé devant lui, il a jeté un cri effrayant en poussant une menace.

—En s'enfuyant, il m'a crié qu'aussitôt qu'il le pourrait il tirerait vengeance du comte pour la mort de son vieux père que celui-ci avait fait pendre, et pour les mauvais traitements qu'il faisait subir à sa bande.

En ce moment il se fit parmi les groupes un silence respectueux, et toutes les têtes se découvrirent.

Le comte de Buttler se rendait à l'office divin avec sa jeune épouse, et venait recevoir de ses fidèles vassaux les témoignages de respect et d'amour que chacun d'eux avait pour lui. Il était rare de voir la comtesse l'accompagner ; ce jour-là cependant, malgré le froid, elle avait voulu se rendre elle-même à l'église parce que c'était le dernier dimanche avant la Toussaint, et qu'elle voulait remercier le Ciel de l'avoir délivrée du mal que lui avait causé la naissance de son fils ; c'était sa première sortie.

Aussitôt, la foule, se rangeant des deux côtés, ouvrit passage à la voiture du comte. Sur toutes les figures se peignait la joie et le bonheur ; tous saluèrent deux fois ; la comtesse et son époux répondirent par un geste affectueux, puis pénétrèrent dans l'église.

Les paysans attendaient patiemment leur départ. Bientôt les portes s'ouvrirent, et l'heureux couple, après avoir versé des poignées de monnaie aux pauvres qui garnissaient le seuil du temple, partit rapidement aux cris de : Vive madame la comtesse ! vive M. le comte de Buttler ! Puis les groupes diminuèrent et bientôt la place resta vide et silencieuse.

Le temps devenait de plus en plus sombre, le vent qui agitait les arbres en faisait tomber la neige qui les couvrait; la nuit, qui approchait, laissait craindre un orage terrible. Les éclairs commençaient déjà à se succéder rapidement, et les marroniers qui bordaient la longue avenue conduisant à la ferme, se balançaient bruyamment sous la violence des vents.

La ferme qu'habitaient Peters et sa femme était à peu de distance du château ; les bâtiments consistaient en une maison assez spacieuse, sur la droite de laquelle se prolongeaient des granges très étendues. On arrivait, du côté du parc attenant au château , par l'avenue; et, par le village, une ruelle de pente rapide s'arrêtait devant une énorme porte qui s'ouvrait sur une cour allongée; dans l'angle gauche de cette cour, on pénétrait dans une salle enfumée qui servait de cuisine et de salle à manger au fermier ; c'est là qu'ils se tenaient d'habitude; ils y couchaient même depuis le froid.

—Peters, tu devrais aller fermer la cour , le vent qui s'engouffre fait trembler les volets.

Et Jeanne se signa deux fois, car un éclair venait de pénétrer dans la salle.

— Notre femme, j'attends que l'orage ait cessé pour aller en même temps à l'écurie.

La femme du fermier se rend à la croisée et, regardant le ciel :

— Eh bien ! lui dit-elle , si je ne me trompe , nous en avons pour toute la nuit; ainsi, tu peux prendre ta grosse houppelande et aller à l'écurie, car le temps est trop noir pour que l'orage cesse avant le jour.

— Allume-moi donc la lanterne.

Et Peters se revêt d'un lourd manteau fait d'une grosse étoffe qui sert aux paysans d'Allemagne.

— Femme, tu sais les recommandations du comte, que nous avons lues aujourd'hui à la porte de l'église ; ainsi donc, pendant mon absence, qu'aucun pied fourchu ne vienne porter ses traces dans notre demeure.

— Ne crains rien, Peters. Qui oserait d'ailleurs s'aventurer par le temps qu'il fait ?

— Eh bien , pense au souper.

A ces mots, Peters, chantonnant un air teutonique, sort de la ferme.

Le temps était moins froid depuis l'orage , et la neige qui tombait, fondant presque aussitôt, formait des mares d'eau dans la cour, en sorte que le fermier rentra bientôt pour prendre ses sabots et les clés qu'il avait oubliées.

Cela fait , il repartit en enfonçant profondément son feutre et en disant à sa femme :

— Fais bon feu.

Jeanne, restée seule , rassembla quelques broussailles

qu'elle plaça sur le feu et bientôt la flamme illumina la
chambre; puis, prenant une petite bouteille dans une armoire située près de la cheminée, d'où elle détacha
aussi une petite branche d'un rameau bénit, elle se mit
à parcourir la pièce en lançant de divers côtés des
gouttelettes d'eau bénite à l'aide de son rameau; elle
ouvrit un rideau, et pénétrant légèrement dans l'alcôve
qu'il cachait, elle jeta à plusieurs reprises de son liquide
protecteur sur deux innocents qui dormaient. Après cette
promenade religieuse à l'aide de laquelle elle espérait se
soustraire à la visite du tonnerre, se sentant probablement
plus rassurée, elle commença à préparer le repas du
soir.

Elle prit une chaise et, montant dessus afin de se rendre
plus grande pour détacher un morceau de viande suspendu
au plafond, le pied lui manquant, le siége alla rouler bruyamment près de son lit. Sans s'occuper d'elle, elle courut
rapidement à l'un des berceaux où était couché un enfant,
dans la crainte de l'avoir dérangé de son sommeil. C'était
le fils du comte de Buttler; il était alors âgé de deux mois.

La femme de Peters, mère aussi depuis quelque temps,
lui servait de nourrice et l'entourait de toutes les attentions
que lui avaient recommandées ses maîtres. Elle avait pour
lui toute la sollicitude que l'amour maternel le plus scru-
puleux peut dicter à une femme. Les bontés du comte à
son égard laissent facilement comprendre ses tendresses
pour cette chétive nature qui se ressentait de la délicatesse
de sa mère.

Par bonheur, le sommeil de cette petite créature était si profond, qu'elle n'avait pas entendu le moindre bruit.

Rassurée de ce côté, elle continua les apprêts du souper, ramassant la chaise et le morceau de lard qui avait entraîné avec lui la corde qui le suspendait.

Tout-à-coup un bruit se fait entendre à la porte de la cuisine, dont elle avait eu soin de pousser le verrou après le départ de Peters (peut-être pour boucher accès au tonnerre).

A cette voix inconnue qui lui parle, elle prête attentivement l'oreille.

— Oh! mon Dieu! s'écrie-t-elle, mais c'est la voix d'une femme!

— Oui, dit une personne du dehors, c'est une pauvre misérable qui demande l'hospitalité pour quelques instants.

La fermière impitoyable répond d'abord qu'elle ne peut ouvrir.

— Mais mon pauvre enfant va mourir de froid et de faim, reprit la voix dolente.

A ces mots, la nourrice ne peut faire taire la bonté de son cœur; les cordes les plus sensibles de son âme venaient d'être mises en mouvement.

— Oh! Jésus Maria! c'est une mère! — Mon mari ne se fâchera pas de me voir donner l'hospitalité à une pauvre femme.

Tout aussitôt, prompte et légère, Jeanne ouvre la porte à cette infortunée qui se précipite dans la chambre suivie par un homme.

La femme était vêtue de haillons; une couverture de laine toute déchirée la couvrait en partie et servait à défendre de l'intempérie un pauvre petit enfant qu'elle portait dans ses bras. Elle était encore jeune, mais sur sa figure maigre et hâlée étaient empreintes les traces profondes de souffrances atroces.

Pour l'homme, il était de haute stature, aux muscles fortement accentués, couvert d'un manteau bigarré de toutes couleurs; un chapeau aux rebords larges et rabattus cachait une figure mâle dont les yeux brillaient comme deux escarboucles. Sa vue avait jeté dans l'esprit de la fermière une crainte vague et d'indéfinissables pressentiments. Cependant la frayeur inspirée par l'arrivée imprévue de ces hôtes fit bientôt place à un sentiment de commisération pour le malheur de ces pauvres gens.

— Bonne femme, demanda l'homme en rattachant une bande de linge autour de son bras, n'auriez-vous pas de quoi sustenter notre faible corps et humecter notre gosier desséché?

— Sainte femme du bon Dieu, cria la mendiante, quelque chose pour mon pauvre enfant! — Oh! comme il a froid!

A ces mots, Jeanne se hâte de déposer sur la table quelques restes de choucroute et d'un pain noir dont elle fit généreusement l'offrande à ces malheureux. Puis, rapprochant les tisons, elle jeta au feu de nouveau bois.

— Avancez-vous ici, leur dit-elle.

—Et tous deux cernèrent le feu en mangeant avec une avidité qui montrait la fureur de leur appétit.

Pendant ce temps la femme de Peters continua les apprêts de son propre repas qui consistait en une large bande de lard qu'elle faisait rôtir dans un vase de fonte.

Ces hôtes inattendus étaient tout entiers à leur frugal souper, lorsqu'un bruit de vagissements partant de l'alcôve fit voler la nourrice auprès du berceau. L'enfant venait de s'éveiller.

— Ah! vous avez un fils? lui dit la pauvre mendiante; vous devez bien l'aimer.

Mon Dieu oui, je l'aime, répondit Jeanne, et, quoiqu'il ne soit pas mon enfant, je le chéris autant que cette autre fille qui est née de mon sein. Celui-ci, c'est le fils du comte de Buttler, ajouta la nourrice en levant orgueilleusement la tête. A ce nom, le bohémien, car c'était une famille de bohémiens, se détourna du côté de l'alcôve, et un rire sardonique vint épanouir ses deux grosses lèvres.

— Le comte de Buttler! balbutia-t-il à demi-voix; quel âge a-t-il ce fils de votre maître?

— Il y a deux mois, mon doux Jésus! qu'il m'a été confié.

— A peu près comme le mien, dit la bohémienne; il a aujourd'hui sept semaines.

Pendant cette courte conversation, la fermière avait donné au berceau des oscillations douces et cadencées; à ce bercement, le sommeil avait de nouveau gagné les paupières du petit comte. Alors elle revint prendre sa place au foyer et donna ses derniers soins à la grillade, trouvant déjà que son mari tardait bien à rentrer.

Après quelques paroles échangées, le bohémien se lève, et, profitant d'un moment où la nourrice était occupée, la tête tournée dans un sens opposé, il va droit à l'alcôve ; par un mouvement rapide il découvre le berceau, s'empare de l'enfant, et, prompt comme l'éclair, se précipite hors de la salle, s'éloignant rapidement de la ferme en tenant dans ses bras le petit nourrisson.

Les deux femmes occupées ensemble ne s'étaient aperçues de rien que déjà le mendiant et son précieux fardeau étaient loin.

Bientôt Peters entre dans la salle, à l'étonnement de sa femme qui croyait la porte fermée.

D'un bond, Jeanne arrive auprès de son mari auquel elle raconte comment elle a donné l'hospitalité à ces pauvres gens, et ses yeux cherchant le bohémien ne le trouvent nulle part. Elle vole au berceau...

— Oh! mon Dieu! s'écrie-t-elle en tombant évanouie après avoir entr'ouvert les rideaux.

Peters, étonné, s'élance dans l'alcôve : rien ! et, ses mains se levant vers le ciel, il se laisse tomber abattu, anéanti et plongé dans la plus cruelle douleur, sur l'escabeau qui se trouvait auprès.

II.

Par une belle matinée de printemps de l'année 1728,
un tout jeune voyageur, modestement vêtu d'une longue jaquette de drap bleu, n'ayant d'autre coiffure que
de fort beaux cheveux épais, séparés sur le milieu du front
et retombant en boucles sur ses deux épaules, s'achemi-
nait, silencieux et rêveur, sur la route qui conduit des
frontières de la France dans les terres de la Confédération germanique.

A la manière dont il s'aidait de son bâton, on devinait
qu'il devait être fatigué et sans doute qu'il attendait la
rencontre d'un endroit propice pour se reposer quelques
instants. Un sac assez volumineux qu'il portait sur son dos
le tenait dans une position inclinée. Tout-à-coup, comme
s'il eût aperçu plus loin une place convenablement ombra-
gée, il pressa le pas et de son rotin il chassa derrière lui

une pierre qui roula dans un fossé rempli d'eau où elle effraya les hôtes de ce paisible séjour.

Ce jour-là le soleil empourprait l'horizon de ses feux naissants. L'air était pur et doux. Un zéphyr tiède et léger se jouait amoureusement au travers des anneaux soyeux qui inondaient le cou du voyageur. Les arbres dont la route était bordée de distance en distance commençaient à verdir, et les oiseaux folâtraient déjà sur les branches ou la mère se disposait à faire sa couvée. De chaque côté, des champs spacieux et de toutes couleurs donnaient à cette nature un air de gaîté que la figure du jeune homme ne paraissait pas trop partager. Toujours soucieux et distrait, il semblait étranger à ce spectacle ; son beau front était cependant lisse comme un lac par une nuit d'été calme, silencieuse. Sa poitrine semblait oppressée ; il respirait péniblement ; on l'eût pris volontiers pour un amoureux sans espoir. C'est qu'en effet Christophe était amoureux ; c'est qu'en effet aussi il n'avait guère d'espérance. Son amour était divin, résigné, muet, et celle qu'il aimait se trouvait partout, sous le ciel brumeux de l'Allemagne comme sous l'astre vivifiant de l'Italie.

La vigueur qu'il avait donnée à sa marche lui avait permis d'atteindre un endroit de la route qui faisait un détour. Encore quelques pas et il se trouve en face d'une maison dont l'architecture annonçait la demeure d'un des Plutus de l'époque. Cette magnifique habitation qu'il avait devinée par dessus les arbres suspendit sa course ; il s'arrêta. Deux longues pierres, qui se trouvaient de chaque côté de la porte en manière de bancs, le décidèrent à s'y reposer.

L'édifice se composait de deux étages élégamment éle-vés, larges de six croisées d'un genre semi-ogival. La cour qui précédait était très petite, et, à la porte qui servait d'entrée, se trouvait adossée une haute tourelle d'un goût assez original. Les volets de cette maison étaient tous fer-més, et il y avait apparence que la saison n'était pas en-core venue pour l'habiter. Puis, à partir du bord de la route jusque bien avant dans les terres, s'étendait à perte de vue un mur qui entourait les jardins. Certain de n'être pas trou-blé, Christophe détache son sac qu'il place près de lui avec son bâton. Bientôt après il ouvre sa valise, en sort un mor-ceau de pain noir et dur avec quelques restes de fromage et commence son frugal déjeuner. Son appétit rassasié, il se lève, regarde autour de lui : toujours le même silence ; il se rassied alors pour extraire de son paquet un cahier as-sez volumineux qu'il ouvre avec tant de soin qu'on dirait le voir craindre d'en altérer les pages. Plusieurs feuillets sont ainsi tournés avec précaution, et, s'arrêtant quelques instants sur une page qu'il dévore amoureusement du re-gard, il s'écrie tout-à-coup dans un moment de transport dont il n'est pas maître : Sublime ! sublime !

Dans ce recueil, écrit de sa main, se trouvent les chants magnifiques des grands maîtres allemands. D'abord il étu-die avec soin ces partitions si belles et si difficiles des cé-lèbres compositeurs ; ses lèvres seules sont en mouvement, et son bras s'agite d'une manière pour ainsi dire convul-

sive ; puis, secouant sa tête en relevant sa poitrine, il commence par de faibles essais à donner à sa voix quelques
intonations ; mais bientôt, la développant insensiblement, il
laisse tomber en cadence perlée ces chants qu'a enfantés
un des plus puissants génies de la musique allemande. Sa
voix devient large et sonore, puissante, majestueuse. A
l'expression dont s'est revêtue sa physionomie, on comprend
qu'il est pénétré des idées du poète. Ses yeux s'étaient animés, son teint s'était légèrement coloré. En finissant, il
tomba dans un sommeil léthargique ; il avait le délire, il
souffrait. Le frisson parcourait tous ses membres, et pourtant son visage était mouillé de sueur. La fièvre battait violemment ses tempes découvertes. Il se laissa tomber sur le
banc comme privé de tout sentiment et n'ayant pas entendu
les bravos partis de l'intérieur de l'habitation à laquelle il
venait de rendre la vie.

A son réveil, un homme de grande taille, maigre et d'un
âge très avancé, ainsi que l'indiquaient sa figure toute ri-
dée et sa tête blanchie, était auprès de lui ; sur son front
respirait l'enthousiasme et le génie.

La surprise du chanteur était à son comble, lorsqu'il ouvrit les yeux et aperçut l'étranger qui le regardait avec un
air de satisfaction et de bonté.

— Vous chantez bien, mon ami, lui dit le vieillard d'un
ton de voix douce et bienveillante.

— Vous me faites beaucoup d'honneur, répondit avec
ingénuité et franchise notre jeune artiste.

— Qui vous a donc appris la musique?

— Eh, mon Dieu ! monsieur, la nature et un bohémien que j'ai suivi dans toutes ses courses vagabondes.

— Mais un bohémien ne serait pas capable de donner ainsi une telle méthode à votre voix, si vous n'aviez été aidé par les soins d'un professeur plus instruit.

— Il en est pourtant ainsi, monsieur ; seulement, dans quelques villes que nous avons traversées, il s'est trouvé des personnes plus savantes que mon père qui ont bien voulu guider mes premiers pas dans cette carrière.

Dans tous les endroits que nous parcourions, mon père, qui avait cru remarquer en moi des dispositions pour la musique, m'avait appris quelques airs que je chantais sur les places publiques, tandis qu'il faisait le saltimbanque ; et, pendant qu'il étonnait la multitude par ses tours de force, je cherchais à l'attirer par les charmes de ma voix. Cela nous valait de petites recettes qui nous aidaient à vivre et à passe moins misérablement notre existence.

Le goût que je montrais pour la musique, la justesse de ma voix, me firent ambitionner de marcher plus avant dans le sentier des arts; alors je proposai à mon père de le laisser suivre son voyage dans l'intérieur de la France, et lui demandai la permission de rentrer en Allemagne pour étudier les grands maîtres.

— Et comment espérez-vous trouver les moyens d'avancer dans cet art que vous désirez si ardemment acquérir, dans un pays où les grands génies sont tellement placés au-dessus du vulgaire qu'on ne peut en approcher ?

Pauvre et malheureux, comment pourrez-vous aborder jusqu'à l'entrée de leurs palais ?

— Je me fie à Dieu et à mon étoile, répondit le jeune homme en levant ses beaux yeux vers le ciel.

— Vous ne savez donc pas, enfant, que Dieu met très souvent l'homme à de rudes épreuves, et que le génie n'est le plus souvent que l'avant-coureur des misères humaines?

— Oh! c'est égal, interrompit l'artiste comme inspiré, c'est plus fort que toute volonté. Ce disant, il frappa avec violence sa poitrine à l'endroit où bat le cœur, et ses yeux, naguère si brillants, se voilèrent aussitôt.

L'air avec lequel ces paroles furent prononcées entraîna tout-à-fait l'étranger déjà à moitié décidé.

— Mais écoutez, lui dit-il, il est quelquefois de ces hasards amenés par la Providence pour venir au secours de certains hommes isolés sur la terre, qui portent sur leur front le sceau du génie.

Tenez, si vous consentez à venir avec moi, nous verrons si de l'enfant abandonné nous pourrons faire un homme illustre.

De plus en plus surpris, Christophe ne put retenir des larmes de joie qui inondèrent abondamment ses joues pâles et amaigries par le travail et les privations. Un avenir tout brillant se déroulait à ses yeux. Son âme se trouvait dans une étreinte dont les effets lui étaient inconnus. Il ne put articuler aucune parole; sa langue, tout à l'heure si déliée, si éloquente, était enchaînée à ce moment où il lui eût été pourtant bien agréable de faire entendre la reconnaissance qui le suffoquait. Il tomba aux genoux de son protecteur qu'il serra violemment contre sa poitrine oppressée.

L'émotion un peu dissipée :

— Oh! merci ! s'écria-t-il, vous êtes mon bon ange.

— Relevez-vous, mon ami, lui dit le vieillard ému lui-même par cette scène de tendresse si expressive, relevez-vous, et bénissez le Ciel seul pour m'avoir permis de se-courir votre triste infortune.

— Oui ! je remercie Dieu, ajouta l'orphelin, d'avoir placé sur mon passage un homme aussi bon, aussi généreux que vous.

— Allons, suivez-moi, mon cher enfant, dit le vieux con-naisseur en prenant la direction de sa demeure, pour met-tre un terme à ses émotions.

Christophe rassembla à la hâte dans son sac les objets qu'il en avait sortis et suivit silencieusement son nouvel hôte.

Il nous serait impossible de dépeindre les idées diverses qui se croisaient alors dans son imagination; mais, à son re-gard flamboyant, à sa tournure plus libre et moins inclinée, on pouvait présager qu'il était satisfait, et que devant lui se présentait brillante et parée la perspective de sa vie nouvelle.

Bientôt tous deux ont atteint les degrés qui conduisent à la demeure, et le jeune homme, maintenant fort et cou-rageux :

— Permettez-moi de vous aider, dit-il au vieillard qui montait difficilement les marches du perron.

Celui-ci, en effet, impatient sans doute d'arriver plus vite, s'appuya sur le bras de l'enfant, et, franchissant ainsi l'escalier, puis une grande pièce qui conduisait au salon:

— Je vous remercie.

Et du geste il l'engagea à s'asseoir.

Dans son étonnement, bien compréhensible au milieu des richesses qui frappaient sa vue, le fils du bohémien n'osait s'approcher des meubles

Enfin, à une nouvelle invitation de son introducteur, il se décida, comme à regret, à prendre place sur un large fauteuil qui lui sembla plus doux que le plus moelleux duvet dont il eût gardé le souvenir.

Tandis qu'il ne se lassait pas d'admirer les dorures, les cristaux, les vases, les marqueteries qui entouraient ce salon, le bienfaiteur s'était approché d'un meuble encore plus inconnu au jeune homme que tous ceux qui garnissaient la chambre.

Bientôt, sous ses doigts décharnés, il préluda par quelques accords à un murmure de plus en plus divin, étudiant dans la glace l'impression qu'il produisait sur ce jeune cerveau.

Stupéfait, ébahi, émerveillé, les lèvres entr'ouvertes, l'enfant admirait les accents mélodieux qui sortaient comme par enchantement des doigts du musicien, car, il n'en pouvait plus douter, il était réellement musicien celui qui l'avait admis chez lui après l'avoir entendu chanter, et qui maintenant rendait des sons si doux et si sonores à l'aide de morceaux de bois blancs et noirs.

Au reste, l'air qu'il venait d'entendre ne lui était pas inconnu, non plus que celui-là qu'il écoutait encore, lorsqu'il s'écria, en s'élançant sur le piano:

— C'est bien beau! oh! c'est magnifique!

Et ses yeux ardents, impétueux, s'efforçaient de pénétrer dans l'intérieur de l'instrument pour deviner la cause de ces sons harmonieux.

— Oui, dit l'artiste, c'est beau quand vous le chantez; vous savez donner à ce morceau tout l'accent qui lui convient; moi, je suis trop vieux à présent; l'âge a glacé mon énergie.

— Oh! que non! soupira l'auditeur toujours attentif sous le charme de l'étonnement et de la mélodie.

— Vous en saurez faire bientôt autant, lui dit en se levant l'homme à la tête blanchie par les années. Puis, étonné de voir ce pauvre enfant se tordre et se rouler par terre, il sonna vivement pour qu'on vînt apporter quelques secours.

La même crise nerveuse venait de lui reprendre subitement, mais bien autrement forte et terrible.

Ses yeux hagards sortaient tout blancs de sa tête, sa bouche écumait, c'était effrayant à voir. Ses membres étaient en proie à des contorsions horribles, ce ne fut pas sans peine qu'on parvint à l'emporter pour le placer sur un lit.

Deux jours plus tard, bien que la fièvre ne l'eût pas entièrement quitté, il était étendu dans un vaste fauteuil, la tête dirigée vers la campagne, aspirant l'air pur et doux que les rayons du soleil réchauffaient à ce moment.

Près de lui, moins inquiet, mais toujours assidu et dévoué, se tenait l'auteur excusable du délire qui avait creusé encore davantage les joues livides du malade.

Par des paroles toujours bienveillantes il cherchait à distraire son ami, car c'est ainsi qu'il l'appelait.

— Demain, mon ami, nous pourrons faire un tour dans le parc.

— Quel bonheur !

— Mais pour cela il faut être raisonnable, il faut bannir toutes les chimères dont vous bercez votre esprit.

— Je tâcherai de vous obéir.

— C'est pour vous que je fais cette recommandation, dans l'intérêt de votre santé.

Deux mois s'étaient écoulés depuis cet incident, et les progrès merveilleux que le jeune homme avait faits dans son art favori plongeaient son maître dans un étonnement qui tenait de l'admiration, ce qui lui faisait dire souvent en parlant de lui : Il ira loin, très loin.

Pour compléter cette éducation musicale, il fut convenu qu'ils partiraient tous deux prochainement pour faire un long voyage dans l'intérieur de l'Allemagne.

L'imagination de l'artiste n'eut plus de repos que le jour du départ ne fût arrivé.

Peu de temps après, par une nuit bien étoilée du mois de juin, deux hommes seuls, dans une voiture, étaient rapidement entraînés sur la route de Mayence.

III.

— Eh bien ! mon bon ami , encore au lit ? Allons, il faut se lever et se rendre au salon.

Ces paroles étaient prononcées par le protecteur de Christophe qui, dans ce moment, achevait un rêve des plus brillants.

— Ah ! mon digne maître , dit le jeune homme en se frottant les yeux et en étendant les bras.

— Dépêchons-nous donc , mon petit homme , vous savez qu'on nous attend au salon et que plusieurs personnes des environs du château sont invitées à venir passer la journée dans cette riche demeure. Le bruit de vos prouesses vous amène de nouveaux admirateurs , et les bravos dont on a daigné accueillir cette nuit les morceaux brillants que vous avez exécutés doivent vous donner l'espoir de recueillir de nouveaux triomphes.

— Oh ! mon Dieu ! j'ai été bien heureux et mon bonheur me vient tout de vous ; aussi devez-vous prendre une part bien large aux honneurs que m'a accordés le baron Walter.

— J'ai été très content, mon cher ami. L'accueil louangeur que vous avez mérité a mis le comble à mon enchantement.

Pendant que le vieillard parlait, le jeune homme s'était levé et mettait la plus grande hâte à s'habiller. Le protecteur, qui était grand connaisseur et même grand artiste, et que la Providence avait ainsi placé sur le passage de Christophe pour lui tracer une voie de gloire et de triomphe, avait résolu de servir de guide et de maître à ce fils adoptif depuis le moment où il l'avait entendu chanter avec tant de goût, de méthode et de pureté quelques morceaux de sa propre composition. Maintenant, quoique vieux et cassé, éloigné presque entièrement de la scène du monde, riche et tranquille, il saisit avec transport l'occasion du hasard pour lui transmettre sa fortune et les restes de son talent. Il désirait que l'enfant fût son ouvrage, et il faisait un retour vers le passé pour produire dignement son élève dans la société savante de son pays. Cet enfant, dont la rencontre imprévue lui avait fait pressentir un talent à développer dans les proportions les plus larges, l'avait intéressé dès les premiers moments, et alors l'idée lui était venue de l'adopter. Ses soins, comme nous l'avons remarqué, n'avaient pas été perdus, et l'artiste enfant était devenu, sous ses yeux et par son influence, un talent précoce et presque consommé. Aussi, comme un père, il rejetait sur lui toute l'affection qu'il aurait eue pour son enfant. Ce jeune homme était sa création, il espérait développer son génie et pouvoir le présenter un jour en disant : Voilà mon ouvrage ; c'est pourquoi il déversait sur lui une tendresse toute paternelle. Outre ses dispositions musicales, il reconnaissait encore en sa personne de précieuses qualités du cœur et chaque jour leur attachement devenait plus puissant. Partout où il se rendait il l'emmenait avec lui, puisqu'en réalité c'était pour lui seul qu'il reprenait sa vie d'activité et d'émotions.

Ayant été invité à passer quelques jours dans le château du baron Walter, Christophe avait été reçu comme son enfant. La veille, au milieu d'une nombreuse société, le jeune artiste s'était placé au piano et avait charmé l'auditoire tout entier ; aussi, s'étant retiré très tard dans sa chambre et toujours enivré des honneurs qu'il avait reçus, il n'avait pu s'endormir qu'au jour, laissant pendant la nuit un vaste champ d'illusions à son imagination enflammée. C'est ce qui faisait que le vieillard avait été obligé de venir interrompre son sommeil ; car, dans sa sollicitude continuelle, ses craintes au sujet des attaques qui torturaient autrefois son élève à l'âme trop sensible et délicate n'étaient pas entièrement évanouies. Mais, grâce à Dieu, par d'habiles ménagements, il était parvenu à guérir peu à peu ces transports de sensibilité si nuisibles à sa santé, et depuis sa maladie, dans la demeure de son père adoptif son âme avait repris une force capable de supporter de plus vives émotions.

Christophe est debout et, offrant le bras à son guide, tous deux se rendent au salon où la famille leur fit l'accueil le plus cordial.

Le baron Walter était un seigneur allemand qui, possédant une riche fortune, quittait la cour de l'empereur, dont il était chambellan, pour venir passer les beaux jours de l'été dans sa serre de Bareith. Là, délivré de toutes les préoccupations de la politique, il se prélassait dans un doux repos qu'il savait charmer par la culture des arts dont il était admirateur passionné et bienveillant protecteur.

Ce jour-même on attendait la visite de quelques seigneurs voisins.

— Vous serez heureux aujourd'hui, dit le baron d'un ton doux et amical à Christophe, car vous aurez un nombreux auditoire. Le comte de Buttler, mon voisin, doit venir avec sa nièce qui, dit-on, a le goût le plus prononcé pour la musique.

— Monsieur le baron, répondit timidement le jeune homme, je serai enchanté de plaire à vos nouveaux hôtes.

— Soyez sûr que vous les charmerez, comme vous nous avez charmés hier, et que votre talent sera admiré aujourd'hui, comme il nous a surpris cette nuit.

— Je ne puis répondre à tant de gracieusetés que par un redoublement d'efforts pour me tenir dans la bonne opinion que vous avez de moi.

— Ce ne sera pas difficile.

Et dans ce moment, le bruit d'une voiture se fit entendre dans la cour d'honneur. Le baron se porta vivement vers la fenêtre pour voir quel était le visiteur qu'il avait à recevoir chez lui.

Le vieillard était assis dans un fauteuil et jouissait silencieux des éloges que le baron avait prodigués à son élève.

Christophe s'était emparé d'un siége, et, la tête plongeé dans ses mains, il réfléchissait à tout ce qui s'était passé depuis trois mois bientôt.

Toute cette existence lui paraissait un songe dont il n'eût pu jamais espérer la réalité.

Les deux battants de la porte s'ouvrent à un valet qui vient annoncer le comte de Buttler et sa nièce.

Le mouvement qui suivit cette annonce brisa court aux pensées du rêveur.

Tout le monde s'était levé ; il se leva.

Le comte et sa nièce entrèrent.

Déjà nous connaissons ce personnage ; mais, depuis que nous l'avons quitté, sa taille s'est fortement courbée, le peu de cheveux qui couvrent sa tête sont grisonnants, et quelques rides au front attestent le ravage de chagrins bien profonds.

Quant à sa nièce, oh ! c'était une bien belle jeune fille !

Thérésa comptait à peine quinze printemps ; sa chevelure était noire et touffue ; sa figure, d'un ovale parfait, le plus pur, était animée par des yeux en amande qui respiraient la douceur la plus angélique. Sa petite bouche vermeille, émaillée de roses blanches, où venait se jouer un gracieux sourire, donnait à cette physionomie une perfection indéfinissable.

A leur arrivée, Christophe avait levé les yeux et les avait aussitôt baissés vers la terre. Une vive rougeur couvrait ses joues d'ordinaire si pâles. Que se passait-il donc dans le cœur de ce jeune homme ? Il avait vu Thérésa, et, dès ce moment, un sentiment nouveau qu'il ne pouvait s'expliquer s'était manifesté dans son âme. L'étreinte qu'il en ressentait ajoutait encore à son embarras.

Les femmes devinent instinctivement les émotions qu'elles inspirent. Thérésa avait remarqué l'impression que sa vue subite avait fait naître dans l'esprit du jeune musicien, et, coquette comme toutes les jeunes filles, elle résolut de l'attacher à son char.

Un éclair n'est pas plus prompt que les réflexions amenées dans le cerveau de nos deux jeunes gens par cette première entrevue.

Le protégé luttait péniblement contre les sentiments dans lesquels son cœur était plongé. Son regard ardait lumineux, sa contenance était embarrassée, il ne savait plus ce qu'il devait faire : se rasseoir, ou changer de place.

C'en est fait, il est amoureux ; désormais il aura dans l'âme deux passions.

Heureusement pour lui, heureusement aussi pour la jeune personne qu'il contemple toujours avec bonheur, le baron, après les compliments d'usage, annonça le déjeûner.

Du salon, la société passa dans la salle à manger. Christophe y entra le dernier ; il n'avait pas osé faire l'offre de son bras à la belle Thérésa et, pour la première fois, il avait oublié de·le présenter à son protecteur, tellement il était absorbé par la contemplation de la tournure élégante et légère de sa déité.

Nous ne nous étendrons pas sur la somptuosité de la table, ni sur le plus ou moins d'appétit donné au repas du châtelain germanique. Seulement nous ferons remarquer que le jeune homme ne mangea pas beaucoup, regarda à la dérobée la mélancolique Thérésa et rougit souvent. Le baron Walter, le comte de Buttler et le vieillard tinrent seuls la conversation qui abandonna bientôt les hauteurs de la politique pour rouler sur les arts et les artistes éminents dont l'Allemagne pouvait s'honorer. Après le déjeûner, l'on annonça quelques visiteurs qu'avait amenés le désir d'entendre et de voir le jeune musicien. Le salon fut en peu d'instants rempli d'étrangers.

Le maître se met le premier au piano, et, après avoir exécuté quelques morceaux qui ont excité le plus vif enthousiasme, il se lève pour aller prendre la main de Thérésa qu'il amène auprès de l'instrument où il venait de faire vibrer des accords si harmonieux. La belle enfant ne put retenir un sentiment de pudeur et de timidité; elle hésitait à se mettre au piano, lorsque la voix de son oncle et les prières de la société la forcèrent à se résigner.

Son jeu, qui n'était pas encore bien pur, mais qui annonçait des connaissances dans l'art, ne laissa pas de recevoir des applaudissements unanimes.

Quelques larmes avaient perlé sur les joues de l'amoureux. A l'invitation de son maître qui le pria de remplacer la jeune fille, il quitta ses méditations, essuya son beau front et se dirigea lentement vers le piano.

Dès ce moment, l'art semble l'occuper tout entier, rien n'est plus capable de le distraire, il ne s'appartient plus.

L'assemblée tout entière garde le plus muet silence. Le voici dans son élément; ses doigts se font un jeu du clavier qu'ils tourmentent. Tour à tour rapide et léger, doux et violent, il s'élève au-dessus de lui même.

Je n'essaierai pas de vous raconter les accents mélodieux qui sortirent de sa bouche; ni son chant large et sonore, qui tenait l'assemblée en une contemplation extatique, non plus que les torrents d'harmonie qui débordèrent sous ses mains agiles, mais je vous dirai qu'il fit rêver un instant la belle Thérésa, et qu'au milieu des applaudissements, une seule voix manqua au triomphe, c'était celle de la jeune fille qui était encore sous l'impression puissante des accords sublimes dont son âme était inondée. Insensible à ce qui se passait autour d'elle, en ce moment d'extase, elle n'éprouvait plus qu'un sentiment d'admiration pour l'artiste éloquent qu'elle venait d'entendre.

Le musicien fut entouré et pressé par la foule de ses admirateurs; son maître, ivre de bonheur, l'étreignait dans ses bras. A les voir ainsi tous les deux entrelacés, chacun croyait assister au plus doux triomphe. Christophe n'avait jamais reçu une pareille fête. Son regard cherchait à distinguer quelqu'un qui se tenait à l'écart. Il eut lieu d'être satisfait apparemment, car son œil devint radieux et sa poitrine fit entendre un profond soupir, comme s'il eût chassé bien loin l'oppression qui le tourmentait.

Après les transports de cet enthousiasme, la conversation prit une autre direction. Le reste du jour se passa ainsi ; quelques amateurs prirent place autour d'une table sur laquelle l'or disparaissait rapidement. Mais, silencieux et distrait, Christophe, dans un endroit solitaire du salon, se remettait de ses émotions pour en recevoir de nouvelles. Il interrogeait des yeux le visage de son adorée, et souvent leurs regards se croisaient. L'audace lui manqua pour s'approcher d'elle ; mais, après tout, il lui importait fort peu : il la voyait en face de lui, c'en était assez. A chaque instant son amour faisait de nouveaux progrès dans son cœur ; il se disait à lui-même :

— Oh ! quel beau jour ! quel triomphe !

Et il puisait une énergie nouvelle qui devait le conduire si brillant au sommet de l'échelle artistique. Hélas ! au milieu de ces beaux rêves dorés, l'heure arriva où il fallut se quitter, peut-être pour toujours.

Séparation terrible ! quelles angoisses tu causais aux deux amoureux !

Mais, il faut bien le reconnaître, il est un Dieu pour les amants.

En effet, avant de se retirer, le comte de Buttler, s'approchant du vieux musicien pour lui faire ses adieux, lui dit de la manière la plus engageante :

— J'espère, monsieur le maestro, que vous voudrez

3

bien m'honorer de votre présence pendant plusieurs jours dans mon château qui est tout voisin.

— Vous me comblez , monsieur le comte, répondit l'artiste en s'inclinant respectueusement.

— Vous et votre créature ; vous m'entendez ? ajouta le comte. Car à ce moment le protégé venait de s'approcher d'eux.

L'invitation fut acceptée.

Ivre, transporté, Christophe ne sut que répondre; et longtemps il suivit des yeux l'équipage élégant qui lui dérobait Thérésa , sa bien-aimée.

IV.

Avez-vous quelquefois assisté à une de ces saturnales dégoûtantes, ignobles, dont le tableau se présente parfois dans une sale taverne éloignée du centre de la ville, située dans quelque faubourg, dans une rue noire et tortueuse, malsaine, fangeuse, ou bien encore dans une honteuse maison de débauche?

Figurez-vous une grande chambre à demi-garnie, dont les meubles conservent encore les restes d'un luxe effacé par les traces de l'orgie. Dans le milieu de ce temple consacré à Bacchus se trouve une table ronde, autour de laquelle sont rangées six figures à la couleur plus ou moins avinée, et sur ces visages est peinte l'expression la plus caractérisée de la débauche crapuleuse. Les uns, accoudés devant un amas de bouteilles, contemplent d'un regard hébété la flamme bleuâtre qui s'élève d'un vase où

brûlent des liqueurs spiritueuses ; les autres , la tête renversée en arrière, attendent en chantant que leur verre se
remplisse de nouveau. Un seul est debout , tourmentant
à l'aide d'une longue cuiller le liquide brûlant qu'il fait
crépiter à plaisir.

Toutes ces têtes, privées déjà de sentiment raisonnable,
sont éclairées par la lueur seule du punch qu'ils s'appré-
tent à humer avidement; cette lumière répand sur leurs
visages une couleur sinistre et hideuse. La fumée qui s'é-
chappe de leurs bouches rend l'atmosphère épaisse et
étouffante.

Eh bien ! vous aurez une esquisse quasi ressemblante de
l'appartement du jeune homme qui porte un beau nom ,
héritier d'une grande fortune et qui peut s'enorgueillir
d'une antique origine.

C'était le fils du comte de Buttler , qui souille ainsi sa
réputation dans des orgies continuelles. Sans délicatesse
aucune , il choisit indistinctement ses compagnons de
débauche dans l'écume du peuple. Tout ce que la contrée
compte de mauvais sujets et de vauriens est lié avec lui ,
l'aidant à mener cette vie infâme d'abrutissement complet.

Son père, dans une désoation profonde, abîmé dans
les plus tristes pensées et réfléchissant à la situation de son
fils, gémissait sur son inconduite.

Ce jour-là s'était passé de la manière accoutumée.: on
avait bu , joué , crié, banqueté toute la journée et l'on ter-
minait la fête. A cette heure, aucun des cerveaux n'était

bien solide, les idées qui en sortaient étaient celles qui ont pour conséquence la satisfaction de désirs infâmes.

— Henri, et nos amours? hurla la voix rauque d'un convive.

— Mes amours ne sont pas très aimables, reprit Henri.

— Comment diable! dit un autre en marchant, peu solide sur ses jambes, et en posant sa lourde main sur l'épaule de l'amphitryon; il faut que tu sois un bien sot animal pour n'être pas encore arrivé à dompter le caractère de cette petite mijaurée.

— Soit dit entre nous, ajouta le premier, ta cousine ne mérite pas les égards que tu lui montres.

— Eh bien! à ma place, que ferais-tu?

— Qui, moi?

— Oui, toi, voyons.

— Eh, parbleu! j'irais.... En dégageant la main qui le retenait au fauteuil de Henri, et en voulant faire un geste, il alla rouler lourdement sur le tapis du parquet, où le bruit de sa chute fut amorti.

S'y trouvant bien, il y resta, et la **conversation poursuivit** son cours.

— A ta place, dit un convive en se retournant vers l'amoureux, par une belle nuit, c'est-à-dire très obscure, je prendrais quatre ou cinq gaillards comme nous.

— Et puis? demanda Henri.

— Quoi! un enlèvement me ferait bientôt raison des mépris de cette prude.

— Mais, mon père, comment prendrait-il la chose?

—Eh! comme il le voudrait. Le père n'est-il pas donné par la nature pour crier d'abord , maudire , puis pleurer et pardonner ?

— Et plutôt mourir, ajouta un nouvel interlocuteur.

— Bien dit ! bien dit! répéta-t-on de toutes parts en faisant chorus.

— C'est cela, mes amis, reprit Henri tout décidé. — Et, tenez , j'y avais déjà pensé. Maintenant, pour puiser de nouvelles idées pour notre dessein , buvons !

— Buvons ! répétèrent les autres.

A ce mot électrique, l'individu qui s'était évanoui sous la table se redressa subitement, en criant :

— Ma part !

— Ah! ah ! ah ! firent en riant les autres convives , à la vue de l'homme ivre qui présentait son verre.

Alors la flamme qui s'élevait d'un énorme vase où brûlait le punch vint à s'éteindre ; on ralluma les flambeaux et les coupes remplies furent vidées d'un seul trait.

— A présent, mes amis, dit Henri en allant chercher un panier de vin, allons faire quelques investigations dans le fond de ces bouteilles que j'ai réservées pour le toast final.

En disant ces mots, il déposa sur la table le panier de vin qui devait couronner le joyeux festival. Chacun s'empressa d'avancer son rouge bord, quand la porte, s'ouvrant tout à coup, fit place à un nouveau personnage. Tous les regards se portèrent vers l'entrée ; mais aussitôt les têtes retombèrent allourdies et hébétées sur ces poitrines haletantes. Quel triste spectacle s'offrait à la vue du comte de Buttler ! C'était lui qui venait d'entrer dans ce bouge immonde. Il était resté immobile, stupéfait, les bras croisés sur sa poitrine, le front pâle et les yeux mouillés. Son regard pénétrant alla chercher son fils, qui détourne la tête, et par un geste semble montrer un mécontentement qu'il ne cherche pas à dissimuler. Après un moment de silence :

— Est-ce donc dans cet état que je devais vous trouver ? dit le père avec le sentiment d'un chagrin poignant.

— Oh ! trêve de morale, mon père, je ne suis pas d'humeur à l'écouter en ce moment.

— Cependant, monsieur, il faut que je dise ici devant tous vos compagnons que vous êtes indigne de l'affection qu'on vous a prodiguée jusqu'à ce jour. Et devais-je m'attendre à un pareil accueil de votre part ? vous n'êtes pas honteux de la conduite que vous tenez sous mes yeux ! Insensible à mes larmes, est-il croyable que vous puissiez voir d'un air d'indifférence et de dédain les peines que vous me causez, vous, le fils du comte de Buttler, vous dont le blason atteste l'origine la plus pure et la plus ancienne noblesse. Vous êtes venu au monde pour fouler honteusement aux pieds cette longue succession de vertus héréditaires dans notre famille ; vous salissez votre cœur par une dégradation honteuse. Oh ! mon Dieu, si votre pauvre mère vivait, vous l'auriez tuée.

En parlant ainsi, le comte versa d'amères larmes qui mouillèrent tout son visage. Ces pleurs le soulagèrent un peú. Habitué, du reste, à ces désordres fréquents, il avait depuis longtemps rejeté toute amertume, toute colère; sa vieillesse s'épuisait dans un chagrin muet et profond.

Son fils avait gardé le silence; les autres convives restaient hébétés, ils obéissaient ainsi à la voix de leur chef.

Le comte, pensant que ce silence était une marque de respect et un retour vers la droite raison, poursuivit encore d'un ton de voix plus bienveillant :

— Allons, j'excuse vos folies, je les oublie ; il me reste quelques sentiments de pitié, je vous pardonne toutes vos erreurs; mais, de grâce, jetez les yeux sur vous et considérez ce que vous pourriez être. Voyons, mon cher ami, Henri, épongez ce passé qui m'a causé tant de douleurs avec une conduite raisonnable. Eloignez vos compagnons dont les conseils vous plongent plus avant dans l'abîme de perdition où vous êtes entraîné. C'est un père qui vous tend une main secourable pour vous protéger désormais de la rouille du vice. Péndant qu'il en est temps encore, profitez de mon expérience, soyez plus confiant dans mes conseils ; l'intérêt que je vous porte est dicté par mon amour pour vous. Ouvrez donc l'oreille à mes paternelles exhortations. Secouez cette vile poussière qui forme comme un voile que votre raison ne peut percer; dépouillez cette écorce de manant pour revêtir toute la noblesse et la dignité qui conviennent à votre rang. Mes bras s'ouvrent toujours pour vous, je suis prêt à vous y recevoir, Henri, si vous avez encore dans le cœur quelques fibres sensibles qui vibrent pour le respect et la vénération que vous me devez.

Le comte se tut, ému et confiant.

— Enfin la mercuriale est terminée ; votre gosier doit être desséché, dit Henri, égaré par la boisson au point de manquer de respect à son père. Eh bien ! tenez, un bon verre de ce vieux Johannisberg vous désaltèrera et vous rendra les idées plus lucides. Allons, mes amis, encore un coup, buvons à la santé de mon père.

A ces mots, tous ces hideux visages, ranimés par la voix de leur chef, firent chorus en vidant leurs verres remplis, et s'écrièrent : « A la santé du comte de Buttler ! »

Le comte était attéré ; tant d'audace le troublait. Dans le tumulte des voix, dans le choc des verres et le bruit de tous ces débauchés, une apparition survint qui fit cesser tout le désordre. Thérésa était au milieu de la chambre, à côté de son oncle.

— Mon oncle, lui dit-elle, on vous attend. Et, en contemplant le comte, elle vit qu'il pleurait, les deux mains sur son front et le visage tout pâle, rempli d'émotion.

— Mon cousin, fit la jeune fille, s'adressant à Henri, la société vous attend au salon ; venez.

— Ah bah ! reprit-il, vous avez votre artiste, et, ma foi, ce petit homme-là me déplaît. Ainsi vous m'excuserez, ma belle cousine.

Le comte, prenant sa nièce par le bras, l'entraîna hors de la chambre et s'éloigna rapidement sans mot dire.

A peine étaient-ils partis, que la gaîté, un instant suspendue, reprit bientôt son cours.

— Elle est vraiment bien jolie, dit un convive.

— Tu veux dire bien belle, dit un autre.

— Décidément, ajouta Henri, je l'enlève.

— Bravo! Bravo! cria à gorge déployée la bande
joyeuse. Ainsi, après avoir été sans pitié pour son père,
après avoir fait preuve du cœur le plus endurci et le plus
corrompu, Henri se montrait impitoyable pour sa cousine,
pauvre jeune enfant si pure et si belle qui fuyait constamment les caresses du débauché. Encore, pourrait-on accor-
der quelque excuse à ces cerveaux échauffés, enflammés et
surexcités par les libations trop fréquentes, si, depuis
quelque temps déjà, Henri n'avait parlé de son projet
d'enlèvement. Mais il est affreux de penser qu'à tête re-
posée, dans le silence du château, il avait froidement conçu
le plan odieux sans respect pour la pudeur de cette
jeune fille, de l'orpheline qui était venue s'abriter, confiante, sous le toit hospitalier du comte, son tuteur. Privée de parents, sans liens de cœur, combien il lui eût été
doux de trouver dans la personne de Henri un frère dévoué, bon, aimable! Les bontés de son oncle lui avaient
acquis toutes les affections de cette jeune fille, et, il faut
bien le dire, elle tenait dans son âme la place que son fils
avait quittée volontairement, peut-être même sans retour.
On a peine à comprendre comment Henri avait ainsi souillé
sa jeunesse et son cœur au contact impur et immoral des
libertins dont il s'entourait chaque jour. Chez lui les sen-

timents de sensibilité, de respect, de bonté et d'affection avaient cédé devant la débauche hideuse et dégradante. Il faut avouer aussi qu'après la mort de sa femme, le comte de Buttler, seul, malheureux, n'avait pas voulu éloigner de lui le dernier ami qui lui restât. Son fils avait puisé dans les loisirs de la maison, à l'insu de son père, les germes du libertinage et de l'ignorance. Insensible à tout reproche, riant des choses les plus sacrées, les plus divines, Dieu et son père; il se regardait comme une autorité, parce que sa fortune l'avait entouré d'une foule de flatteurs qui composaient sa cour tout en partageant ses débauches. Ainsi peu à peu il avait pris les habitudes grossières de son entourage favori; voilà ce qui avait corrompu son âme et l'avait rendue si dure et si inabordable.

La compagnie s'occupa donc de l'organisation du projet qui devait mettre la cousine de Henri en sa puissance. Chacun discuta, cria, hurla tour à tour. Rien n'était plus difficile que de s'entendre à cet égard. Pourtant, après des combinaisons reprises et rejetées, il fut arrêté que quatre d'entre eux, sous la conduite du ravisseur, viendraient au jour fixé pour tenter l'enlèvement. Le sort avait désigné les complices et ils s'y prêtaient avec une soumission qui tenait du dévouement.

Pendant que ces bandits, le verre en main, la tête égarée, ourdissaient, au milieu de sales propos, l'infâme complot, elle, Thérésa, toujours belle et douce, cherchait à consoler son oncle, à le distraire, tout en faisant les honneurs du salon à la société qui l'avait envahi. Elle n'oubliait pas non plus que cette soirée était la dernière qui restât aux deux artistes avant leur départ fixé au lendemain, selon toute probabilité. Pendant le peu de jours qu'ils avaient passés au château, combien la belle enfant avait été heureuse ! Comme elle s'était montrée bienveillante, empressée, et cependant réservée et modeste ; et, en ce moment, encore joyeuse, sans crainte funeste, elle égayait la foule qui était au château.

La nuit s'avançant, les convives résolurent enfin de se séparer. Tout était convenu, le jour était pris, l'heure restait encore à fixer ; mais d'ici là ils devaient se revoir. Ils burent une dernière rasade et descendirent pour regagner le village.

Ils avaient déjà franchi le château depuis quelque temps qu'on entendait encore le refrain bruyant de cette chanson bachique, qu'ils entonnaient en chœur :

. . . .
Le vin, les demoiselles
Partagent tous nos vœux ;
Quand il est bon, qu'elles sont belles,
On se ferait pendre pour eux.

V.

Par une belle soirée d'automne, la lourde porte du château des comtes de Buttler s'ouvre pour laisser passer une
femme; elle est courbée sous le poids des années, du
moins on le croirait à sa marche pénible, à son visage miné
et fortement creusé par des vides impitoyables. Pourtant
cette femme n'a encore que 45 ans, mais d'autres
causes que l'âge ont brisé ses forces et ruiné sa santé.
En quittant le château, elle prend le chemin qui conduit
à la ferme de Peters. A l'un de ses bras est suspendu un
panier qui renferme des provisions et qu'elle s'empresse
de porter à l'honnête famille.

La ferme est peu distante et bientôt cette femme arrive à
la porte qu'elle heurte précipitamment.

— Ah! c'est madame Crezler, dit, en ouvrant, le paysan
Peters.

Cette dernière est reçue par les démonstrations de l'amitié la plus vive et d'une grande politesse.

Les bons fermiers étaient assis autour d'une table, occupés encore au repas du soir.

— Il y a eu fête au château, dit la nouvelle venue, et je vous apporte les restes du festin.

— Bonne madame Crezler ! dit le fermier.

— Vous ne pouviez pas arriver plus à propos, ajouta sa femme. Tenez, prenez place ici et faites comme nous. — Elle se leva alors pour prendre un verre qu'elle offrit à la convive et se rassit auprès d'elle.

— Comme vous êtes triste ! cria Peters d'un ton déchirant, après avoir examiné attentivement le visage de cette femme.

— Oui, je ne suis pas heureuse, allez.

— Y aurait-il quelqu'un de malade au château ? demanda Jeanne avec empressement.

— Personne, heureusement ; rassurez-vous. Seulement, depuis la mort de la comtesse, notre maître est toujours sombre, et, sans les soins de mademoiselle Thérésa, sa bonne nièce, de tristes chagrins détruiraient entièrement la santé du comte.

— Excellente jeune fille ! interrompit Jeanne.

Madame Crezler continua : — Depuis huit ans qu'elle est orpheline, elle semble s'être vouée tout entière à l'existence de son oncle, et sans elle, mon Dieu ! je ne sais ce qu'il deviendrait.

— Et Henri ? demanda le fermier, ne joint-il pas ses efforts à ceux de sa cousine pour adoucir l'amertume de son excellent père?

— Non, dit madame Crezler en agitant la tête et en poussant un profond soupir.

— Quoi! se peut-il? demanda la femme du fermier.

— Cela n'est que trop vrai, répondit madame Crezler, il l'assombrit tous les jours de plus en plus.

— Sa conduite ne change-t-elle donc pas? dit à son tour Peters en s'accoudant sur la table.

— Toujours le même, toujours plongé dans les dérèglements les plus affreux. — Elle essuya une larme et reprit :

— Son père lui fait-il quelques observations, il les reçoit avec une brutalité révoltante. Si le comte recherche ses caresses, s'il veut lui témoigner son affection, sa tendresse, et vous savez comme il est bon.....

— Oh! sans doute, dirent ensemble Peters et sa femme.

— Eh bien! il ne répond à ces caresses que par une indifférence dédaigneuse. Il ne reçoit les témoignages de son amour qu'avec les procédés les plus honteux. Chaque jour il entraîne la ruine de sa fortune et de sa santé. Enfin, il le fera mourir de douleur.

— Pauvre comte! dit Peters.

— Notre pauvre maître! dit la fermière.

— Oh! oui, pauvre comte, pauvre maître! il est bien malheureux, en effet, d'avoir un fils qui se conduit d'une manière aussi indigne! Il a toujours la même société; ses compagnons de débauche ne le quittent jamais, et, tous les jours, le village ou les bourgs voisins deviennent le théâtre de sa scandaleuse conduite.

— Mon Dieu! mon Dieu! dit le fermier en frappant du poing sur la table.

— Figurez-vous qu'aujourd'hui, et ce soir, pendant la grande réception qu'il y a eu au château, Henri n'a pas voulu paraître de la journée. Vous savez que le comte, pour essayer de se distraire et pour charmer la solitude dans laquelle vit constamment sa tendre nièce, est allé dernièrement chez le baron Walter. Là, il a fait la connaissance d'un musicien célèbre et de son fils qu'il a engagés à venir passer quelque temps chez lui. Voici bientôt une semaine qu'ils habitent le château sans que Henri, je ne sais pourquoi, veuille paraître au salon.

— Mais cela paraît incroyable, demanda le fermier de plus en plus étonné.

— Pourtant cela est. Il n'est venu qu'une fois, et encore ce jour-là il n'y avait personne que les deux hôtes. L'accueil qu'il leur a fait a été des plus glacials; je crois qu'il est jaloux.

— De mademoiselle Thérésa? demanda la femme Peters.

— Oui, dit en continuant madame Crezler, et elle fit un signe de tête très expressif. Et il y a en effet de quoi concevoir de la jalousie en voyant le jeune musicien. C'est un si beau et si bon jeune homme! Et quel talent! quand il chante, mademoiselle Thérésa, qui, elle aussi, a une bien belle voix, reste tout ébahie. Chaque jour, dans la matinée, elle écoute les leçons des deux artistes, et déjà le comte a remarqué ses progrès ; aussi fait-il tout ce qu'il peut pour retenir quelques jours encore ces deux voyageurs qui veulent partir demain.

—Déjà s'en aller? s'informa la fermière qui, en dépit de sa curiosité, n'avait pas encore pu apercevoir ce jeune talent dont on disait tant de bien.

—Il faut le craindre, demain ils nous quitteront. Tenez, ce soir, bien que Henri sût parfaitement que c'était leur dernier jour, il ne s'est pas montré du tout ; dans l'espoir de vaincre sa mauvaise humeur, son père est allé lui-même le prier de venir au salon. Eh bien! croiriez-vous qu'il était dans sa chambre avec une nombreuse compagnie, se livrant à des scènes de désordre et de débauche? J'ai appris, en outre, qu'il avait indignement reçu son père, qu'il l'avait injurié. Et il est vrai que tout le monde, ce soir, a pu remarquer combien la figure du comte était décomposée. Il étouffait au salon. Je ne doute pas qu'en voyant l'air souffrant du comte, la société ne le quitte de bonne heure.

Moi, je me trouvais par hasard sur son passage quand il est sorti de chez Henri accompagné de mademoiselle Thérésa, et j'ai vu que son visage était tout pâle, tout bouleversé; il pleurait comme un enfant. Oh! c'était à attendrir le cœur le plus insensible.

En parlant ainsi, la mère Crezler pleurait elle-même abondamment.

La femme de Peters, attendrie, essuyait aussi ses yeux

3

et poussait de temps à autre un soupir étouffé, avec cette exclamation habituelle qu'elle répétait souvent :

— Sainte mère du bon Dieu !

Il se fit un assez long silence, interrompu seulement par les sanglots fréquents de la malheureuse femme Crezler.

Peters contenait son émotion ; enfin, cessant d'être maître de lui :

— Oh ! si j'osais !

En disant ces mots, il s'était levé terrible, troublé, l'œil impitoyable ; et, d'un geste répété, il frappait fortement sa poitrine.— Il continua en se promenant à grands pas :

— Oui ! si j'osais, d'un mot, je rendrais peut-être le bonheur au comte de Buttler. — Mais aussi ce serait me rendre odieux et coupable pour l'avoir laissé dans cette fatale erreur pendant de si longues années. Peters se tut. Après une pose assez longue, et au moment où il allait continuer, madame Crezler l'interrompit, et s'écria :

— Eh bien ! tenez, Peters, je vous avouerai franchement que moi j'ai été bien souvent tentée d'aller trouver le comte, de me jeter à ses pieds, d'inonder ses genoux de larmes, et de lui dire : Mon noble seigneur et maître ! Henri n'est pas votre fils. — Ses larmes suspendues redoublèrent. Quand la force lui revint, elle ajouta d'une voix moins perçante : — Mais aussi, je suis mère, moi, et je n'ai pu le faire.

Quelle fatalité ! dit Peters en regardant sa femme. Il continua :—Nuit terrible ! madame Crezler, que celle où, pour la première fois, vous vîntes heurter à cette porte, manger notre pain, et..... Il ne put achever, il tomba assis, il étouffait. Ce tableau était déchirant à voir.

La femme du fermier, pour soulager son cœur, se mit à dire : Dieu nous punit tous les jours davantage ! Après m'avoir privé de ma fille, il ne m'a pas permis de ressentir une seconde fois les douleurs de la maternité. Ce disant, elle tomba à genoux et pria en pleurant.

Peters reprit : — Oui, nuit terrible, échange maudit ! Pardon, mon Dieu ! pardon, cria madame Crezler ; Dieu aussi m'a bien punie en me privant pour toujours de mon mari et en m'accordant un pareil enfant. — Mais, hélas ! ce n'est pas le comte qui devrait en supporter la peine, et pourtant Dieu est juste. Je souffre assez pour ma part ; si les remords de la conscience sont les châtiments du Ciel envers les coupables, je suis cruellement punie. Je n'ai plus que des jours sans repos, des nuits sans sommeil.

Les larmes de ces deux pauvres femmes ne tarissaient pas ; elles gardèrent le silence, et Jeanne, en se relevant, lui dit avec moins de violence :

— Mais, vous, madame, que la protection de la comtesse plaça autrefois auprès de Henri, et qui depuis l'observez chaque jour, n'avez-vous donc sur son esprit aucune influence pour le détourner du mal et lui ouvrir les yeux sur ses dérèglements ?

— Le barbare m'a frappée plus d'une fois pour lui avoir donné des conseils ; il a ri de mes larmes, et moi, malheureuse, j'ai été obligée d'étouffer le cri de ma conscience et de retenir un aveu qui ferait notre malheur à tous deux.

Après ces pénibles émotions, la femme Crezler, essuyant ses yeux rougis par les larmes, se disposait à reprendre le chemin du château à la lueur du ciel étoilé, quand une voix douce et limpide, fraîche, harmonieuse, vint retentir jusque dans la chambre de Peters dont la porte était entr'ouverte, car la gouvernante du château allait en franchir le seuil. Elle s'arrêta, et tous trois prêtèrent l'oreille.

Avant que de se retirer dans sa chambre, le comte de Buttler, pour rafraîchir son âme, avait proposé, après le départ de la société, à ses hôtes harmonieux de faire un tour dans le parc.

En ce moment, la lune resplendissait au ciel dans tout son éclat et illuminait le chemin des voyageurs.

Tout en causant, ils étaient arrivés tout près de la ferme. Thérésa, appuyée sur le bras de son jeune maître, laissait prendre à sa voix un libre essor. Christophe, heureux et content, engageait sa belle élève à épancher son âme et à confier ses pensées secrètes aux ombres silencieuses des grands arbres qui bordaient l'avenue. Les paroles qu'ils échangeaient étaient ainsi cadencées; c'était un long morceau de musique dont ils remplissaient les rôles. Comme ils se trouvaient de beaucoup en avant, ils entrèrent les premiers dans la ferme où ils se reposèrent en attendant le comte et le musicien.

A leur approche, madame Crezler s'était cachée, dans la crainte que son visage ne portât encore les traces de ses sanglots.

La femme de Peters put enfin satisfaire sa curiosité; elle

contempla avidement ce couple charmant, trouvant dans la tête de l'inconnu quelque chose de divin et de grandiose.

Les retardataires, arrivés, entrèrent un instant sans vouloir se reposer, et, après avoir reçu les salutations respectueuses des fermiers, ils se perdirent de nouveau dans l'allée du parc. Seulement le vieillard avait pris le bras de Christophe, et Thérésa s'appuyait sur celui de son oncle.

Quand madame Crezler reparut, son air était moins soucieux; elle s'approcha des deux époux et leur dit:

— C'est bien décidé, Dieu vient de me donner la force d'accomplir mon projet. Demain j'aurai le courage de parler; le comte de Buttler saura tout, il entendra de ma bouche les aveux les plus complets; mais, je l'espère, il aura pitié de mes larmes et ne me chassera pas indignement comme une misérable.

Elle souhaita le bonsoir à Peters, embrassa sa femme et partit au château.

Alors un gros nuage vint à passer sur la topaze suspendue à la voûte céleste; l'obscurité dura longtemps, et à la voix si douce de Thérésa avait succédé ce refrain que les échos rendaient au loin:

Le vin, les demoiselles,
Partagent tous nos vœux;
Quand il est bon, qu'elles sont belles,
On se ferait pendre pour eux.

VI.

Conclusion.

Les amis du jeune comte rentraient au village.

. . . .

. . . .

Plusieurs années se sont écoulées depuis que nous avons quitté nos héros. — Nous retrouvons le jeune Christophe sous le ciel inspirateur de l'Italie. Privé de son ancien maître, de son vieux guide que la mort lui a ravi, il a quitté l'Allemagne, où de cruels souvenirs navraient son cœur, pour venir se livrer à l'étude sous la direction de J.-B. San-Martini. Depuis quatre années d'études pénibles, d'efforts et de veilles, le théâtre de Milan venait de recevoir la première œuvre sortie de l'âme du musicien. Ce soir-là, de l'année 1741, l'opéra d'Artaserse révélait un génie nouveau et profond. La même année, Venise était témoin de succès plus grands émanés de la même plume : Demetrio et Ipernestra plaçaient l'artiste en première ligne parmi les plus célèbres compositeurs. Les années suivantes, Milan, Crême, Turin, applaudissaient la musique savante de Demofoonte, d'Artamène, de Siface, d'Alessandro nell' Indie et de Fedra.

Au milieu de ces travaux, Christophe avait appris le secret de sa naissance ; car son père venait de mourir, lui laissant une fortune et le titre de comte. Mais, dans sa modestie, l'artiste se contenta du simple titre de chevalier et conserva l'immortel nom de Christophe Gluck, sacrifiant la noblesse du nom à la noblesse de l'art. Dès lors, rien ne manquait plus au divin maestro : réputation, honneurs, fortune, il avait été comblé de tout cela en même temps. Il quitte l'Italie, le berceau des arts, pour parcourir l'Angleterre et rentrer dans sa patrie. Il puise sur cette terre chérie des inspirations nouvelles, et, à l'âge où les cordes du cœur se mettent plus difficilement en vibration, à soixante ans, il donne ses deux chefs-d'œuvre : Pyrame et Iphigénie en Aulide, mettant ainsi le sceau à sa réputation et à sa gloire. Dix ans plus tard, la mort le surprit à Vienne, le 25 novembre 1787.

Telles ont été les premières années du célèbre Gluck, ignorées, pénibles, malheureuses ; c'est là-dessus seulement que nous avons voulu nous étendre, car le reste de sa vie est aussi connu que ses ouvrages.

PHILIBERT.

ALICE.

ALICE.

« J'ai passé comme une fleur ; j'ai séché
comme l'herbe des champs. »

Job.

⟨◦◦◦⟩

Première partie.

De la dépouille de nos bois
L'automne avait jonché la terre ;
Le rossignol était sans voix,
Le bocage était sans mystère

faute d'un romancier pour chanter ceux que tout bocage
bien planté doit renfermer dans le feuillage de ses arbres
et dans les fleurs de ses taillis sauvages.

Les champs déshonorés avaient un aspect mélancolique,
dépouillés qu'ils étaient de leur verte parure de printemps

et privés de leurs ornements et de leurs richesses. Le ruisseau qui, l'été, murmurait sur son lit de cailloux, et qu'une
haie d'aubépines dont la douce odeur saturait l'air dérobait aux indiscrets, le ruisseau serpentait avec une non-
chalance honteuse, sans entraîner comme autrefois dans
son cours les pariétaires et les nénuphars aux larges
feuilles, sans baigner de ses petites vagues les pieds odo-
rants des genêts et des cytises..... Quelques herbes dé-
paysées, quelques humbles fleurs de la rive s'épanouissaient à la surface de son onde limpide et frissonnante sous
les zéphyrs. Les oiseaux ne faisaient plus entendre leur
amoureux ramage, les saules bruissaient dans le silence de
la prairie... Le ciel était nuageux et grisâtre, et l'œil s'y
égarait à la recherche d'un coin bleu ou souriant.

Pour animer cette nature qui semblait morte ou assoupie
sous un linceul, il eût suffi d'un rayon de soleil ; car, si le
soleil dissipe la tristesse du cœur de l'homme, il dissipe
aussi la tristesse qui enveloppe la nature d'un réseau
fatal....

Pour le voyageur touriste qui, un bâton à la main, un
sac léger sur le dos, chemine pédestrement sur une route
moins poudreuse qu'aux beaux jours de juillet, la campagne n'est pas dépourvue de charmes, surtout si ce voyageur
possède un grand fonds de poésie ! Messieurs les poètes
ont des chants pour toutes les saisons ; les cordes de leur
lyre ne sont pas engourdies comme leurs doigts que flagelle
la bise....

Par une après-midi du mois de septembre, un jeune

homme, Gaston Waldry, marchait, accompagné d'un chien
terrier anglais, dans un des nombreux et sinueux sentiers
des environs de Châtenay, où était située l'habitation d'un
vieil ami de son père à qui il allait rendre visite. Il marchait sans but fixe, et son imagination — cette fée de tous
les âges — faisait plus de chemin que lui; elle était en
Espagne et il foulait de ses pieds le sol français. Quel âge !
et pourquoi faut-il que le prisme à travers lequel l'adoles-
cent regarde l'avenir qu'il colore de mille reflets charmants
et gracieux se brise entre les mains de l'homme mûr qui
appauvrit son cœur au profit de son expérience !

A vingt ans, l'âme est ouverte à toutes les saintes croyan-
ces, à toutes les chastes illusions ; c'est un trésor qu'elle
amasse précieusement et dépense en avare, avec regret !...

A vingt ans, le bonheur n'est pas une chimère, la vie n'est
pas un contre-sens, ou plutôt un non sens ! A vingt ans enfin,

> Le cœur n'est pas flétri, le front pas soucieux,
> Et l'on croit à l'amour comme l'on croit aux cieux !

Gaston Waldry avait tout en partage : beauté et intelligence. A un cœur sensible et dévoué il joignait une âme
noble et chevaleresque ; mais il apportait plus de foi et de
ferveur dans l'amour, son culte intérieur, sa véritable religion, que dans toute autre adoration.... Si les ministres du
Seigneur vous promettent, en son nom, le paradis, les
femmes vous le donnent..... et les joies qu'on trouve dans
celui-ci font patiemment attendre celles qu'on trouvera dans
l'autre.... C'était du moins l'avis de Gaston, dont les esca-

12

pades ne rencontraient dans son père qu'un censeur indul-
gent et commode, ce qui l'enhardissait et le faisait user de
sa liberté, sans toutefois en abuser.....

Tout pensif, il suivait le sentier qui devait le conduire
à la demeure de M. Bruscantar, pour lequel il ressentait
déjà une grande sympathie, quoiqu'il ne le connût que
d'après le portrait fait par son père.... Le bizarre plaît aux
jeunes gens, et ce qu'on racontait des excentricités de Bruscantar lui avait donné une furieuse envie d'en être témoin.

Dans une tête juvénile, il y a toujours un coin occupé
par la rêverie et les aspirations continuelles vers le monde
idéal si différent du monde réel !

Rêveur, et par conséquent distrait, Gaston s'en allait
donc à l'aventure, négligeant d'écarter de lui les branches
dépouillées de feuilles des arbres qui bordaient le sentier,
et abandonnant à son chien Ariel le soin de le guider.....
Mais un lièvre ayant passé à quelques pas d'eux, Ariel
flaira sa piste et se mit en chasse sans que son maître s'a-
perçut de sa disparition subite.... ce qui fit qu'au bout
de quelques instants Waldry entra de plain-pied dans une
mare dont l'eau était fort heureusement plus bourbeuse
que profonde, et révolutionna tout un peuple aquatique,
dont les coassements étourdissants, joints à la fraîcheur de
l'eau, le tirèrent de son espèce de léthargie morale, et il
chercha à se tirer du bourbier.

La chose eût semblé aisée à un paysan, mais à un jeune
fashionable la position paraissait dure, et le moyen d'en
sortir difficile..... Ses bottes enfonçaient dans le sol dé-

trempé; chaque effort qu'il tentait pour se débarrasser
augmentait son embarras, et compliquait sa situation....

Au plus fort de l'action, et alors qu'il se démenait comme
un diable dans un bénitier, il appela Ariel qui entra dans
la mare avec conscience de sa faute, l'oreille basse, le mu-
seau contrit et allongé. — Malgré le bruit occasionné par
les grenouilles, Gaston distingua comme le trot d'un cheval,
un âne parut sur la lisière du bois, fuyant avec assez de
vitesse, et son cavalier pour ainsi dire désarçonné, car la
position de son corps, au lieu d'être verticale, était on ne
peut plus horizontale; pour comble d'infortune, les soubre-
sauts du coursier d'Arcadie avaient déchiré certain vêtement du cavalier qui montrait

> Ce que Brunel à Marphise montra.

Gaston eût voulu voler au secours du pauvre homme,
mais sa bonne volonté n'étant pas secondée par la possibi-
lité, il se contenta de lancer Ariel après les jambes de la
monture têtue qui s'arrêta essoufflée : quelques minutes
plus tard, cette rosse chatouilleuse entrait dans le taillis et
faisait de son cavalier un autre Absalon....

Alors une voix appartenant à une tête qui frisait la cinquantaine, mais dont les cheveux ne frisaient plus, lui cria :

— Agricole, mon ami, viens équilibrer mes suspensoirs :
l'un est trop prolixe et l'autre trop succinct....

Gaston ne put s'empêcher de rire du langage métaphorique de ce personnage que le temps d'arrêt de son âne
avait remis sur ses étriers-suspensoirs; ce que voyant notre

homme, dont le nez d'aigle supportait une énorme paire de lunettes, s'imagina que Waldry se moquait de lui, et, sa bile s'échauffant à mesure que se refroidissait la partie de son corps mise à découvert par une impudente déchirure, il commença à trouver le jeune homme fort impertinent et ses manières fort équivoques. Pour le forcer de réfréner ses moqueries intempestives, il héla une sorte de garde champêtre dont le profil à la Daumier se dessinait à quelque distance, et lui cria :

Eh ! père Morizot ! commandez à vos supports de voiturer votre machine... et approchez...

Le père Morizot obéit en suivant le précepte de Boileau renouvelé d'Auguste, en se hâtant lentement.... Lorsqu'il fut près de l'écuyer grison et maladroit, il le salua fort respectueusement, et de sa bouche édentée sortirent ces syllabes :

— Vous... vous... vous... m'a...a...a...vez...vez a...appe...pe...lé..., mo...o...o... sieu... l'a...adjoint...

Le malheureux était bègue.

L'adjoint répondit :

— Oui..., fonctionnaire..., votre ministère est ici nécessaire... Regardez ce coquin qui se débat au milieu de ce lac... bourbeux... sa mine m'est suspecte... Demandez-lui ses papiers, et s'ils ne sont point en règle, comme je le présume, vite en prison... ainsi que ce chien qui s'est permis de mordre la rotule de Sancho, la pauvre bête...

Le garde champêtre n'écoutait pas ; son attention se

portait sur les vêtements de l'adjoint, et à l'endroit que vous savez. Il bégaya :

— Mo...o...osieu l'a...adjoint... vot...ot... cu...cu...u.. lotte est... est...

— Taisez-vous, brute, et faites ce que je vous commande !

Le père Morizot, à cette injonction, mit son tricorne, tira son sabre et fit à Gaston — qui mourait de froid, ce qui ne l'empêchait pas de mourir de rire, — trois sommations par lesquelles il l'invitait à se rendre à discrétion s'il ne voulait pas qu'on employât la force armée... La force armée d'un village... hein ! qu'en dites-vous ?

Gaston ne demandait pas mieux que de sortir de la mare ou du lac, ainsi que l'appelait par euphémisme l'adjoint métaphorique... Un dernier effort lui réussit, et il put enfin gagner la terre ferme et examiner le visage des deux individus qui l'attendaient.

Le premier mouvement du garde champêtre avait été de tenir Gaston à la distance de son coupe-choux, et son premier mot celui-ci :

— Vos... vos... pa...pa...piers !

Waldry, à qui il tardait de gagner un gîte hospitalier pour sécher ses vêtements et réchauffer ses membres engourdis par son séjour forcé dans l'eau, Waldry tira de sa poche un papier ; puis, étourdi comme par un coup de martinet, il le présenta, sans le déployer, à l'autorité constituée qui était possédée du désir de le lire, mais ne possédait pas ses lunettes...

—Li...l...i...sez, mo...o...sieu... l'adjoint... vous... vous..
a...a...avez... deux... pai... pai...res... de... lu...u...net...
nettes... et... et... et...

L'adjoint grommelant déploya le papier présenté par le
jeune homme, et son front se rembrunit.

— Qu'est-ce à dire, monsieur ? exclama-t-il en lançant à
Gaston un coup d'œil irrité ; vous moquez-vous de moi ?
et nous prenez-vous pour des enfants ?... Nous vous ferons
repentir de votre témérité, jeune *blanc-bec !* On vous demande des papiers, comme tout honnête citoyen doit en
avoir, des papiers indiquant votre état, votre nom, votre
domicile... et vous nous exhibez ces fariboles ! A d'autres,
monsieur, à d'autres ! On ne se joue pas impunément de
nous. Nous allons vous conduire en lieu sûr, et là vous
pourrez, si bon vous semble, ajouter un troisième couplet
à cette chanson...

Gaston avait, en effet, donné un brouillon de papier sur
lequel étaient griffonnés quelques vers, et ceux-ci notamment, qui avaient allumé l'ire du bonhomme :

Air de la Fiancée.

Champignon ,
C'est ton nom ;
N'est-ce pas qu'il est drôle ?
Ta marraine était folle
Quand elle t'en fit don,
Don, don, don, etc. (bis).

— Monsieur, dit alors le jeune homme qui avait peine à garder son sérieux , je vous demande humblement pardon de cette étourderie. Mais si vous voulez m'accompagner à la demeure d'un ami de mon père, vous verrez que je ne vous en impose pas.

— Et quel nom porte l'ami de monsieur votre père ? reprit l'adjoint d'un ton dédaigneux.

— Bruscantar.

— Bruscantar! répéta le fonctionnaire surpris.

— Mais... mais... mais... bégaya d'un air hébété le fonctionnaire en baudrier... mais... mais... mais...

— Et vous... comment vous appelez-vous ? reprit l'adjoint en quittant sa mine refrognée.

— Waldry...

— Waldry !

— Oui... monsieur...

— Quoi ! vous seriez... tu es un rejeton de l'arbre des Waldry... mais, moi, mon ami, je suis celui de ton père ! je suis Bonaventure Bruscantar, ancien professeur, ancien huissier, et présentement adjoint du maire de cette commune..... Attends que je descende... mais non..... je ne puis... je donnerais un croc en jambe à la pudeur, je ferais voir ce qu'il est urgent et décent de cacher... mais suis-moi... nous allons regagner nos pénates et nous réchauffer à la flamme du foyer domestique... Tu es transi... viens... mon ami... viens... Père Morizot, laissez-nous, et finissez votre tournée...

Le garde champêtre ainsi congédié s'éloigna en ôtant

son tricorne usé dont les bords gras et luisants — comme les marges du prétendu manuscrit du *Docteur amoureux* — attestaient l'usage qu'on en avait fait et le peu d'usage que son propriétaire faisait de savon ponce...

Lorsque M. Bruscantar et Gaston furent délivrés de la surveillance de ce bipède incommode et incomplet, ils causèrent à leur aise, et Waldry remarqua que l'adjoint était, non pas un original, un excentrique personnage, mais tout bonnement un grand parleur, un babillard sans pareil, un jacassier sempiternel, lardant sa conversation décousue de mots inusités et vieux comme le tricorne du père Morizot... Du reste, il ne s'en cachait pas ; il disait avec bonhomie à ceux qui lui reprochaient son babil infiniment trop prolongé qu'il croyait à la métempsycose, et qu'avant d'habiter son corps, son âme avait dû être prisonnière dans un corps de femme dont elle avait conservé le caractère tatillon...

Ariel suivit son maître et tous trois cheminèrent gaîment... En passant devant le cimetière du village, le vieillard et le jeune homme découvrirent, l'un sa tête chauve, l'autre sa tête blonde, et tous deux s'inclinèrent... En se relevant et en jetant un regard furtif dans ce champ du repos, Gaston aperçut une forme sombre et indécise agenouillée sur la pierre d'un monument... Par un instinct du cœur qu'il ne s'explique pas bien, il quitta brusquement M. Bruscantar, entra en chancelant dans le cimetière et s'approcha le plus qu'il put d'une jeune fille qui priait sur une tombe dont la terre paraissait fraîchement remuée...

A côté d'elle gisait, à demi renversée, une croix noire avec cette épitaphe : *A ma mère!* épitaphe dont la modestie contrastait avec les louanges prodiguées sur les monuments voisins.

Ce fut un galant homme, excellent caractère, bon ami, bon mari, bon citoyen, bon père ! Voilà, à quelques variantes près, de quelles vertus et autres *ejusdem farinæ* on gratifie les trépassés qui sont comme la fameuse jument de Roland, laquelle avait toutes les qualités imaginables sauf... vous savez le reste ! *O vanitas vanitatum!*...

Gaston, en s'approchant encore pour mieux considérer la jeune fille, remarqua un visage séraphique, d'une beauté qui n'appartenait pas à la terre.... Ses yeux étaient pleins d'une chaste flamme et à demi voilés par la tristesse et les pleurs, «'cet encens des morts. » Il se sentit alors au cœur comme une ineffable pitié pour cette jeune fille, sans doute orpheline ; et cette pitié, due peut-être aux charmes divins de cette vierge des tombeaux, allait se changer en un sentiment beaucoup plus tendre, lorsque M. Bruscantar, qui avait mis pied à terre, vint lui frapper sur l'épaule et lui dire :

Eh bien ! garçon !

Cette exclamation prosaïque suffit pour rappeler Gaston à la réalité qu'il oubliait dans les régions de l'idéal et dans une contemplation dangereuse. Il se laissa donc entraîner jusqu'à la maisonnette de M. Bruscantar où étaient une table dressée et une dame, seule compagnie de l'adjoint, que Waldry n'avait pas remarquée parce qu'elle était au fond de l'appartement, qui était un peu sombre.

— Mademoiselle Briséis, dit M. Bruscantar dont le désordre de toilette, ainsi que celui de Gaston, avaient été réparés, — mademoiselle Briséis, j'ai l'honneur de vous présenter le fils de mon meilleur ami, M. Gaston Waldry, jeune homme de grand avenir et que j'ai failli faire emprisonner....

La demoiselle dit, in petto, qu'il eût été dommage de dérober à la lumière et à la liberté une physionomie aussi heureuse, aussi agréable, aussi parfaite.

Qu'était donc cette demoiselle pour oser se dire tout cela ?

Bruscantar en avait fait le portrait à Gaston durant le chemin, mais, ainsi que cela arrive toujours, le portrait était flatté et le modèle bien au-dessous de sa réputation...

La physionomie de Briséis, peu semblable à celle qu'il venait d'admirer, avait un aspect désagréable. L'angle facial était plus accusé que ne le permettent les règles de la beauté ; elle avait le teint bilieux et des cheveux d'une nuance douteuse.

Depuis longtemps mademoiselle Briséis avait coiffé sainte Catherine et son âge se perdait dans la nuit de son baptistaire !

L'adjoint, dont cette vieille fille était la voisine quand elle passait quelques jours à la campagne, l'invitait souvent à venir prendre le thé, ce qu'elle acceptait, heureuse de trouver un auditeur bénévole. Car il faut vous dire que, outre ses imperfections physiques, elle avait une infirmité morale fort déplaisante : Briséis était une Corinne au petit pied, plus le phébus et les fautes d'orthographe ; une variété du genre des bas bleus ; une de ces femmes poètes, que Perse eût sans façon appelée une pie, *poetria pica*... Elle oubliait que l'encre sied mal aux doigts de rose ; mais les siens étaient jaunes et osseux et cela lui servait d'excuse. En attendant elle avait une foule de prétentions fort ridicules, entre autres celle de refondre et réformer notre langue dont elle ignorait les beautés ; trouvant sans cesse le dictionnaire en défaut, tandis qu'au contraire c'était le dictionnaire qui la trouvait en faute.

Pour tout autre que M. Bruscantar, sa conversation eût été insipide et insoutenable ; mais ce fonctionnaire rural avait un grand fonds de patience et de bénignité ; ensuite la phraséologie de cette dixième muse allait bien avec le langage ampoulé et pédantesque dont il se départait rarement ; et puis enfin, en dépit de la loi des contrastes, ce vieux garçon et cette vieille fille s'accordaient parfaitement....

— Alice est-elle rentrée ? demanda l'adjoint à Briséis....

— Non, répondit cette dernière. Elle est encore au cimetière.... vous savez bien qu'elle ne le quitte pas !...

Gaston, qui jusque-là n'avait prêté à l'entretien qu'une attention polie mais vague, se retourna pour murmurer : C'est elle ! elle va venir !...

Comme il disait cela mentalement, la jeune fille du cimetière apparut sur le seuil de la chambre et salua tout le monde avec une aisance de bonne compagnie ; mais quand ses regards rencontrèrent ceux de Gaston, ils s'y arrêtèrent un instant avec une singulière expression qui parut inexplicable au jeune homme ; puis, comme si elle se fût repentie de ce mouvement involontaire qui trahissait une préoccupation de son âme, elle se détourna ainsi que Gaston l'avait fait auparavant, et ses joues pâles se couvrirent d'une aimable rougeur.

On se mit à table. M. Bruscantar avait placé Alice à côté de lui, et Gaston entre elle et Briséis, qui eut pour celui-ci des attentions auxquelles il ne prit point garde, et qui mirent la puce à l'oreille de Bruscantar, adorateur sénile de charmes brillant par leur absence.

A ce repas, où Briséis et l'adjoint parlèrent pour six et mangèrent pour quatre, car Alice et Gaston parlèrent et mangèrent peu, ces derniers échangèrent quelques paroles et quelques sourires sympathiques. Il existe entre certaines âmes une corrélation intime, une sympathie préétablie, avouée, qui se trahit dans un mot, dans un regard, étincelle électrique qui allume une flamme destinée à brûler sans cesse....

Gaston apprit bien des choses ; il vit à nu bien des faiblesses. Alice, dans l'épanchement de son cœur, laissa échapper les secrets qui y dormaient dans de profonds replis : elle y laissa lire. Elle souffrait, et c'était une raison pour que Gaston lui offrît des consolations.....

— Combien de temps nous restes-tu, Waldry? demanda l'adjoint.

Alice lui avait annoncé son départ comme prochain ; le jeune Parisien répondit :

— Je resterai huit jours.....

— C'est beaucoup si tu ne t'amuses pas ; c'est peu si tu te distrais. Mais nous courtisons madame la Poésie, et elle est tellement exigeante qu'elle ne laisse point de place à l'ennui.

— Ah ! monsieur est poète ? fit Briséis en pinçant les lèvres.....

— Madame, répondit modestement Gaston, je suis de l'avis du Ménandre dont il est parlé dans la préface des œuvres de Marot : — « Je me contente de connaître les poètes ; c'en est assez pour m'ôter l'envie de les imiter... » Je ne sens point brûler en moi le feu sacré et il y aurait témérité de ma part à entrer dans la lice ; je ne pourrais faire *se becqueter deux rimes au bout d'une idée.* En voyant ce que l'esprit et le génie ont produit de chefs-d'œuvre, il faut briser sa plume et se voiler la face...

— Et moi, reprit doctoralement Bruscantar, je suis de l'avis de Boerne, quant aux poésies : « Tout cela est doux, soyeux, mais a l'air maladif ; tout cela nous enchante et nous ravit, mais nous sommes plus à notre aise si un chien aboie, ou si notre voisin passe en nous disant bonsoir !...» C'est vrai ! où cela vous mène-t-il, mes beaux rêveurs ? Aux petites maisons souvent !...

— Et à l'immortalité ! fit Briséis.

— Oui, à l'immortalité ! autre chimère, l'immortalité !

répéta l'adjoint avec un haussement d'épaules très signi-
ficatif.

—Sans doute, répliqua Gaston en regardant amoureusement Alice, sans doute, à l'immortalité : la fable de
Daphné n'est pas une fable, mais une vérité fort ingénieu-
sement habillée. Elle a encouragé des poètes illustres qui
lui ont dû l'éveil de leur génie ! La personnification du beau
et de l'amour, une femme, métamorphosée en laurier, cette
récompense du talent, n'est-ce pas charmant?

—Pas mal ! pas mal ! cria en fausset mademoiselle Briséis
en poussant de son genou celui du jeune homme...

—N'importe, dit l'adjoint en secouant la tête et en ra-
justant sur le croquant de son nez sa paire de lunettes. N'importe ! la poésie est une pauvre chose dont les
épiciers et les actionnaires de chemins de fer font peu de
cas... La littérature, je n'ose en parler. La littérature mer-
cantile dégrade la littérature sincère et traditionnelle. Sy-
nesius fit jadis l'éloge de la pauvreté, Favorinus de la laideur, Erasme de la folie; nos romanciers vont plus loin : ils
font l'éloge du vice et le colorent des prestiges de la vertu.
Aussi, connaissant les funestes effets du poison qu'ils servent quotidiennement à une foule de lecteurs affamés, ont-
ils le soin de mettre au bas de leurs feuilletons: La repro-
duction en est formellement interdite !... C'est de la franchise... Au moins nous savons à quoi nous en tenir ; et n'est
perdu que quiconque le veut bien !

M. Bruscantar avait l'habitude de jouer, après dîner, une
partie d'écarté, soit avec quelque voisin, rustre à demi ci-

vilisé qui bâillait au bout d'un quart d'heure ; soit avec la
vieille Marthe, sa gouvernante, qui s'endormait avec une
extrême facilité et répondait aux reproches de son maître
à ce sujet : « Je ne dors pas, m'sieu ; je réfléchis ! » -

Je réfléchis comme cela six heures par jour... ou mieux,
par nuit... quand je n'écris pas pour le *Tam-Tam*...

Ce soir-là, mademoiselle Briséis daigna jouer et fit plusieurs voles qui remplirent son cœur de joie et ses poches
de gros sous, car chaque partie était intéressée, et M. Bruscantar, qui parfois avait des velléités galantes, la laissait
poliment gagner... jusqu'à concurrence de 75 centimes !
Il ne voulait pas perdre davantage... sa dignité et ses
moyens pécuniaires s'y opposaient...

Pendant ce temps, Gaston et Alice, quoique sous la surveillance de l'adjoint et du bas-bleu, causaient à voix basse ;
à plusieurs reprises le bruit, ou plutôt la nature de leur
babil, avait importuné Briséis qui, de dépit, en avait brouillé
ses cartes : il n'est pas de spectacle plus cruel pour une
vieille fille que la vue d'un couple frais et souriant. Bruscantar, au contraire, trouvait du plaisir à regarder les deux
jeunes gens : leur âge était un miroir dans lequel il se con-
templait et se rajeunissait... Il eût pu dire avec le bonhomme Chrysale :

Cela regaillardit tout-à-fait mes vieux jours,
Et je me ressouviens de mes jeunes amours.

Plusieurs fois, derrière son double rempart de verre, un
clignotement malin eût dit à qui l'eût observé quelle était
sa pensée...

— Il retourne ici du cœur — disait-il en faisant trois levées consécutives de cette couleur... — Et il souriait de son allusion que chacun comprenait...

L'heure du couvre-feu sonna, au grand regret de Gaston et à la grande satisfaction de Briséis. A la campagne, on se couche presque avec le soleil, aussi se lève-t-on avec lui...

Bruscantar souhaita le bonsoir à ses hôtes, fit indiquer, par sa bonne, à Gaston, où était sa chambre, et celui-ci accompagna Briséis et Alice dont la demeure était proche; puis il revint, l'esprit plein d'une seule pensée, le cœur plein d'une seule image, celle de la jeune fille dont la mère reposait dans le cimetière du village, et dont le père, riche négociant, était mort deux ans auparavant, emportant dans la tombe les regrets de ses amis et la fortune de sa famille qu'il soutenait... Alice était donc isolée dans le monde, sous la sauvegarde de la Providence, qui, ayant à s'occuper de choses plus graves, l'avait jetée dans les bras de mademoiselle Briséis, une amie de la défunte; laquelle demoiselle, se souciant peu d'avoir à sa charge une grande fille qui passait pour la sienne, ô humiliation ! commençait à trouver désavantageux et embarrassant le legs de son amie.

Gaston fit cette nuit-là des rêves couleur de rose, comme tous les rêves d'amoureux. Et lorsque les douze heures brunes eurent fui devant la première heure blanche, lorsque le premier rayon de soleil vint se jouer dans les plis du rideau de serge qui fermait son lit, lorsque le chant matinal du

coq se fit entendre, notre Parisien se frotta les yeux et s'é-
veilla... Son premier soin fut d'écrire à son père pour le
prévenir du séjour qu'il comptait faire chez son vieil ami
Bruscantar qui, écrivait-il, n'avait ni les défauts ni l'ori-
ginalité qu'on lui prêtait si gratuitement à Paris...

Certain de l'assentiment de M. Waldry, homme du
monde et de plaisir, Gaston s'arrangea pour passer son
temps le plus agréablement possible... Et il l'employait
bien ! S'il ne faisait pas beaucoup de chemin dans l'étude
des fleurs, qui était le prétexte de son long séjour au village, il en faisait, je crois, davantage dans le cœur d'Alice,
ce beau lis à la tige délicate dont notre botaniste étudiait
avec amour chaque perfection...

Un jour, dans la serre qui décorait le jardin de l'adjoint,
Waldry avait cueilli une rose cent feuilles — et, comme
les petits cadeaux entretiennent l'amitié — l'avait offerte
à Alice, qui le lendemain lui présentait, en rougissant
beaucoup, une fleur de *wergiss-mein-nicht*, dont le nom
tudesque a tant de charmes et de signification en français,
puisqu'il dit éloquemment aux yeux et à l'âme de l'être
adoré : *Ne m'oubliez pas !*

Mais, hélas ! rose et wergiss-mein-nicht ne pouvaient
éternellement vivre... ils vécurent

> . . . . . ce que vivent les roses
> L'espace d'un matin.....

Alors, et à l'insu l'un de l'autre, nos deux amants en

recueillirent bien précieusement les feuilles et les conservèrent religieusement...

L'hiver arriva et surprit les hôtes de Bruscantar dans
leurs préparatifs de départ. Celui de Gaston était fixé, il
n'y avait plus à l'ajourner. Comme il précédait d'un jour
celui de Briséis et d'Alice, il se résolut à proposer à cette
dernière un enlèvement pour la nuit suivante...

Cette proposition n'avait rien de romanesque. Alice était
malheureuse sous la domination de Briséis; il était naturel
que Gaston songeât à l'y soustraire. Les sympathies sont
toujours pour ceux qui souffrent et la haine pour ceux qui
font souffrir...

Il rédigea donc une épître brûlante de passion, dans le
genre de celle de Saint-Preux à Julie, et la termina par
ces mots : « Demain matin, à six heures, descendez, enveloppée dans votre mante ; une voiture sera prête, et nous
recevra... » Puis il fit choix d'un paysan qui lui parut in-
telligent et la lui confia en lui recommandant de ne la remettre qu'à la personne dont le nom était sur la suscrip-
tion : A mademoiselle Alice.

Le paysan était flatté de cette marque de confiance; mais
quelque temps auparavant il avait eu maille à partir avec
le garde champêtre qu'il craignait de rencontrer chez monsieur l'adjoint au maire... Gaston ne lui répondit qu'avec
des *arguments d'un grand poids* auxquels notre rustre se
rendit...

Par malheur, Waldry ne s'était pas enquis de l'éducation plus ou moins primaire que devait avoir reçue son mes-

sager. Il en résulta que celui-ci, complètement illettré, ayant oublié le nom d'Alice, chercha, mais en vain, à déchiffrer les hiéroglyphes tracés par la main de Gaston, et, pour couper court à son embarras, prit le parti de s'adresser à la première personne qu'il salua chez M. Bruscantar. La fatalité voulut que cette personne fût Briséis ! Le paysan l'aborda chapeau bas, lui donna la lettre et force révérences... La demoiselle pâlit soudainement, et soudainement dit :

—C'est bien... villageois... Cette lettre m'est adressée... je la prends... merci...

Et elle disparut aux yeux ébahis du jeune gars qui murmura :

— Tiens... tiens... tiens... c'est là son amoureuse !... Drôle d'goût... tout de même. La fille à Mathurin, alle est pu accorte, pu engageante, dà !... Alle ne me revient pas. Bast, alle est d'la ville... c'est p't-être pour ça... Queu goût !...

Et le drôle s'éloigna en riant dans la barbe qu'il n'avait pas encore.

Dans l'après-midi, Gaston loua une carriole — la plus propre qu'il put trouver — et recommanda à son conducteur de se tenir prêt pour le lendemain à six heures à un endroit qu'il lui indiqua... Puis il revint dîner chez M. Bruscantar, à qui il fit ses adieux, ainsi qu'à ces dames, leur disant qu'il partait le lendemain de grand matin... On parla de choses indifférentes, et Gaston observa constamment le visage d'Alice. Ses joues portaient un léger sillon bleuâtre qui accusait le passage de larmes récentes ; mais rien autre chose ne lui dit si elle acceptait ou non sa proposition d'enlèvement... Cette alternative le mettait dans une anxiété impossible à décrire, et il n'osait la faire cesser en s'ouvrant à son amie de son projet, parce que l'argus femelle dardait sur eux sa prunelle inquisitive...

La nuit se passa pour lui dans ces transes mortelles ; il ne dormit point, et quand l'aube naissante eut répandu sur l'orient sa clarté blanchissante, quand l'horloge de l'église eut sonné six heures, il descendit dans le jardin où devait aussi descendre Alice... La terre était couverte de neige, le jour pas tout-à-fait venu. Tout grelottant, tout transi, Gaston attendit... Enfin, une femme parut, enveloppée dans une mante brune qui dérobait ses traits à la curiosité de son guide...

Gaston prit Alice dans ses bras, de peur que ses pieds mignons ne fussent souillés par le contact de la neige, et, chargé de ce précieux fardeau, il le porta jusqu'à la voiture, l'y déposa et s'assit. Le conducteur fouetta son cheval et la voiture roula...

Le trajet ne fut pas long à s'effectuer, et, au bout d'une heure d'une course active et pressée pendant laquelle Gaston avait cherché à percer l'épais vêtement de son amie, on entra dans Paris par la barrière d'Enfer, qui était pour Gaston l'entrée du paradis, puisqu'à Paris il allait vivre d'une vie nouvelle avec sa bien-aimée, et la voiture se dirigea vers une rue du quartier de l'Observatoire, où notre jeune homme avait un pied-à-terre.

Après avoir renvoyé le voiturier, Waldry et Alice frappèrent à la porte cochère qui s'ouvrit, et passèrent rapidement devant la loge du concierge déjà levé, dont la langue s'aiguisa pour déchirer la conduite de Gaston et la réputation de sa compagne. Madame Pipelet eût refusé à notre ami le titre magnifique de *roi des locataires*, attendu qu'il ne payait pas très exactement son terme et que sa chambre n'était pas d'un lourd rapport.

La mante cachait toujours dans ses plis inexorables la taille d'Alice, et un voile épais dérobait entièrement son visage aux investigations de Gaston.

Du reste, pas un mot n'avait été jusque-là proféré par l'un ou par l'autre des jeunes gens ; aucune parole n'avait été échangée. Et ce silence ne cessa que sur le seuil de la chambre de Waldry, lorsque sa compagne eut ôté sa mante et son voile. Il s'aperçut alors qu'à la place d'Alice il possédait Briséis, dont le teint de parchemin approchait si peu de la pureté des chairs et de la carnation de la jeune orpheline !...

Son dépit, sa colère, furent grands, certes ! Mais il avait intérêt à ménager Briséis, et bien que la conduite de celle-ci fût indigne, il n'éclata pas, il se contint... La femme de lettres, blessée dans son orgueil du mépris avec lequel Gaston la toisa, lui dit avec ironie :

— Ce n'était pas moi que vous vous attendiez à voir, n'est-ce pas, Gaston ?

— Eh ! madame !...

— Je dois vous désabuser sur un point : vous auriez tort,

grandement tort de compter sur l'amour d'Alice, elle ne vous aime pas...

— Qui est-ce qui vous l'a dit, madame? demanda Waldry avec une sorte de colère...

— Cette lettre que vous lui écriviez pour l'engager à fuir ma tutelle, et qu'elle m'a donnée en me priant de vous la rendre et de vous remercier d'une offre qu'elle ne peut accepter, puisqu'elle est fort heureuse dans sa position et qu'il y aurait folie à elle d'en changer.

Gaston resta un moment anéanti. Il ne lui vint pas à l'esprit que le paysan à qui il avait confié son billet eût commis une méprise... Il tomba dans le piège que lui tendait si perfidement Briséis, dont les assertions sortaient de la boutique de Satan, et qui en ce moment calomniait la jeune fille...

Mais on ne peut aller loin avec le mensonge; l'on se fourvoie bientôt, l'on s'embarrasse dans ses propres filets, et, de même que le vrai qui peut quelquefois n'être pas vraisemblable, le faux peut être sujet à caution et le mensonge le plus artistement filé laisse souvent à jour un côté qui aide à la découverte de la tromperie. Ainsi en advint-il pour notre bas-bleu... Gaston saisit au vol deux ou trois phrases contradictoires, et commença à voir clair dans le manége de son ennemie... sans toutefois approcher de la *vérité vraie*, comme dit Figaro... c'est-à-dire que, par une étrange aberration, il se refusa à douter une seconde de l'intelligence du Mercure villageois. Il pensa qu'Alice avait laissé surprendre sa lettre, ou que la violence l'avait mise

entre les mains de Briséis qu'il croyait capable de tout faire,
hormis le bien...

Quoi qu'il en fût, il fit taire son légitime ressentiment ;
il parut même galant, empressé auprès de la vieille demoiselle, qui, flattée dans son amour-propre, sinon dans
son amour, du succès de sa ruse, couvrit ses projets d'une
apparente bonhomie et dit :

— Allons, mon cher Gaston, ne nous laissons pas abat-
tre par un caprice d'enfant gâté... Elle a dit non aujour-
d'hui. Eh! mon Dieu, si vous connaissiez mieux les femmes, vous expliqueriez ce non-là à votre avantage... Je
suis venue ici, en son lieu et place, pour que mes reproches portassent plus juste, car ils sont mérités, n'est-ce
pas?... — L'enlèvement que vous préméditiez n'était ni
raisonnable ni honnête... Vous êtes un enfant, je vous
pardonne... Reconduisez-moi jusqu'à la voiture, pour que
j'aille chercher Alice...

Peu s'en fallut que Gaston ne fît explosion : tant de du-
plicité l'outrait ! Il connaissait trop la méchanceté de Briséis ; il savait trop quels traitements humiliants la pauvre
Alice en recevait — elle ne s'en était plainte qu'à lui —
pour croire à ce beau retour à l'indulgence. Il n'en fut
pas dupe. Mais il se contraignit encore et reconduisit la
tutrice d'Alice, sans qu'une seule parole impolie lui
échappât.

Deuxième partie.

L'hiver s'était écoulé. Les arbres prenaient leur verte parure de printemps, et dans la nature, dépouillée de son lugubre linceul de neige, tout riait de bonheur, d'espérance et d'amour... Mais le cœur de Gaston gardait encore son amertume et sa tristesse qui déteignaient jusque sur les actions ordinaires de sa vie.

Depuis son aventure avec Briséis, il n'avait revu ni cette dernière ni sa chère Alice qui avait été ramenée à Paris précipitamment. M. Bruscantar ne savait pas l'adresse de ces dames à la ville, et il ne put obtenir de ce côté aucun renseignement...

La douleur qu'il en ressentit se décrirait malaisément, mais on la comprendra facilement, pour peu qu'on ait aimé. Bien qu'il fût d'un naturel assez enjoué, bien qu'il n'engendrât pas la mélancolie, il·devint tout d'un coup soucieux, morose, taciturne, et se mit à fuir la société de ses amis et de son père qui, rarement chez lui et tout entier à ses plaisirs, avait de rares occasions de distraire son fils...

Le désespoir de Gaston s'accrut dans la solitude où il se renferma; sa douleur repliée sur elle-même, et ne trouvant d'autre aliment à son activité, consuma l'enveloppe qui la retenait. Notre ami s'en allait ainsi en langueur lorsqu'une circonstance imprévue vint lui rendre la force avec l'espérance.

Un jour il rencontra, dans les rues de la capitale, mademoiselle Briséis qu'il ne reconnut pas tout d'abord sous un riche et ridicule vêtement... Mais, peu à peu, il craignit moins de se tromper, et enfin il s'assura que c'était bien elle — plus laide sous la beauté des tissus qui la couvraient que plusieurs mois auparavant.

Il n'en fut pas reconnu, grâce à la maigreur et à la pâleur de sa figure. Il la suivit donc et remarqua la maison qu'elle habitait et que devait habiter Alice. La joie lui revint à l'âme; il entra sur les traces de Briséis, en se tenant toutefois assez loin d'elle pour ne pas éveiller ses soupçons. Puis, quand il fut bien sûr de l'étage et de la porte, il s'en retourna.

Le lendemain, il monta de nouveau, monta encore, monta toujours, jusqu'à ce qu'il fût parvenu à l'étage d'Alice... Son cœur battait à se rompre comme à un amoureux de seize ans et peu s'en fallut qu'il ne rétrogradât et ne redescendit. Mais il prit bientôt à deux mains son courage et son chapeau et s'avança résolument. Il s'apprêtait à sonner lorsqu'il entendit et la toux sèche d'Alice et la voix de Briséis qui disait :

— Il faut vous décider... M. de Bluféra doit revenir... vous savez qu'il a une clé... Ne faites plus la prude et laissez-moi vous choisir un protecteur convenable... Ce protecteur sera M. de Bluféra...

— Oh ! murmura Gaston avec une indignation mêlée de dégoût, elle veut la forcer de vendre le doux nom d'amour. Infamie !... Mais ce M. de Bluféra, où demeure-t-il? Je le saurai; ma haine le découvrira...

Briséis continuait :

— Ma chère petite, il faut prendre un parti, et celui que je vous offre est le meilleur. La vertu n'est qu'un meuble inutile, qu'une pauvre monnaie avec laquelle vous n'irez pas loin... Voyons, à quoi vous résolvez-vous?...

Gaston eut beau prêter une oreille attentive, la réponse d'Alice n'arriva pas jusqu'à lui... et, dans son désespoir, il supposa qu'à bout d'ennuis et d'incertitudes elle avait souscrit aux honteuses conditions qu'un débauché lui faisait proposer par cette misérable Briséis... Il s'enfuit alors comme épouvanté, et alla promener sa douleur sous les ombrages des Tuileries. Il réfléchit profondément ; son esprit flottait dans un doute insupportable entre l'innocence et le déshonneur d'Alice; il s'arrêta à la dernière hypothèse, la pire de toutes les hypothèses...

— Oh! malheur ! s'écria-t-il, Alice, cette idole que j'avais

animée d'un peu de feu céleste, Alice ne serait qu'une
idole de boue et de fange! Oh! pitié! pitié pour elle et
pour moi! Alice avait conservé la virginité de son âme, ce
sanctuaire si pur où nul regard profane n'eût jamais pénétré... Mais quoi, son âme s'est avilie, son cœur s'est pro-
stitué Il me faudra désormais mépriser ce que j'avais élevé
si haut dans mon estime, ce que j'avais entouré de tant de
respects!... Je m'étais étrangement abusé! l'ange n'était
qu'une femme. L'erreur est quelquefois moins cruelle que
la vérité; pourquoi mon erreur m'est-elle ravie? Car je ne
puis plus douter. Oh! Dieu! depuis que cette passion dé-
sespérée, fatale, a pris large place dans mon être, il semble que je vive d'une tout autre manière; ou plutôt il
semble que je ne vive plus du tout!... Mais n'y a-t-il point
d'autres femmes? On me le crie, on me le répète, et je
n'écoute pas!... Pour m'attacher aussi violemment, qu'a
donc Alice d'entraînant, d'irrésistible? Rien; on me le crie,
on me le répète encore, et je n'écoute pas! Pour moi Alice
est belle, divine, sans égale au ciel et sur terre... Et je
suis une misérable créature, doutant de tout, pleurant de
tout, n'aimant rien; je m'abuse, n'aimant qu'une seule
femme, et cette femme!... Oh! Seigneur! si j'ai fait un
beau rêve, que le réveil en est affreux!... Tenez, je pleure,
je pleure comme un enfant, je ne sais pas maîtriser ma
douleur... Je veux rire — parce qu'il est indigne d'un
homme de pleurer — mais je ris avec amertume en son-
geant à cette espérance qui s'éteint sans retour, à cette
illusion qui s'en va!... Je croyais à l'amour d'Alice; cette

illusion était mon bonheur ; en la perdant je le perds !...
C'est fini !... Fini ! Est-ce bien possible ? Ai-je toute ma
raison ? Non, je ne suis pas fou ! Oh ! voilà de la tristesse
pour bien des jours et de l'insomnie pour bien des nuits...
Il faut que je revoie Alice et, s'il en est temps encore, que
je l'arrache à l'affreuse destinée qui la menace...

Arrivé à la porte de la chambre d'Alice, Gaston entendit de nouveau cette toux qui l'avait tant effrayé à la campagne. Il sentit tout son amour lui revenir et pour un instant il oublia sous quelle tutelle était placée l'orpheline
pour ne se souvenir que des moments de bonheur passés près
d'elle... Puis il sonna...

Son apparition fut saluée avec joie par l'agitation du sein
d'Alice qui était seule. La pauvre fille avait mille questions
à lui adresser, mille reproches à lui faire; mais l'inattendu
de sa visite, l'émotion que sa présence, longtemps dési-
rée, fit naître en elle, tout cela coupa court au flux d'interrogations qui tremblait sur ses lèvres, et un silence de
quelques minutes permit à Gaston de remarquer les progrès de la beauté d'Alice... Elle était alors remarquable-
ment belle des charmes que prête l'amour... et auxquels
nous ne savons pas résister, quelque petits saints, quelque
catons que nous puissions être... Ravi de trouver la jeune
fille si resplendissante de grâce, Gaston fit comme nous
ferions tous si une déesse daignait descendre de l'empyrée
et se montrer à nous, chétifs mortels, dans toute sa splendeur et dans toute sa majesté. Notre premier mouvement,
notre première inspiration — et celle-là est toujours la

meilleure—serait de nous prosterner et d'adorer à deux
genoux cette immortelle dont la divine tête est entourée
d'un nimbe éblouissant d'or et de lumière. Gaston s'age-
nouilla donc, humblement, respectueusement, comme un
sujet devant sa reine... Bientôt il sentit gronder en lui des
désirs profanes et téméraires qui s'adressaient à la déesse
qu'on ne respectait plus, que son auréole ne protégeait
plus... Poète, il s'écria dans un mauvais jargon poétique
qu'on recueillit précieusement :

> Idole de mon cœur et soutien de mon âme,
> Un seul de vos regards, c'est tout ce que réclame
> Le plus humble de ceux qui veulent vous servir,
> Belle divinité qui savez nous ravir !
> O restez ! restez là ! Qu'encor je vous contemple
> Vous, à qui j'ai bâti le plus fidèle temple...

Nonobstant ces hyperboliques marques d'admiration,
l'audacieux Gaston, cet architecte d'un temple idéal, osa
l'anéantir ; il osa croire que cette divinité n'était pas aussi
inaccessible qu'il le supposait tout d'abord ; perdant alors
toute sainte retenue sans perdre de sa ferveur qu'il appli-
quait seulement à un autre objet, et au risque de voir la
nue se déchirer et la foudre tomber sur sa tête imprudente
et sacrilége, il osa parler d'amour d'une manière moins
métaphorique, plus claire en un mot... et il ne fut pas
foudroyé !... Au contraire, il fut écouté sans colère... car
l'amour, *cet oiseau qui chante au cœur des femmes*, chan-
tait dans celui d'Alice... Ni l'un ni l'autre de nos amants

ne disait au sien : Point de faiblesse humaine! Ces fai-
blesses-là ont des dehors trop flatteurs pour qu'on essaie
seulement de ne pas s'y abandonner; elles ont trop de sé-
ductions pour qu'on fasse mine de leur résister... et la
fermeté n'est ici que de la niaiserie...

« Dieu nous a fait un cœur; n'est-ce pas pour aimer? »

Et puis le Diable n'est pas diable pour rien, il nous
tente!...

Il faut avouer alors — puisque nous sommes au chapi-
tre des aveux — il faut avouer que Satan — aujourd'hui
qu'on le met partout, comme la muscade et la croix d'honneur, il est bien permis de le faire intervenir dans une circonstance où il est évident qu'il intervient toujours — il
faut avouer qu'il avait parfaitement choisi ses moyens de
tentation : Alice était magnifiquement belle — je ne puis
me lasser de le répéter — et Gaston, dans son aveuglement
amoureux, lui eût donné le pas sur Hébé, Athéné, et même
sur Aphrodite qui obtint la pomme du berger Pâris sur le
mont Ida...

L'admiration de Gaston se trahissait à chaque instant par
des exclamations qui ne déplaisaient point à l'orpheline.

— Que d'attraits! — s'écriait-il—que de charmes! quel
trésor de perfections!

Quoique ces éloges embarrassassent passablement Alice,
celle-ci ne songeait point à l'interrompre, et il continua son
panégyrique:

— Si j'étais roi, Alice, j'achèterais de mon royaume un
seul de vos sourires!...

Les poètes ont un grave défaut : ils exagèrent tout. Et la ballade du fou de Tolède, mérite à part, a été le prétexte de bien des exagérations, témoin celle dans laquelle tomba Gaston, qui fit du Gastibelza mal à propos en voulant payer d'un royaume, c'est-à dire la valeur de quelques milliards, un seul sourire, lui qui en avait obtenu plus d'un de sa Sabine !... Il y a trop de jolies femmes, tant en France qu'en Espagne, et il y a trop peu de royaumes, pour qu'on fasse de telles générosités... C'est tout au plus admissible dans les romances !...

Mais nous divaguons tous et divaguer est assez l'ordinaire des amants. Le nôtre tenait apparemment à suivre la routine, je l'en félicite et l'excuse. Nous devons pardonner aux autres des défauts et des erreurs qui sont nôtres.

Alice n'avait pas à s'y tromper: elle était aimée, violemment aimée de Gaston. Et lorsqu'il s'écria, rayonnant:

— Alice, de vous dépend mon bonheur en ce monde ou ma damnation éternelle dans l'autre... car j'aimerais mieux l'enfer qu'un paradis sans toi, vois-tu ! elle se sentit troublée au dernier point et de ce trouble qui, aux rapports des experts en matière galante, a toujours signifié une défaite dont il est le précurseur...

— Alice, poursuivit notre jeune homme, ce silence m'annonce-t-il un encouragement ou une défaite? Si vous saviez pourtant combien je vous aime, ô suave merveille ! Pour cesser de vous aimer et de vous le dire, il faudrait que je cessasse de vivre... et je ne veux pas mourir encore ! Votre image me suit partout, elle est gravée dans mon âme qu'elle défend contre toute impure pensée... Vous êtes l'ange de mes rêves ! Vous êtes ma fée tutélaire et inspiratrice... Chacun de vos sourires attise un feu qui ne s'éteindra jamais... Oh ! aime-moi, Alice, aime-moi comme je t'aime !...

Voilà certes une déclaration en bonne forme, qui n'est pas neuve, car elle est taillée sur le patron de beaucoup d'autres. Mais en amour tout est neuf, tout est frais ; et l'on n'y sent jamais le rabâchage et l'insipidité des vieilles choses...

Gaston disait d'or, et sa logique concise, pressée et pressante, mais énergique et claire, portait la conviction dans l'âme de la jeune fille, âme candide s'il en fut jamais. Ses regards étaient éloquents et servaient bien de corollaires à sa parole !...

Waldry se trouvait près, bien près, trop près même d'Alice. Son imagination s'alluma à la vue de son corsage ferme et blanc comme un mur d'albâtre entourant un parterre de roses. Il se pencha tout haletant pour mieux voir, et, sa bouche rencontrant celle d'Alice, il y déposa un ardent baiser qu'elle lui rendit, et qui ne lui sembla point *âcre* comme celui de Julie à Saint-Preux...

Une minute encore et l'heure suprême et solennelle de la défaite allait sonner... Mais l'ange céleste qui veille de là-haut sur chaque ange terrestre ne voulut pas cette profanation. Une clé tourna dans la serrure d'un petit cabinet dont je n'ai pas parlé et qui donnait dans l'alcôve... Alice pâlit, et Gaston, reprenant tout à coup ses soupçons et son incertitude, sans respect pour une pudeur aux abois, se précipitait vers le petit cabinet, lorsque l'orpheline l'arrêta en se plaçant devant lui avec une dignité qui lui imposa... Cependant elle comprit ce qu'il souffrait, et d'un air résigné lui ouvrit la porte du petit cabinet, dont son regard scruta chaque détail : il n'y avait personne...

— Personne! s'écria-t-il! personne...

— Mais il y avait quelqu'un tout à l'heure, et...

— Je sais quel était cet homme, mademoiselle, dit Gaston avec amertume. J'ai son nom et son adresse; la voici, ajouta-t-il en saisissant sur la console une carte de M. de Bluféra... Demain...

— Demain, interrompit Alice avec force; demain vous vous battrez avec lui, n'est-ce pas? Oh! il y a sur votre figure comme une horrible menace... Vous ne vous battrez pas, monsieur... Ne vous battez pas, Gaston, je vous en supplie... C'est pour moi que vous vous feriez tuer ou que vous tueriez un homme, pour moi qui n'ai plus à vivre que quelques mois, que quelques semaines, que quelques heures peut-être! Oh! non... ne faites pas cela Gaston, si vous m'aimez encore...

En cet instant, et comme elle finissait de parler, le ciel, qui jusque là avait été nuageux et couvert, s'éclaircit; un rayon de soleil vint se jouer dans les rideaux de la chambre et disparut. Gaston secoua tristement la tête et, souriant avec amertume, il murmura :

— Mon bonheur a été aussi éphémère, aussi fugitif que ce rayon de soleil... Comme lui, il a disparu vite en laissant

14

un orage... Alice, voyez celui qui se prépare dans l'air, écoutez celui qui gronde en mon sein...

Alice toussa à plusieurs reprises et, portant la main à sa poitrine, elle leva les yeux au ciel..

— Oh! vous ne mourrez pas encore, Alice! s'écria Gaston qui l'avait comprise... Vous ne pouvez pas, vous ne devez pas mourir!... Ou bien le même tombeau nous réunira... Adieu, Alice, adieu...

Il déposa sur la main de la jeune fille un baiser, et du geste renouvela un tendre adieu. Puis il courut comme un fou à la demeure de M. de Bluféra qui était absent et déposa chez lui un petit billet ainsi conçu : Si vous n'êtes pas aussi lâche qu'infâme, vous vous rendrez demain à 7 heures au bois de Meudon, au rendez-vous de chasse. Il faut que l'un de nous deux meure; vous devinez pourquoi et pour qui: pour Alice!

Gaston Waldry.

Cela fait, il rentra, et la première personne qui s'offrit à sa vue fut son père qui tenait dans ses mains une lettre chiffonnée.

— Ah! c'est vous, Gaston, — dit M. Waldry, aussi pâle que son fils.— Vous être triste, vous paraissez souffrant; qu'as-tu, Gaston?...

— Je n'ai rien... je vous assure...

— Ce rien-là est quelque chose... et c'est m'offenser que de ne pas me la confier... Mais tu es jeune et par conséquent amoureux... Un dépit... une brouille...

— Ce n'est pas cela!

— Un duel, alors! répliqua M. Waldry en regardant fixement Gaston qui se troubla...

— Un duel... balbutia-t-il...

— Oui... et pour quelque femme indigne de toi, j'en suis certain...

— Mon père... j'épouserai cette femme que vous jugez si défavorablement, répondit le jeune homme avec fermeté...

—Gaston, reprit sévèrement M. Waldry, ta jeunesse est embarquée dans un fol amour, je connais cette femme...

Gaston fit un mouvement de surprise... M. Waldry concontinua :

—Je la connais... ne m'interromps pas... Je la connais... Avec cette femme tu risques ton honneur auquel, je le vois bien, tu tiens peu... Avec elle tu trouveras, le lendemain de tes noces, dans une armoire la défroque de Sganarelle, et derrière un rideau l'ombre de quelque cousin don Juanesque... Tu es jaloux et, si tu pleurais amèrement, ce ne serait pas sur ton honneur terni, sur ton nom traîné dans la boue ; si tu voulais mourir, ce serait pour ton bonheur détruit, anéanti, pour ton cœur brisé, déshérité de l'affection! La réprobation et les sarcasmes du monde ne te toucheraient pas ; mais aux sanglots amers et déchirants de ton âme, mais à cette voix intérieure qui te crierait : Paria, plus de bonheur pour toi! tu te sentirais défaillir, et tu ne survivrais pas au naufrage de tes dernières illusions ! Maintenant, Gaston, tu es libre, agis à ta fantaisie...

Epouse Alice, mais tu ne te battras pas avec M. de Bluféra, car M. de Bluféra, c'est moi!...

— Vous! vous! mon père! s'écria Gaston foudroyé par cette révélation...

La fièvre s'empara du cerveau de notre ami et pendant huit jours ne le quitta pas... Quand il fut rétabli, son premier soin fut de s'informer, auprès de son père, de son Alice qu'il savait innocente et calomniée. Mais M. Waldry éluda ses questions, ou n'y répondit qu'avec un embarras qui ne lui échappa point. Profitant du relâchement de la surveillance que son père faisait exercer autour de lui, Gaston s'échappa et courut, de toutes les forces que lui avait laissées sa maladie, au logis d'Alice...

La maison était tendue de blanc, et sous la porte cochère des cierges brûlaient de chaque côté d'une bière recouverte d'un drap pareillement blanc et parsemé de larmes d'argent...

A cet aspect, Gaston poussa un cri qui émut tous les assistants, et s'évanouit. On l'emporta mourant chez M. Waldry, qui envoya chercher un médecin. Mais il n'était plus temps, et dans la soirée, lorsque le soleil se fut caché derrière l'horizon, le malheureux Gaston s'endormit de son dernier sommeil!...

ALFRED DELVAU.

UN MARI

AU DIX-SEPTIÈME SIÈCLE.

UN MARI

AU DIX-SEPTIÈME SIÈCLE.

..... Une bonne fortune ne doit
pas avoir de lendemain.

ANONYME.

I.

Dans la matinée d'un jour du mois de mai 1606 et dans
la chambre à coucher qui faisait suite à leur magasin, le
propriétaire du magasin de lingerie des *Deux Anges*, situé au bas du Petit-Pont, et sa femme, douce et timide
créature de dix-neuf ans, s'entretenaient à voix basse...

— Vous êtes soucieuse aujourd'hui, Thérésa, disait, en
regardant mélancoliquement sa femme, maître Dutillier,
jeune homme d'une trentaine d'années, au visage pâle, au
front sillonné de rides profondes qui attestaient le passage
des orages de l'âme; vous êtes soucieuse, ma Thérésa...
vous me cachez quelque chose...Ne suis-je pas votre ami?...
Depuis deux ans ma conduite a-t-elle amené des nuages

sur notre union?... Depuis que vos parents, que la Providence avait oubliés dans la répartition de ses largesses et
de ses bienfaits, puisque je vous ai prise pauvre, sont
morts, ne les ai-je pas remplacés auprès de vous? M'avez-
vous vu rester indifférent à vos regrets que j'ai partagés,
à votre douleur filiale qui m'a affecté et ému? Vos moindres désirs ont été pour moi des ordres auxquels je me suis
empressé d'obéir... Tout ce qu'il a été en mon pouvoir de
faire, je l'ai fait, vous le savez bien ; je l'ai fait sans laisser échapper une plainte, un reproche... Et cependant votre tristesse semble en être un... Encore une fois, qu'avez-
vous, ma Thérésa?

— Moi, mon ami?... répondit la jeune femme. Mais
je serais une ingrate si je me plaignais... Vous êtes généreux autant que délicat, et vos procédés m'ont toujours infiniment plu... Oh! je n'ai aucun reproche à vous faire.
Votre conscience peut se tenir en repos là-dessus... Tenez, mon ami, ne parlons plus de moi, mais de vous ; cela
vaudra mieux. Vous allez être nommé prévôt des mar-
chands, n'est-ce pas? C'est votre probité, votre intelligence
et votre savoir qui vous auront valu cela... Tant mieux,
mon ami, je m'en réjouis....

— Encore un honneur dont je me passerais volontiers,
reprit Dutillier en hochant mélancoliquement la tête, car je
ne l'ai jamais ambitionné. Mais s'il ajoutait, à vos yeux, un
mérite à mon humble personne, je l'accepterais avec joie...
Mais non... vous seriez toujours la même pour moi... Thérésa, je vais être franc pour vous qui n'avez jamais eu la

moindre confiance en moi... Thérésa, vous regrettez quelque chose... Thérésa, vous regrettez quelqu'un...

—Moi?... Non... je vous assure, dit vivement la lingère...

—Pourquoi mentir? reprit Dutillier en secouant encore la tête... Oui, vous regrettez quelqu'un... Vous regrettez ce jeune seigneur qui, un jour, vous sauva d'un péril imminent, à ce que m'a plusieurs fois raconté votre mère... Il vous avait sauvé la vie, Thérésa, mais il se proposait d'attaquer votre honneur, rappelez-vous bien cela..... Et ses fades et doucereuses paroles, et ses galants compliments, vous eussent peut-être tourné la tête, si un ordre du roi ne l'eût forcé de rejoindre l'armée dont il faisait partie... Depuis, vous avez changé de nom en prenant le mien... et nous avons changé de quartier... Il vous a oubliée, ma pauvre Thérésa, n'en doutez pas; il vous a oubliée, et j'aime à croire que vous avez fait comme lui... Le sentiment qui vous fait penser à lui dans ce moment est celui de la reconnaissance, pas un autre, n'est-ce pas? Ce brillant gentilhomme ne préoccupe pas votre attention au point de vous faire méconnaître l'amitié — Dutillier ajouta tout bas et presque en tremblant: l'amour que je vous porte... car je vous aime, ma Thèrésa, je suis fier et heureux d'être votre époux, vous êtes mon bonheur, ma joie, ma vie; vous êtes tout pour moi, voyez-vous... Aimez-moi donc, ma Thérésa...

Dutillier prit sur le front — sur le front, remarquez ceci, lectrice perspicace, et dites 'il n'est pas absurde ce mari qui veut se faire aimer rien qu'en embrassant sa femme, et sur le front encore !—Dutillier prit sur le front de Thérésa un baiser qu'elle reçut comme ceux qu'elle recevait ainsi de lui chaque jour, presque avec indifférence... Puis, cette belle marque d'amour donnée, il se leva et s'habilla, tandis qu'elle étouffait un soupir !...

Thérésa avait dix neuf ans qui, joints à sa beauté, achalandaient très bien le magasin de lingerie et de mercerie de Dutillier, à qui elle aidait dans la vente lucrative des rabats, ganses, dentelles, et surtout des aiguillettes, à propos desquelles les mauvais plaisants du quartier — les mauvais plaisants ont été de tous les siècles — disaient sournoisement: « Il y a dans cette maison quelque malin noueur d'aiguillette !...» Cela, parce qu'après deux années de mariage aucun enfant n'était venu embellir l'existence de Thérésa qui n'en continuait pas moins d'aimer son mari, jaloux à l'excès, mais probe et fidèle! Peut-être n'avait-il aucun mérite à posséder cette dernière qualité...

Et cette union avait un mérite, à une époque où le roi Henri IV donnait lui-même l'exemple de la galanterie, pour ne pas dire quelque chose de plus ; à une époque où les maitresses de ce *diable à quatre* étaient avouées publiquement, et ses bâtards reconnus et légitimés. Cette union bourgeoise, disons-nous, avait un mérite précieux, mais non rare, pour l'honneur du siècle: elle était honnête!... La belle mercière du Petit-Pont était la seconde édition de la vertueuse marquise de Pescaire...

C'est qu'aussi le vent de la cour n'avait pas soufflé et porté sa corruption de ce côté-là. Quelques jeunes muguets

délurés venaient bien parfois dépenser chez Thérésa la
lingère leur temps et leurs pistoles, mais ces brillants pha-
lènes de velours et de soie brûlaient leurs ailes à la flamme
mobile de ses prunelles et aucun de ces séducteurs de tous
rangs n'avait le droit de la porter dans son cœur et sur la
liste de ses maîtresses. Thérésa était donc chaste comme
Suzanne et son mari... c'est convenu. Respectons les dé-
crets de la Providence et laissous dans ses heureuses mains
les fils avec lesquels elle fait marcher tous les pantins humains... Pourtant, pour ne pas donner à mordre à la mé-
disance qui pourrait bien s'emparer de nos réticences et
les arranger à sa guise, nous dirons seulement que cette
union assortie était d'un platonisme à l'épreuve... Et si
Louis XIII eût régné à la place de Henri IV, nous ajoute-
rions que le mari de Thérésa était de la force de tempérament du mari d'Anne d'Autriche... non qu'on veuille établir
une comparaison entre le monarque et le sujet, entre la
reine et l'ouvrière, cette dernière y gagnerait certainement,
car, nous le répétons, Thérésa avait pendant deux ans veillé
sur son honneur, et son blason d'épouse était sans tache
comme l'agneau pascal...

Le magasin avait pour enseigne : *Aux Deux Anges* — et
lorsqu'on y entrait un compliment sur les lèvres, on trouvait l'enseigne menteuse de moitié, car la jolie lingère était
seule de son sexe dans le magasin, à moins qu'on ne voulût
y comprendre un ange des ténèbres, une affreuse vieille au
teint hâlé, à la peau rugueuse, qui faisait l'office de servante et semblait placée auprès de sa maîtresse pour en

rehausser l'éclatante beauté par sa repoussante laideur, comme les peintres espagnols se plaisaient à le faire dans leurs chefs-d'œuvre.

Après le court colloque que nous avons rapporté plus haut, Thérésa s'habilla lentement et descendit au magasin. Sa figure exprimait l'ennui, ce ver rongeur qui n'épargne personne, et, à plus forte raison une jeune femme dont les doigts comme le cœur sont inoccupés...

Mais Thérésa avait trompé son mari en lui disant qu'elle ne regrettait personne. En ce moment, elle songeait au riant matin de sa vie, désormais décolorée ; elle songeait à son passé si beau qu'il lui semblait un mensonge..... Et, d'échelon en échelon, sur l'échelle des souvenirs, elle en vint à rêver tristement à ses amours de seize ans, ses plus fraîches amours qui refleurissaient toujours dans un coin de son âme, arrosées par les pleurs des regrets. Puis elle soupira de nouveau..... L'image du jeune gentilhomme, son sauveur, venait, quoi qu'elle fît pour l'en effacer, se graver en traits de feu dans son cœur, privé des tendres et douces émotions de l'amour conjugal..... Ce qui s'y passa, nul n'eût pu le dire, tant est profond, tant est immense cet abîme humain — et quelquefois inhumain — qui donne le vertige à quiconque veut en sonder les mystères effroyables.....

Ce fut avec ces dispositions d'esprit qu'elle se plaça sur le seuil du magasin, selon son habitude presque quotidienne, et d'un air moins indifférent que la veille, regarda les passants, qui tous lui témoignaient tout bas, ou tout haut, leur admiration plus ou moins sincère.

Elle y était depuis quelques instants lorsque, dans la direction du Petit-Pont, elle vit venir un gentilhomme vêtu avec une recherche élégante, portant bien sa tête et sa richesse, et suivi d'un laquais en petite livrée.

— Ah! fit-elle avec surprise et joie, c'est lui... je ne me trompe pas.... il est toujours aussi noble, aussi fier.... c'est lui.... me reconnaîtra-t-il?

Alors, son amour mal éteint se ralluma aisément ; alors son cœur battit de joie et d'attente.

Le gentilhomme passa devant elle, l'envisagea, et, ce muet hommage à sa beauté une fois rendu, dit à voix basse :

— Ventre saint-gris, comme dit sa majesté, voilà une femme que j'estime plus agréable que mademoiselle d'Entragues — une des plus jolies femmes du temps ; — je la voudrais voir ce soir à sa place...

Comme si elle eût entendu ou deviné ce monologue presque mental, Thérésa rougit, mais ne rentra pas dans son magasin. Au contraire, et par une de ces fascinations que l'on ne s'explique bien que quand on les a subies, elle ne détacha son regard du noble courtisan que lorsqu'il eut disparu à l'angle de la rue, et, quand il repassa, elle le devança dans sa politesse et lui fit le salut le plus gracieux, le plus coquet, le plus avenant du monde, salut qu'en gentilhomme qui sait vivre, il lui rendit plutôt deux fois qu'une, mais dont il fut émerveillé et étonné, car il ne s'at-

tendait ni à cette admiration tacite de sa personne qui y
était pourtant bien habituée, ni à ce bon goût qui, selon
lui, ne devait se trouver que chez les personnes de qualité qui l'honoraient de leurs bonnes grâces...

Mais l'amour a des autels partout ; il faut que nous l'en-
censions et que nous y portions nos pas et nos hommages ;
mais la beauté est de tous les rangs et de toutes les classes;
et leur royauté, quoique éphémère, n'en est pas moins une
royauté véritable plus enviable que l'autre, que celle qui
ne donne que soucis et chartes plus ou moins constitu-
tionnelles....

Cette révérence provocatrice avait une grande signification aux yeux de notre roué ! Il fit prendre quelques informations banales qui, bonnes ou mauvaises, satisfaisantes
ou non, ne l'eussent pas arrêté, et, ayant appris quelle réputation de vertu et de sagesse il lui fallait entamer, il se
réjouit ; et, plus que jamais résolu de mener à bonne fin
cette aventure qui avait tout le piquant du nouveau et tout
l'attrayant de l'imprévu, il envoya, dès le soir même au
magasin des *Deux Anges* son laquais, — maraud intelli-
gent — qui, après avoir épié la sortie du mari de la jolie
marchande, entra et glissa dans la main blanche et potelée
de cette dernière un billet parfumé d'ambre qu'elle accepta vitement parce qu'elle avait reconnu le porteur pour
appartenir au gentilhomme du matin, son libérateur inconnu, et avec le billet un joyau de prix qu'elle refusa
net, ce qui mit le comble à l'étonnement de ce gentilhomme, fort étonné déjà, quand on le lui rapporta avec un

message de la lingère qui, pour détruire la mauvaise opinion qu'il avait pu concevoir d'elle, lui écrivait pour l'in-
viter à venir et pour lui rappeler quelques-unes des circonstances de leur rencontre antérieure.

Il accourut à ce rendez-vous, quoiqu'il fût d'une *personne
de peu*, comme il le disait lui-même, et trouva dans un ravissant boudoir du temps, imprégné des enivrantes sen-
teurs qui semblent être l'atmosphère de toute femme qui se
connaît et qui au pouvoir déjà formidable de ses charmes
veut ajouter celui d'un auxiliaire dangereux, une très
belle brune de vingt ans à peine, la lingère Thérésa.

Elle avait un négligé délicieux dont le désordre tenait
plus de la nature que de l'art. Sa coiffe de nuit emprison-
nait à demi ses longs cheveux noirs; elle avait aussi une
petite jupe de revesche verte et de coquettes mules d'où
sortaient timidement deux pieds mignons et roses les plus
charmants et les plus adorables qu'il eût vus de sa
vie....

Elle sourit lorsque le gentilhomme entra — son mari
avait été momentanément éloigné — et mit un doigt sur ses
lèvres qui semblaient être « un nid de baisers prêts à s'en-
voler... »

— Cruelle! dit l'homme de cour en baisant cette main à
plusieurs reprises, ce qui donnait un démenti à la préten-
due cruauté de la lingère; et d'ailleurs, en disant cela, il
oubliait volontairement une de ses maximes favorites, à savoir, qu'il était peu de femmes capables de le cruéliser;
cruelle! je vous retrouve enfin!.... Pourquoi ne m'avez-

vous pas écouté? pourquoi avez-vous fui? J'espérais toujours.... mais vous étiez comme ces enfants méchants qui
font sonner de l'argent aux oreilles d'un pauvre aveugle et
retirent leur main lorsque celui-ci tend la sienne pour implorer une aumône.

— Ai-je donc l'air de vouloir retirer ma main, monsieur ?
murmura la jeune femme qui partageait l'enivrement du
jeune seigneur et qui ne se raidissait pas trop contre le remords; de vouloir retirer mon cou que vous baisez?

— Il est d'un si bel ivoire !

— Flatteur! Mes cheveux que vous baisez....

— Ils sont d'un noir magnifique.

— Mes lèvres... monsieur....

Elle n'acheva pas. Le *gentil homme* — et nous écrivons
ce mot en deux — ne lui en laissa pas le temps... il ne chercha pas même de comparaison pour la bouche ainsi qu'il
l'avait fait pour le cou et les cheveux... Quand on prend des
baisers , on n'en saurait trop prendre.... Il connaissait trop
bien le prix des minutes en amour pour en perdre une seule
en paroles oiseuses , et, bien qu'il devisât tendrement, il
prouva qu'il avait plusieurs sortes d'esprit....

— Je suis perdue ! dit au gentilhomme, lorsqu'il fit mine
de partir, Thérésa la lingère , qui pleurait à chaudes larmes, sans doute sur sa virginité mourante, comme la fille de
Jephté.... je suis perdue, déshonorée.... Mais , ajouta-t-
elle avec un sourire de tendresse mêlée d'inquiétude et en
attirant avec ses bras d'un blanc de cygne l'amant frivole
et léger qui méditait peut-être déjà une nouvelle conquête,

car la constance n'est pas la vertu d'un mortel, et notre héros se piquait de l'être, bien que la vie d'épicurien qu'il menait dût le faire croire à l'éternité des plaisirs et de l'aurore de ses années, — mais, ajouta Thérèse avec une câlinerie adorable et en paraissant demander pardon au grand seigneur de l'importunité qu'avaient dû lui causer les plaintes précédentes.... vous me restez, n'est-ce pas? vous reviendrez? vous m'aimerez encore? dites que vous m'aimerez encore?.... Je ne vous demande pas l'impossible, moi; je sais ou plutôt je devine que vous avez en cour des maîtresses plus dignes de vous que la petite bourgeoise qui vous aime mieux qu'elles toutes.... Oh! elles ne peuvent pas vous aimer comme je vous aime.... D'abord, elles n'ont pas les mêmes droits à votre amour.... vous ne leur avez pas sauvé la vie.... elles ne vous doivent rien.... tandis que moi... j'acquitte une dette... Encore quelques jours, donnez-moi seulement quelques jours pour que je ne perde pas le souvenir du bonheur que j'ai goûté.... Vous êtes le seul homme que j'aie connu et que j'aie aimé.

— Oh! fit le gentilhomme avec un sourire empreint de doute...

— J'en fais le serment devant Dieu que je remercie de vous avoir envoyé à moi, pauvre recluse, pauvre abandonnée, pauvre oubliée... Vous avez été pour moi le soleil bienfaisant qui relève et ranime la fleur desséchée... Merci à vous.... merci.

— Cependant, reprit le grand seigneur qui tenait à son idée, cependant, ma chère amie...

15

— Vous seul! répéta avec force la lingère des *Deux Anges*.

— Oh! votre mari, ma chère, répliqua l'amant avec une légère nuance d'ironie sur le visage.

— Mon mari, mon mari... répéta Thérésa avec une sorte d'impatience et de mutine colère; mon mari...

— Eh bien! votre mari...

Elle se pencha alors à l'oreille du courtisan sceptique et railleur et murmura quelques mots bas, si bas, que, bien qu'il n'y eût personne avec nos amants, les murs du boudoir où se passait cette scène, murs discrets s'il en fut jamais, n'en gardèrent rien, et firent ce jour-là mentir le vieux proverbe.

Mais l'oreille du gentilhomme n'avait pas perdu une seule syllabe des paroles sorties de la bouche de la lingère, et il ne put s'empêcher de dire, en riant de ce rire d'homme content de lui-même :

— Vrai?

— Aussi vrai que je suis votre maîtresse.... Me croyez-vous maintenant?...

— Oui certes... oui certes... Ah! mais c'est charmant... c'est délicieux !

Puis à part lui :

— Comme toute la cour en rira! C'est égal! cette petite me plaît beaucoup... elle plairait beaucoup aussi à M. de Guise... j'en suis certain.

Thérèse lui demanda :

— Reviendrez-vous?

— Je vous le promets, Thérésa.

— Votre parole de gentilhomme ?

— Je vous la donne avec ce baiser d'adieu.

— Mais... reprit timidement la jolie marchande, ça ne sera pas ici... si vous le voulez bien...

— Où vous voudrez, chère amie... Les grâces savent se faire aimer partout, et je suis sûr de vous...

— Eh bien !... écoutez attentivement mon indication : j'ai une amie qui demeure rue Bourg-l'Abbé, n° 13, quartier de la rue aux Ours... Je vous y attendrai demain depuis dix heures jusqu'à minuit, enfin jusqu'à ce que vous veniez, et laisserai ma porte entre-baillée... Vous passerez devant l'entrée du premier étage sans vous arrêter, parce que la chambre de l'une de mes tantes y répond, et vous trouverez un degré qui vous conduira au deuxième étage où je serai...

— J'y serai aussi... murmura derrière la porte du boudoir une voix étouffée que nos amants n'entendirent pas.

Notre grand seigneur s'éloigna après s'être enveloppé jusqu'aux yeux de son manteau pour ne pas être reconnu...

Le héros de cette aventure assez banale en apparence était un homme à bonnes fortunes et bien placé à la cour, où, comme le lui avait dit Thérésa, il avait plusieurs maîtresses, pour lesquelles il était en rivalité avec les plus nobles d'entre les nobles seigneurs, comme M. de Guise, et même avec Henri IV, le roi *vert galant* !... Mais notre gentilhomme

couvrait trop bien son jeu pour qu'on remarquât qu'il fût
le préféré... Ses maîtresses étaient nombreuses, avons-nous
dit, et à ce sujet il imitait le célèbre Zeuxis, ce peintre qui,
pour arriver à personnifier la perfection et sachant bien
qu'il ne la trouverait pas dans une seule femme, en avait
réuni cinq des plus belles et avait pris à chacune d'elles
ses perfections, le tout formant celles désirables et désirées.

Et ce raisonnement ne manquait ni de justesse, ni d'esprit. Vous possédez une maîtresse qui ne possède pas complètement ses deux yeux, qui sont comme ceux de M. Ca-
det Roussel, et dont l'un regarde à Bayeux et l'autre à
Mussidan. Le reste est fort beau et plaide en faveur d'i-
ceux. Vous passez condamnation à une maîtresse qui a deux
yeux magnifiques, mais qui n'a que cela... Et cætera, et
cætera...

Ainsi de notre héros, car c'en était un. L'histoire a en-
registré ses hauts faits guerriers, et les chroniques scanda-
leuses du temps ses exploits amoureux...

Avec toute autre femme que Thérésa il eut suivi les conseils de son esprit versatile, et, comme il aimait à changer,
il eut bien vite couru se débourgeoiser dans le boudoir de
quelque duchesse.

L'amour s'envole avec l'espoir, et comme ses espérances
avaient été remplies et au delà, son amour avait délogé de
son cœur, tandis que dans celui de Thérésa brûlait toujours
le feu sacré, sa passion en faisant un ardent foyer...

Mais ici cependant l'aventure était assez neuve pour que
notre roué daignât compromettre sa dignité et sa gentil-

hommerie dans un second rendez-vous avec la maîtresse des *Deux Anges*, qui certes valait mieux que ne l'estimait ce grand seigneur. On ne rencontre pas tous les jours dans une lingère beauté et esprit, et Thérésa avait tout cela. Son amant le remarqua et se raffermit dans l'idée qu'il avait euc d'abord d'aller à ce second rendez-vous.

Le lendemain était un vendredi, jour consacré à Vénus, et cela sembla de bon augure à notre coureur de ruelles.

Le soleil, ce promeneur méthodique et solitaire, était depuis longtemps couché dans son lit de nuages, et nul ne pourrait dire ce qu'il y faisait en compagnie de madame Thétis, son épouse par la grâce des poètes, inventeurs de la mythologie... Un silence de plomb pesait sur la vieille cité...Les rues et les places étaient désertes, et l'on n'entendait d'autre bruit que celui des voix des veilleurs de nuit. De loin en loin, on voyait quelque piéton attardé, quelque manant anuité, presser le pas, regarder avec défiance à ses côtés pour prévenir l'arrivée inopinée des chevaliers d'industrie de ce temps-là, ces ennemis-nés des chevaliers du guet, et chanter d'une voix fausse et tremblante quelques vers d'une villanelle ou d'une chanson bachique, ce qui, soit dit en passant, nous paraît un détestable moyen, car les chants attirent les fripons comme le paratonnerre attire la foudre. Le fluide s'éteint dans un puits ; la cupidité des filous s'éteint dans votre bourse... Si le puits est à sec, chose rare, le fluide éclate et brise ; si l'escarcelle du pauvre diable est vide, chose fort ordinaire, la cupidité de ses agresseurs se tourne en rage, et alors malheur, trois fois malheur à lui !...

Notre gentilhomme n'avait rien de pareil à redouter, car bonne était sa rapière et grand son courage, l'un et l'autre à l'épreuve. Il s'achemina donc tranquillement vers le quartier aux Ours, la plume au feutre, l'orgueil au front et sur le nez le manteau couleur de muraille.

La lune éclairait sa marche, et cette pâle courrière des nuits souriait à son audace et la favorisait... *Audaces Luna juvat...*

Dix heures sonnaient à l'horloge voisine, et le plus profond silence régnait aux alentours de la maison indiquée par Thérésa, qui paraissait abandonnée.

Notre coureur de ruelles était fait à ces expéditions nocturnes, et le mystère qui enveloppait celle-ci lui prêtait un charme de plus.

La porte donnant sur la rue Bourg-l'Abbé s'ouvrit comme par enchantement, et notre gentilhomme ne put s'empêcher de tressaillir en entendant des pas résonner en précédant les siens sur les marches de pierre de l'escalier.

— Qui va là? demanda-t-il vivement en mettant la main sur son épée et en la tirant à demi.

On ne répondit pas, et le bruit des pas s'amortit peu à peu et finit par cesser tout-à-fait.

Il monta alors avec résolution en ayant soin de suivre de point en point les recommandations que lui avait faites Thérésa; mais il fut bien surpris d'apercevoir la porte de la chambre du premier étage, celle de la tante, ouverte, et la chambre éclairée, sans que nul être humain y donnât signe de vie...

— Qu'est-ce que cela signifie ? murmura-t-il en hésitant néanmoins. Il monta au deuxième et dernier étage pareillement éclairé, et de la chambre que lui avait indiquée sa maîtresse sortit un homme portant une torche allumée, dont le visage pâle avait une expression sinistre, adoucie cependant par une teinte de tristesse douloureuse.

Le grand seigneur se rencontra face à face avec lui. Ses traits s'assombrirent, et, en dépit de sa bravoure ordinaire, il sentit poindre dans son âme un effroi vague et indéfinissable à l'aspect de cet homme qu'il s'attendait si peu à voir, et qui lui parut posté là pour exécuter quelque mauvais dessein ou pour lui annoncer quelque fâcheuse nouvelle...

— Je me suis trompé, pensa-t-il, en faisant un geste et un pas en arrière...

Mais au même moment une main de fer s'apesantit sur sa main droite dont les doigts crispés tourmentaient son épée, et l'entraîna brutalement sur le seuil de la chambre d'où était sortie l'apparition. Un spectacle horrible vint glacer le sang et troubler l'intelligence du noble courtisan.

Une femme qu'il reconnut facilement gisait nue sur les dalles humides de cette chambre silencieuse et lugubre !

L'inconnu lui dit alors avec un éclat de voix effrayant : M. de Bassompierre, le roué, le magnifique, le beau M. de Bassompierre ! reconnaissez-vous ce cadavre, dites ? c'est Thérésa ! Thérésa que vous avez déshonorée ! Le beau pas-

se-temps vraiment ! Thérésa que j'aimais tant, que j'aimais
mieux que vous, M. le gentilhomme, qui ne comptez vos
joies que par vos victimes !.... Thérésa !.... Thérésa ! J'ai
voulu qu'elle eût raison jusqu'au bout, voyez-vous. Vous
êtes le seul homme qu'elle ait connu ; elle n'en connaîtra
plus d'autre...

— Qu'est-ce que cela signifie? demanda M. de Bassompierre, stupéfait, anéanti....

— Cela signifie, M. le grand seigneur, que Thérésa est
morte, et que voici son corps, si souple, si blanc, changé
en un cadavre livide et vert... Cela signifie que Thérésa,
la lingère du magasin des *Deux Anges*, est morte...

— Morte ! répéta machinalement le riche courtisan, absorbé par les réflexions que faisait naître en lui cet évènement.

— Pour tout le monde, elle est morte, emportée par la
peste qui décime chaque jour notre population... Pour moi
et pour vous, elle est morte empoisonnée...

— Par qui? — demanda Bassompierre, en regardant
avec crainte et défiance à ses côtés, s'imaginant que des
poignards allaient briller dans l'ombre ; — mais tout était
tranquille, l'inconnu était seul avec lui.

— Par qui? l'on demande par qui ! Mais, imprudent et
fou que vous êtes ! ne pensiez-vous pas être surpris, être
entendus tous deux ? Moi, je vous ai entendus... j'ai entendu vos soupirs, vos baisers, vos caresses, tout tout ! et
j'ai labouré ma poitrine oppressée avec mes ongles, que
j'eusse voulu alors plonger sanglants dans votre cœur en

tr'ouvert... Mais Dieu a eu pitié de vous et de moi... et ma haine s'est endormie un instant, pour se réveiller plus terrible encore... Le pardon d'une pareille injure eût été héroïque... Il a été au-dessus de moi... Voyez, monsieur — dit Dutillier en montrant le corps défiguré de sa femme — voilà votre ouvrage et le mien... voilà où vous m'avez con duit ! A commettre une lâcheté criminelle, dont j'ai honte, dont je rougis ; à empoisonner une pauvre femme qui au rait fini par m'aimer un peu si votre amour de débauché ne se fût jeté à la traverse du mien... Oh ! que le châti- ment de cet horrible crime, de cet épouvantable assassi- nat, retombe sur votre tête, car Dieu seul sait quel est le plus coupable ! Ma conscience m'absout de ce crime ! le remords parlera longtemps dans la vôtre si vous en avez une ! Oui, Thérésa est morte, et c'est moi qui l'ai empoi- sonnée... Voilà ce que m'a coûté un de vos caprices, mon- sieur le gentilhomme ; et, maintenant que vous m'avez ravi mon bonheur et mon honneur, que me reste-t-il ? Que peut- il me rester, dites ?...

Bassompierre s'enfuit épouvanté de ce qu'il venait de voir et d'entendre. Rentré chez lui, il but trois ou quatre verres de vin pur, — remède d'Allemagne excellent et sou verain contre la peste — et le lendemain, le frivole adora- teur de toutes les beautés de la cour de Henri ne pen- sait plus à Thérésa la lingère du Petit-Pont !...

Alfred Delvau.

L'ABBAYE

DE VILLERS.

L'ABBAYE

DE VILLERS.

De la croupe extrême du mont d'Éraines, là où la masse crayeuse s'élance et surplombe comme un hardi promontoire dans la vallée de l'Ante, le chasseur qu'un peu d'amour rend poète et rêveur aime à promener ses regards sur la bordure vert-bleuâtre qui se dessine dans le cercle immense de l'horizon. A gauche, au-dessus de longs sillons de plaines rouge-fauve, s'étendent les forêts de la Hoguette et de Saint-André, et plus loin les hauteurs extrêmes où, comme un nid d'aigle, se perche la ville d'Exmes, et qui environnent le riche haras du Pin. En face, l'amphithéâtre de cette vieille cité de Falaise, que des chroniqueurs indigènes font remonter jusqu'aux Romains, voire jusqu'aux

Grecs, et qui ne fut oncques qu'une bonne et vaillante
cité normande, avec ses fortes tours, ses vaux profonds
pour fossés, et son donjon fièrement assis sur son trône
de roche gratinique et portant haut sa couronne de créneaux. A droite, la plaine se relève par une pente insensible et finit par atteindre presque la hauteur du terrain qui
nous sert d'observatoire ; pourtant, au delà du plateau de
terre blonde et dénudée où se penche triste et solitaire le
vieil ormeau des grêles, on devine plus qu'on n'aperçoit la
cime en flèche aiguë de quelques peupliers au vert doré,
et la coupole hémisphérique d'un orme centenaire. Cette
plaine blonde et nue forme l'arête de partage entre le
bassin de la Dive, dont l'Ante est tributaire, et le bassin de
la Laizon, qui plus loin marie également ses eaux aux eaux
fraîches et pures de la vieille Diva.

La Laizon sort de deux sources principales assez écar-
tées l'une de l'autre, et la fraîcheur entretenue par les
ruisselets qui se réunissent au coin de chaque prairie
forme une belle oasis au milieu de plaines presque unies
et d'un aspect un peu triste. Dans cette oasis se groupent
coquettement, à moitié cachés sous les arbres, les villages
de Soulangy et d'Aubigny, à l'appellation féodale et normande, puis les trois Canivets au nom plus populaire et
de beaucoup plus ancien. C'est du puits d'Enfer, auprès
de Longpré, que jaillit la branche de Saint-Pierre et de
Soulangy, mais le rameau occidental coule des roseaux
qui couvrent le vieil étang de l'antique abbaye de Villers.

Fuyant les vanités du monde et les enivrements de la

richesse et de la grandeur (elles étaient toutes nobles), de saintes femmes se renfermèrent jadis derrière ces hauts murs. Mais les murs sont tombés, le réfectoire n'est plus, la chapelle a disparu, le monastère n'est qu'un souvenir, et ce ruisseau murmure toujours son petit chant monotone, et le vent résonne toujours dans ces vieux arbres; ils ont à leur tour survécu aux vanités du cloître, car, ascète ou mondain, grand de génie ou simple de cœur, l'homme passe et la nature seule reste devant celui qui l'a faite et qui sait la comprendre.

C'était au temps de Charles IX, époque de triste mémoire, où les frères s'égorgeaient les uns les autres sous le prétexte de mieux servir Dieu et de défendre la religion, comme si Dieu n'avait pas dit : « Tu ne tueras pas. » Un soir, bien tard, mais par une nuit claire, deux cavaliers suivaient lentement le vieux chemin, alors bien fréquenté, qui conduit des ponts de Jort à Soulangy. Ils côtoyaient, au pas de leurs chevaux fatigués, le vallon rocheux où s'encastre la rivière sans nom qui naît et meurt dans le village de Perrières, et bientôt ils allaient arriver à un point de la route que son élévation a fait nommer les Quatre-Vents. Là un autre grand chemin, route de l'époque, conduit de Falaise vers la mer, et au carrefour il existait de temps immémorial une auberge parfois mal famée, mais constamment fréquentée, car il n'était pas toujours facile au modeste voyageur, cheminant à pied, de franchir ainsi, sans se rafraîchir, la distance qui sépare Sacy de Versainville, et celle plus considérable qui s'allonge, en chemin sablonneux, entre Pont et Soulangy. De nos deux voyageurs, l'un plus âgé paraissait être le maître, et le second suivait à distance, comme tout honnête page ou varlet doit le faire. Plus d'une fois le cavalier qui marchait en tête s'était levé sur ses étriers, tâchant de distinguer au loin, à travers la nuit pâle ; puis écoutait si dans le silence de la plaine il ne distinguerait pas quelque bruit lointain ; mais il ne pouvait rien voir ni rien entendre ; et chaque fois il stimulait d'un coup de houssine sa monture qui essayait vainement de se remettre au trot.

— Ce pauvre Bichon, il est rendu.

— Et toi, reprend le maître d'un ton mécontent, n'es-tu pas rendu aussi ?

— Il y a de quoi ! reprend le valet d'une voix assez ferme et prenant de la hardiesse dans sa fatigue même, venir ici de Rouen, et sans presque arrêter ; si j'avais l'honneur d'être le comte de...

— Te tairas-tu, langue de vipère ? Ne sais-tu pas que, par le temps actuel, les buissons ont des oreilles qui entendent et, qui pis est, des arquebuses qui tuent ? Le frère se défie du frère, et le père n'est pas en sûreté avec son fils.

— C'était une raison pour rester à coucher derrière les bons murs de l'abbaye de Cormeilles ou dans la bonne ville de Lisieux.

— Maître Vandrille, vous prêchez trop, et il faudra trouver le moyen de vous raccourcir la langue.

— Tâchez donc aussi de me diminuer l'estomac, car je ne passerai jamais cette maudite campagne. Nos chevaux attrapent encore par-ci par-là quelque touffe d'herbes, et moi j'en suis à me rappeler mon dîner de ce midi.

— Patience, patience ! dit le maître d'une voix compatissante ; patience ! le repos arrive pour toi. Et du doigt il lui montrait l'enseigne qui grinçait au vent.

Les chevaux comprirent-ils cette consolante allocution ? On pourrait le croire, car ils se mirent aussitôt à allonger le pas, et ce fut d'une allure libre et dégagée qu'ils entrèrent dans la cour de l'auberge des Quatre-Vents. Cette cour n'était pas fermée, ou mieux n'était pas refermée, quoiqu'il fût plus de dix heures, et la lumière brillant dans une écurie voisine annonçait que des voyageurs venaient d'arriver.

Vandrille se tournait vers son maître et allait prendre ses ordres, mais il ne vit plus que Bichon qui se secouait joyeusement, libre de son fardeau, et quand le domestique entra dans la grande salle-cuisine, vraie pièce omnibus des auberges de village, il n'y vit pas son maître, mais il l'entendit parler dans une chambre au-dessus. Vandrille était curieux, mais il était encore plus affamé, et quand il sentit la bonne poule aux choux qu'on tirait de la marmite, il ne songea plus qu'à réclamer sa part de la bonne aubaine que le ciel lui envoyait.

Il était depuis quelques instants livré à cette occupation, qui en définitive est la plus importante de la vie, quand il entendit descendre son maître. Celui-ci n'était pas seul: il tenait sous le bras, soit pour la soutenir, soit pour l'entraîner, une femme aux formes grêles, jeune peut-être, mais en-

16

tièrement enveloppée d'un grand surcot de camelot brun.
Un seul instant Vandrille put voir son visage à la lueur de
la chandelle, et il crut remarquer qu'elle avait pleuré. Du
reste, pas un mot ne fut prononcé; il semblait deux ombres qui glissaient à la lueur sombre du feu et de la chandelle qui éclairaient mal la grande cuisine. Ces deux ombres
passèrent par la porte du dehors qui s'ouvrit, et on entendit deux chevaux qui piétinaient dans le chemin. Bientôt
un trot leste et franc retentit en s'affaiblissant, et tout
rentra dans le silence aux environs de l'auberge. Vandrille
croyait rêver. Quelle était cette femme? pourquoi son
maître partait-il ainsi sans lui dire un mot? quand revien-
drait-il? Il y en avait là pour la curiosité, il y en avait
aussi pour la peur, car le pauvre diable était mal tranquille.
Les gens de l'auberge lui apparaissaient tous avec des
faces lugubres. Mais il fut bientôt un peu rassuré. Par le
même escalier qui avait servi tout à l'heure aux deux fu-
gitifs, descendait un second étranger: c'était un jeune
homme à la taille élancée, aux traits réguliers, mais au
regard sévère et même un peu dur. Vandrille crut remarquer qu'il ressemblait à la femme inconnue.

— Vandrille, lui dit-il d'un ton bref et avec l'accent
de l'autorité, M. de *Montsaint*,—et il appuyait sur ce nom
d'emprunt, — M. de Montsaint, votre maître, sera ici demain matin avant l'aurore; soignez bien vos chevaux, et
pensez aussi à vous; mangez et dormez, car la route de
demain sera longue. Bonsoir.

— Mais, monsieur.....

Il eût été inutile d'en dire davantage, le jeune homme
était parti, et, au bruit du galop de son cheval, Vandrille
comprit qu'il rebroussait chemin et descendait vers Falaise.
Là-dessus il se mit à bâtir des conjectures, mais tant et
tant que ses idées s'embrouillèrent, et un quart d'heure
après une main fortement appliquée sur son épaule le rappela au sentiment de la réalité.

— Eh bien! camarade, est-ce que vous prenez ma table
pour un lit? Si vous ne mangez plus, voilà l'escalier, et en
route! il est tard, on a besoin de repos!

Ces façons cavalières de l'hôtelier déplaisaient au valet;
il monta en grommelant, mais le paysan n'y fit pas attention, et, au bout de quelques minutes, bêtes et gens dormaient à l'auberge des Quatre-Vents.

Pendant ce temps-là, M. de Montsaint avait pris le
chemin du val d'Epaney, et continuait son voyage dans la
direction des Canivets. Egalement silencieux, les deux voyageurs n'échangeaient pas une parole. Le cavalier montrait
parfois quelques attentions pour la dame, dont il ne quittait pas le cheval d'un seul pas. Mais ces attentions res-
semblaient à de la surveillance, et la jeune dame les recevait avec la plus dédaigneuse indifférence. A Soulangy le
chemin quitte la plaine et entre en bocage. La lumière déjà
faible d'une nuit étoilée manquait souvent tout-à-fait; plus
d'une fois le cavalier fut obligé de descendre pour conduire en lesse les deux chevaux; une fois il adressa la parole à l'inconnue. Celle-ci parut ne s'apercevoir de rien, et
l'on arriva jusqu'à la grande porte de l'abbaye de Villers-

Canivet avant qu'elle eût donné le moindre signe de pensée. A un mot que prononça M. de Montsaint, la porte s'ouvrit, puis se referma derrière les deux étrangers.

Deux jours s'étaient écoulés depuis la mystérieuse rencontre des Quatre-Vents, et la plus mystérieuse incarcéra-
tion de la dame inconnue.—Qu'on ne nous reproche pas
ici de faire du *mystère* à la vieille façon de Decray-Dumi-
nil : nous copions tout simplement la vie réelle, où chaque
évènement commence constamment et invariablement par
l'inconnu.— Un prêtre marchait lentement, le bréviaire
sous le bras, et suivait un petit sentier conduisant de l'église
de Villers à l'abbaye. Auprès de lui marchait maître Bretonnet, le Cinglant du village, un peu maître d'école, un
peu chantre, un peu sacristain, un peu sommelier de
M. le curé, très curieux et infiniment bavard.

Ah çà! monsieur le curé, je voudrais bien qu'on me dît ce
que signifient tous ces noms que l'on a donnés aux villes,
aux bourgs et aux villages. Quelle est l'étymologie de
tous ces noms-là? Il doit y en avoir de bien vieux, car il y
a longtemps que le monde existe.

— Mon brave M. Bretonnet, vous en demandez gros à
la fois. Il y a par la France, seulement, soixante à quatre-
vingt mille villes, bourgs, villages, hameaux et fermes
isolées, et qui voudrait rechercher l'origine des appella-
tions de toutes ces localités devrait d'abord demander à
Dieu la vie de deux ou trois Mathusalems; encore, en vien-
drait-il à bout?

—C'est vrai, c'est vrai! dit, en regardant les feuilles séchées qui pavaient la prairie, le magister convaincu de la justesse d'une telle réflexion, c'est vrai; mais, sans prendre toute la France, ne pourrait-on pas au moins savoir ce que veut dire Villers et Canivet? Cela doit signifier quelque chose: il y a des Villers dans toutes les contrées, et nous avons ici trois Canivets dans le rayon d'une lieue.

— Ah! maître Bretonnet, vous êtes raisonnable et vous rabattez promptement de vos prétentions. Ces deux noms sont en effet bien connus, et si cela vous sourit vous le saurez bientôt.

Le sacristain s'approcha un peu de monsieur le curé, et retint sa langue, ce qui prouvait le vif désir qu'il avait d'écouter son pasteur.

— *Villers*, en latin VILLARIA, veut dire la même chose à peu près que *village*; c'est la réunion de plusieurs maisons de campagne, que les Latins appelaient, et que les Italiens appellent encore *ville*.

— Tiens, c'est singulier, reprit le magister qui ne comprenait pas trop comment *ville* veut dire *campagne*; alors cet endroit serait donc bien vieux, car j'ai ouï dire qu'il y a bien longtemps qu'on ne parle plus latin en France.

— Il ne faudrait pas vous y tromper, mon brave, les noms latins ne sont pas toujours les plus anciens. Chacun désigne les choses à sa guise et selon ses goûts. Les seigneurs francs nous ont jeté pas mal de mots tudesques en France, les Normands ont baptisé dans leur langue les villages où ils ont occupé des châteaux, et les religieux ont toujours donné la préférence à la langue latine qu'ils ont

employée longtemps, et même que souvent nous employons
encore ailleurs qu'à la messe, — dit le curé avec un petit
sourire qui n'était pas exempt de vanité.

— Ainsi, reprit Bretonnet avec sa logique persistante, notre endroit serait donc une ancienne propriété des évê-
ques...

— Ou des couvents, mon brave, car il me semble que
nous en avons encore un.

— C'est vrai, dit le sacristain, l'Abbaye-aux-Dames est
encore là debout et l'on dit que c'est bien ancien ; est-ce
aussi vieux que notre église ?

— Je n'en sais rien, dit le prêtre un peu rêveur, je n'en
sais rien : notre église date, dit-on, du retour des croisa-
des, je n'affirmerais pas qu'elle ait précisément cet âge,
mais l'abbaye date au moins de ce temps-là, car elle a été
fondée par un nommé Jehan Regnault, — *Johannes Regi-
naldus* — écuyer d'un comte d'Harcourt, en expiation
d'une faute grave qu'il avait commise en terre impie.

— Ah! dit le sacristain affriandé, il avait peut-être brûlé
quelque ville?

— Non pas précisément, dit le prêtre, mais n'importe.

— Est-ce que ce guerrier chrétien aurait commis quelque vol d'argenterie dans une église, dérobé quelque
châsse de saint? — Mons Bretonnet oubliait la terre impie. —

— Cela ou autre chose, dit le prêtre un peu impatienté.
Toujours est-il que, pour soulager sa conscience accablée,
il érigea ce monastère, sous l'invocation de Notre-Dame

de la Visitation, pour qu'il servît d'asile aux âmes pieuses
qui voudraient fuir le monde.

—C'était un bel asyle, et certainement ce seigneur a fait
là une action généreuse.

— Ne vous y trompez pas, mon brave, reprit le curé
devinant le reste de son idée, cet asyle n'était pas ouvert à
tout venant. Il fallait, pour y entrer, être noble de père et
de mère et à trois degrés, et avoir dans sa famille bannière
ou pennon. De plus, on donnait en entrant la valeur de
deux mille livres tournois, ce qui à l'époque était une
somme considérable. Aussi l'abbaye, déjà riche, en vint-
elle à posséder des biens immenses : on marchait droit devant soi pendant une heure sur ses domaines sans en sortir. C'était un temps de grande prospérité pour la religion,
mais depuis, ajouta le prêtre avec quelque amertume, depuis, l'ange du mal nous a visités. Le zèle s'est bien re-
froidi, une partie des couvents sont fermés, et ceux qui
restent voient chaque jour diminuer leurs revenus. Dieu
réserve aux siens de cruelles épreuves ; le schisme et l'hérésie répandent leur pestilence parmi le grand troupeau
du Christ.

Le magister eut le tact de laisser écouler un instant de
silence avant d'adresser la parole à son pasteur visiblement affligé ; mais la curiosité loquace du sire reprit bientôt le dessus.

—Il paraît que maintenant on entre plus facilement à
l'abbaye, car, d'après le bruit qui court, il n'y a pas encore

une journée bien entière qu'une nouvelle sœur aurait fait sa profession.

A ces mots, le curé s'arrêta brusquement, et, fixant un regard scrutateur sur la face un peu étonnée de son bedeau, il lui dit d'un son de voix dur qui contrastait avec sa bénigne physionomie.

— Maître Bretonnet, une fois pour mille, ne reparlez à âme qui vive de ce que vous venez de dire, sans quoi je ne donnerais pas un denier de votre vie. Gare qu'on ne vienne un matin vous émonder les oreilles..... la souche comprise. Nous allons de ce pas à l'abbaye. Vous y verrez, vous y entendrez fort peu de chose, mais de ce que vous pourrez voir ou entendre, pas un mot, entendez-vous, pas une syllabe, ou malheur à vous, et peut-être malheur à moi.

Le sacristain n'était pas tellement tenace dans ses informations qu'il allât jusqu'à mettre en jeu ses oreilles, la tête n'eût-elle pas été comprise. — Il marcha en silence, et ce fut d'un pas assez mal assuré, quand la grande porte se fut ouverte comme d'elle-même à un petit coup de marteau, qu'il entra avec son curé dans le vaste enclos de l'abbaye de Villers.

L'aspect de ce moustier n'était pourtant rien moins qu'effrayant. Le vaste enclos des dames était — et est encore — coupé dans le sens de sa longueur par un ruisselet coulant au fond d'un pli de terrain qui, s'effaçant peu à peu à droite, finit par se terminer en gracieuse coquille. Donc l'avenue bordée de grands hêtres et de beaux platanes descendait en pente douce jusqu'au ruisseau, puis se relevait avant l'entrée dans la cour du monastère, qui, bâti sur le flanc d'un tertre crayeux, avait le triple avantage d'être situé en perspective, de reposer sur des fondements solides, et de posséder d'immenses caveaux parfaitement secs. Les gens du bon Dieu savent choisir les places. A gauche, en entrant, le vallet s'agrandit en se creusant, et là s'étendaient de riches prairies qui confinaient jusqu'à la limite des terres d'Aubigny ; à droite étaient les champs de labour et un beau bois, décoré à l'époque du nom de *forêt de Villers*. Au-dessous de ce bois et au fond de la coquille du vallet, était l'étang, annexe indispensable de tout monastère un peu confortable, car il y a deux jours maigres au moins dans chaque semaine, il y a un long carême dans l'année, et rien n'est agréable comme de mortifier sa chair en mangeant de bon poisson d'eau vive, frais tiré du vivier, et frétillant dans la poêle sous les gouttelettes détonantes d'un excellent beurre de Livarot. Cet étang, aujourd'hui bien diminué par la vase qui s'amoncelle et se soulève vers les bords, par les nénuphars et les roseaux spongieux qui l'envahissent, couvrait un espace d'une douzaine d'hectares. Cet étang, donné par la nature, avait été bien agrandi de main d'homme : les eaux étaient soutenues par une digue presque intacte encore et retenues par une bonde qu'on levait à volonté. Cette bonde était défendue par un grillage qui retenait le poisson et qu'on enlevait dans les grandes occasions. Ces grandes occasions, c'étaient les temps de pêche; nos dames visitandines avaient, dit-on, le soin d'y recourir souvent. Enfin, pour compléter le paysage, sur le ruisseau, à la sortie de l'étang, était un moulin, affermé toujours à quelque honnête et pieux personnage, qui pouvait bien rançonner les vilains, mais qui ne touchait jamais aux carpes des dames.

A la première entrée, les deux arrivants avaient trouvé un portier qui s'était incliné devant la soutane de M. le curé et avait ouvert la porte toute grande; à la seconde c'était une tourière un peu moins facile; elle laissa bien entrer l'homme de Dieu, mais le magister fut invité à s'asseoir dans un petit parloir, assez commode, mais tout-à-fait privé de communication avec le couvent, sinon par le grand corridor à l'entrée duquel était assise le cerbère femelle, l'inflexible tourière.

II.

Le jeune cavalier n'avait pas trompé Vandrille, et le lendemain, vers cinq heures, au moment où il dormait du plus profond de son cœur, il avisa tout-à-coup derrière ses rideaux la figure austère de M. Montsaint, déjà impatienté de ce que le dormeur ne se réveillait pas assez vite. Le vieux gentilhomme arrivait-il, était-il revenu le soir et avait-il couché à l'auberge des Quatre-Vents, c'est ce que mons Vandrille ne sut jamais bien exactement; du reste il n'en avait cure. Tant est-il que quand il fut levé les chevaux étaient prêts, et le compte réglé apparemment, car ils sortirent tous deux comme on sort d'une église, sans qu'il leur fût réclamé un sou, et l'on suivit au petit trot le chemin plus péniblement parcouru la veille.

C'est une contrée peu riche en épisodes pittoresques

que celle qui sépare les Quatre-Vents du pont de Jort.
Du reste, Vandrille était peu l'homme des rêveries aux
nuages et des poésies platoniques, et son seigneur et maître paraissait occupé de tout autre chose ; et comme de
temps à autre quelque laboureur, quelque mercier ambu-
lant passait avec sa bidette ou sa grosse poulinière, les
deux chevaux, bons étalons, des voyageurs, donnaient un
bruyant signe de reconnaissance ; de sorte qu'on eût pu dire
avec vérité que les gens parlaient moins que les bêtes.

On passa le val de la Dive, en suivant, comme de nécessité, la chaussée aux pavés aigus qui le traverse, et de l'autre côté, au grand étonnement du valet, au lieu de prendre à gauche le chemin de Lisieux par Saint-Pierre, — la
bonne abbaye de Bénédictins—et Saint-Julien,—la vieille
forteresse des sires de Grand-Champ, — ou bien au moins
le chemin de Livarot par les hautes buttes de Mitois,
M. de Montsaint passa outre, comme suivant l'instinct de
son cheval, et marcha droit vers Courcy. Probablement
qu'il avait ses raisons pour agir ainsi : il y a des hommes
comme cela.

Le village de Courcy est situé dans un vallon qui forme
la limite entre deux pays distincts entre eux comme le jour
est distinct de la nuit ; la Campagne et le pays d'Auge. Le
village est Campagne, le château est pays d'Auge.

Les sires de Courcy, de race normande, vrais enfants
de la Scandinavie, s'étaient établis dans le diocèse de Lisieux vers la fin des Carlovingiens. Le comte Hugues, en

prenant sans cérémonie le trône, qui n'était à personne, eut le bon esprit de *donner* aux seigneurs les fiefs dont ils étaient les maîtres. Les seigneurs normands, en général, sir Hertfort, sieur de Courcy, en particulier, ne firent aucune attention à l'ordonnance du roi qui leur *accordait* le droit de garder *leur* seigneurie : cette ordonnance aurait eu un but diamétralement opposé, qu'ils n'en auraient pas tenu plus de compte. Tous voulaient bien reconnaître Hugues pour roi, mais à la condition que ce serait seulement pour la forme. Bien des gens ont encore aujourd'hui des idées dans ce genre.

Courcy est encore Campagne, avons-nous dit ; mais, en approchant de ce village, arrondi comme le monticule d'une fourmilière, on passe entre des haies et sous des arbres : le pays devient couvert, et par conséquent le chemin mauvais. Dans un mauvais pas, le cheval du sire de Montsaint fut obligé de s'arrêter un moment, et le valet fit exécuter le même temps à sa monture ; mais, au moment où il tournait la tête, il crut apercevoir, à deux cents pas en arrière, un homme qui disparut rapidement derrière une haie.— Que m'importe ! pensa Vandrille ; et il se laissa aller au cours indolent de ses idées.

Au moment où l'on entre dans le village, le chemin fait un détour. En tournant encore la tête, l'écuyer crut voir de nouveau la forme d'un homme, mais cette forme disparaissant derrière un massif d'ormes lui fit l'effet d'une vision qui s'évanouit. Il s'était peut-être trompé.

Le village se traverse sans encombre. On côtoie l'église,

peut-être sans adresser une prière mentale à saint Léonard, patron de la paroisse, et l'on arrive entre les deux tours carrées qui supportent la voûte en ogive, close par l'épaisse porte ferrée et bardée que double encore la redoutable herse. Au nom de Montsaint le poncel s'abaisse, la porte s'ouvre, et la herse suspendue reste immobile. Bien plus, le fier Hérould de Gacé, sieur de Courcy, ours mal léché s'il en fut oncques, accourut au devant de l'étranger et lui fit tant de politesses, que pour peu mons Vandrille se serait cru écuyer du roi. Depuis quinze jours seulement il était au service de son maître, et il ne l'avait jamais vu que dans une petite bastide située entre Rouen et Pont-de-l'Arche, dans un coquet et gentil village qu'on appelle Alisey. C'est cruel pour un valet peu occupé de ne pas connaître son maître.

Quand, après les premières politesses, M. de Montsaint eut remarqué que son valet le suivait, il se tourna brusquement vers lui, et, lui donnant quatre écus d'or, il lui dit d'un ton un peu sec, mais sans dureté :

— Tenez, mon ami, allez vous amuser. Demain soir vous me reprendrez ici.

Quatre écus d'or! jamais Vandrille ne s'était trouvé à pareille fête. Il courut au cabaret. Il aurait acheté l'auberge entière, la dame comprise. Il se mit donc à manger d'abord, puis à boire. — A la seconde bouteille de vin, — on ne boit pas de cidre quand on a quatre écus d'or, fi donc! —le valet, en tournant la tête, aperçut un chaland buvant silencieusement dans un coin. — Tiens, pensa-t-il, m'est avis que c'est mon apparition du chemin de tantôt. — Le vin rend communicatif et bienveillant quiconque a un bon caractère ; or, Vandrille était un excellent garçon.

— Dites donc, l'ami, est-ce que vous vous amusez beaucoup à boire là tout seul?

— Pas tant, maître Vandrille, mais faute de poisson on mange des moules.

— Tiens, pensa le valet, il connaît mon nom; tant mieux ! Ah çà! approchez-vous donc un peu, on trinquera, si vous êtes bon chrétien et bon vivant.

— Je suis bon vivant et bon chrétien, et la preuve c'est que je vous régale d'un *philippe* distingué, si vous savez tenir tête.

— Je tiens tête à tout le monde, reprend fièrement le valet qui se grisait. Va pour le philippe, mais j'ai provoqué et je le paie, ou, par la Vierge, nous allons nous fâcher.

— C'est bon, nous réglerons cela, dit l'étranger, qui paraissait tenir à ne pas se fâcher. — Et l'on causa, tandis que la grosse dame *Grégoire* du lieu travaillait à préparer le philippe classique.

Pour l'instruction de la postérité, nous allons lui dire ce que c'est que du philippe. Cela ne se fait qu'en automne. On pèle et nettoie une quinzaine de belles pommes de reinette, on les arrose de deux litres de cidre doux, auquel on ajoute la même quantité d'eau-de-vie — eau-de-vie normande, vingt-trois degrés. — Puis on fait bouillir cela à petit feu. Cela se sert chaud avec addition d'eau-de-vie ad libitum. Une tête de fer n'y résisterait pas.

Au second verre, Vandrille était ravissant d'entrain et de caquetage. Ecoutons-le.

— Imaginez-vous que mon maître est un original; on ne sait jamais ce qu'il pense, et cela me chiffonne, car j'aime les gens francs, — francs, comme vous, l'ami; car vous êtes mon ami, pardieu ! et mal appris qui dirait le contraire !

— Eh bien ! votre maître ?

— Mon maître est un original. Il s'en va me mener à franc étrier de Rouen à Lisieux; je me croyais arrivé. Point, on va à Saint-Pierre, des chemins du diable, où les chevaux marchent sur le ventre. Ce n'est pas tout, il faut aller à Jort. Ce n'est pas tout encore, on s'engage dans un pays perdu, tout en sable, quoi ! j'ai cru être dans les déserts; puis on arrive à je ne sais quelle auberge d'ante-christ où ils ont tous des figures patibulaires... Ce n'est pas comme ici, tudieu! avec une belle commère à la gorge pommée!... C'est qu'elle est jolie notre cabaretière...

— Eh bien! à cette auberge? disait l'étranger curieux et impatient des digressions.

— A cette auberge du diable, je ne sais ce qu'ils ont fait, il y a là une femme, — ou une fille, — qui est tombée des nues, on l'a emmenée, voilée et cachée comme un Christ une semaine de Passion, et elle a disparu.

— Et où a-t-elle été? dit l'étranger avec une anxiété croissante.

— Eh! le sais-je, moi? On m'a laissé la dormant, et je l'avais bien gagné... C'est qu'en vérité elle était bien jolie, mais elle avait l'air pâle et malade. Pas moins, c'est une belle femme, haute comme moi.

— Blonde ?

— Et d'un joli blond, je vous jure; mais elle avait l'air triste. Au surplus, j'ai mal vu, car je dormais et je l'avais bien gagné: vingt-cinq lieues en selle dans un jour, et des chemins de damnés.

— Et tu ne sais pas où elle est allée?

—Et allez-y voir, vous, dit Vandrille s'impatientant, que sais-je? elle est partie au trot par un chemin qui descend tout droit, je pense. Et puis cours après.

— Elle sera à Villers, dit à voix basse l'étranger.

— Eh bien oui, dit Vandrille l'œil humide d'ivresse, il me semble avoir entendu un mot comme cela ; au surplus, tout cela me tracasse et j'ai la tête lourde, je veux dormir. Eh bien, dites donc, camarade...

Le camarade avait disparu, et un fin cheval normand le portait au galop sur le chemin de Jort et de Villers.

III.

Deux religieuses sont assises face à face dans une des chambres du couvent. L'une est âgée de trente à quarante ans, femme pâle, aux cheveux blonds, à la peau diaphane; mais sillonnée déjà de rides précoces. Bien des orages ont passé par-là : son regard est ordinairement doux et presque terne; dans des instants il jaillit de ses yeux un feu sombre qui vous perce. L'autre religieuse est jeune et grassouillette, c'est une fille insignifiante, sans vices ni vertus; elle s'est jetée dans le cloître parce qu'on le lui a dit, et un peu par indolence: elle s'engraisse là à vue d'œil.

— Eh bien, ma sœur, que devient notre étrangère ?

— Madame, elle est toujours comme hier, comme avanthier. Quand j'entre elle ne regarde pas, quand je lui parle elle ne me répond pas. Elle a consenti à manger, cependant, mais bien peu. J'ai été heureuse, car j'avais peur

qu'elle ne se laissât mourir de faim ; ce doit être bien affreux. — Et la jeune sœur exprimait dans ses yeux une
charmante terreur. — Il m'est échappé à cet égard une
réflexion, alors cette dame m'a regardée en souriant, mais
son sourire était si dédaigneux, si insolent, que j'ai baissé
la tête et je me suis retirée. C'est une rude tâche, madame,
que la garde de cette novice.

— Cette tâche s'allègera, ma sœur, dit un peu dédaigneusement l'abbesse; d'ailleurs, à dater de cet instant,
c'est moi qui m'en chargerai.

— Vous, madame? dit la sœur tombant de cent mètres.

— Moi, ma sœur, moi-même et moi seule. Faites-moi
venir cette novice.

La novice vint, et la sœur se retira.

A son arrivée, l'abbesse prit un ton caressant et presque
soumis.

— Eh bien, ma charmante demoiselle, commencez-vous
à vous accoutumer dans cet asyle de calme et de paix?

L'étrangère était tournée vers la fenêtre et paraissait
compter les feuilles des arbres.

— Sans doute, nous ne pouvons pas vous offrir ici les
joies et les enivrements du monde, mais Dieu nous accorde
ici le repos de l'âme et l'espérance d'une vie meilleure.

L'étrangère regardait nonchalamment les moulures du
plafond. L'abbesse pâlissait de dépit.

— Je voudrais, mademoiselle, trouver un sujet de conversation assez intéressant pour que vous voulussiez bien y
prendre part.

L'étrangère regardait la petite pantoufle dans laquelle son pied se perdait.

— Mademoiselle, poursuivit l'abbesse de ce ton perçant et affilé qui marque une colère de femme près d'éclater, je ne veux point vous mettre à la torture ; je ne vous dirai qu'un mot, c'est que vous êtes ici par la volonté de M. le duc..... de M. votre père, dit la religieuse en se reprenant.

A ce nom de père, l'étrangère s'émut, elle attacha sur l'abbesse un regard qui fit fléchir le regard hautain de la dame, tant il avait de majestueuse dignité. Ce fut alors que, placée bien en face, l'abbesse put bien voir pour la première fois la beauté réellement extraordinaire de la novice, ou mieux de la prisonnière qu'on venait de confier à sa garde. L'étrangère n'était que de taille ordinaire, mais elle grandissait comme une reine, comme une déesse, elle avait la taille fine et flexible comme un jonc, ses membres étaient mignons et presque fluets, et cependant elle avait les mouvements si onduleux, si ressentis, si pleins de grâce, qu'on devait lui reconnaître un certain degré de force physique, et l'on devinait que, sous l'influence d'une volonté inflexible, ces petits doigts pouvaient serrer comme un étau d'acier.

— Mon père ? qui vous l'a dit ?

— Certes, j'ai l'honneur de bien connaître M. le d..., M. Montsaint, pour ne prononcer ici que son nom d'incognito.

— Qui vous dit que je suis sa fille ?

— Cette question inattendue, et bien simple pourtant, confondit l'abbesse.

— En vérité, balbutia-t-elle, il ne saurait me venir à la pensée qu'un...

— Qu'un prince puisse mentir, n'est-ce pas? il faut que je vous aide! Un prince ment comme un portefaix. Nous vivons à une époque où tout se peut, où tout se fait. Eh! pourquoi les seigneurs du sang royal ne se feraient-ils pas imposteurs à une époque où les nobles abbesses se chargent de l'ignoble rôle de geôlières?

— Mademoiselle, dit la dame irritée...

—Madame, reprit l'étrangère, vous m'enfermez ici parce que vous avez peur. Eh bien! vous me relâcherez bientôt parce que vous aurez plus de peur encore. La fortune a des revers soudains et terribles. Peut-être qu'avant longtemps nous verrons ici des cadavres sur des ruines.

—Ah! dit l'abbesse avec un sourire forcé... l'abbaye de Villers est un asyle que nul gentilhomme n'oserait violer.

—L'abbaye qui retient malgré elle Marie-Gertrude, duchesse de Sercey, la descendante des Rohan et des Condé, cette abbaye n'est pas un asyle, c'est une geôle dont il ne restera pas pierre sur pierre, j'en jure Dieu qui m'entend!

— Tenez, madame, voyez-vous ce grand chêne? voyez-vous le morceau de pennon blanc qui y flotte attaché?—C'est un signal. Si vous pouviez y voir les armes de celui qui l'a attaché ici, vous pâliriez jusqu'aux lèvres. — Un mot encore. Voulez-vous votre grâce? voulez-vous sauver de l'incendie les édifices de ce monastère? ouvrez vite ces portes, dans une heure je l'aurai vu. Il est aussi généreux que redoutable et vous aurez merci.

— Madame, dit l'abbesse effrayée, il m'est impossible d'enfreindre un ordre du roi, car j'ai le sceau royal entre mes mains.

— Le roi n'est qu'un fantôme, et Catherine elle-même, Catherine n'est qu'un instrument. Ce qui règne aujourd'hui, c'est la force : qu'elle décide donc !

— Ne pourrait-on pas, sans en venir à ces extrémités, trouver quelque moyen, et si demain...

— Demain il sera trop tard. Je vous donne deux heures.

— Mais, dit l'abbesse réagissant enfin, savez-vous que vous êtes en mon pouvoir, et qu'il dépend de moi...

— De me tuer ? c'est bien cela. Oui, madame, vous pouvez me tuer, dit la duchesse en souriant. Faites-le. J'aurai souffert le martyre pour ma foi et pour celui qui sera mon époux. Mais tâchez alors que sa majesté Charles neuvième vous envoie une armée nombreuse et vaillante, car il n'en faudra pas moins pour soustraire à la plus terrible des vengeances tout ce que ces murs renferment de créatures vivantes. Adieu, madame, le soir s'avance et j'ai besoin de repos.

— Veuillez, madame la duchesse, ordonner...

— Je n'ai besoin de rien. Veuillez seulement, à la nuit close, faire allumer un feu clair sur cette terrasse.

— Mais c'est un signal.

— Oui, madame.

— Et dans quel but ?

— Il vous garantira sécurité cette nuit encore.

— Et qui m'assure ?...

— Madame, interrompit fièrement la duchesse, vous ne m'avez donc pas entendue? J'ai dans les veines du sang des Rohan et des Condé. Ce que j'affirme est toujours vrai. — Et elle sortit.

A peine la portière — luxe rare alors — était-elle retombée derrière elle, que, marchant légèrement comme une chatte sur un tapis, une alerte chambrière vint dire mystérieusement quelques mots à l'oreille de l'abbesse.

Fais vite entrer, Brigitte.

Et le curé de Villers entra.

M. Blanchefin, curé de Villers, malgré ses cinquante et tant d'années, son caractère grave, son instruction, et sa naissance presque patricienne — il était fils d'une mésalliée — n'avait pas été jugé digne d'être pris pour confesseur, et encore moins pour directeur de madame l'abbesse, ni même des sœurs; il ne fallait pas moins, pour cela, que M. le curé de la Trinité de Falaise, lequel avait de l'évêque de Séez une jussion toute spéciale à cet effet. Mais le pasteur était souvent commensal, et parfois conseil, dans les petites affaires et en cas d'urgence. Il arrivait bien à propos. Le ciel, sans doute, l'avait permis, et le bon pasteur l'avait un peu fait exprès. Il connaissait déjà l'évènement de l'avant-veille, et il présumait que madame, de retour seulement depuis quelques heures, aurait besoin de causer avec lui. Prudemment il s'était fait accompa-

gner par son bedeau: on pouvait revenir tard, et un porte-
lanterne est toujours commode.

— Eh bien, monsieur le curé, je trouve ici du nouveau.

— J'ai su quelque chose hier de madame la prieure.
Certes, c'est une marque de haute confiance qu'on accorde
à l'abbaye de Villers, et dont vous la rendez bien digne.

— Cette confiance nous honore sans doute, mais ce n'est
pas sans danger. J'ai été trompée dans cette affaire : on
m'avait parlé d'une jeune fille entichée de l'hérésie nouvelle, et enamourée d'un gentilhomme qu'on ne veut pas
lui laisser épouser, et j'apprends qu'il s'agit des premières
familles de France ; cela m'inquiète et m'effraie.

— Qui marche dans la voie droite n'a rien à craindre,
répondit l'ecclésiastique avec une gravité quelque peu affectée. Puis, voyant un tout petit sourire de défiance sur
les lèvres fines et mobiles de la dame, il se hâta d'ajouter:

—Toutefois, Dieu ne défend pas de recourir aux moyens
humains et de mériter sa protection par nos efforts.

— Que pouvons-nous faire? La bannière du couvent ne
rassemblerait pas aujourd'hui trente arquebusiers, et
maître Hulot de Maupas, qui les commande, aime bien
mieux jurer et boire que de se battre contre des gens
d'armes, et j'ai des raisons pour craindre quelque méfait
de la part de ces damnés schismatiques que Dieu confonde.

— C'est vrai, madame, c'est vrai, dit le prêtre d'un ton
peiné; il y a maintenant peu de zèle, et les hommes n'ai-

ment guère à exposer leur vie pour la foi. Il leur faut
maintenant le pillage en perspective.

—Et cent autres horreurs ,—ajouta la dame, en pensant
non pas à *cent*, mais à *une* autre horreur, à laquelle devaient
être exposées , en cas de prise et de sac , les saintes bre-
bis confiées à ses soins. — Que faire ?

— Voici ce que je conseillerais à madame l'abbesse , dit
le pasteur avec une feinte modestie : il faut sur l'heure envoyer à Falaise, vers M. d'Aubigny, qui tient le château
pour Sa Majesté Charles, et lui demander instamment une
compagnie d'hommes aguerris pour tenir garnison ici.

—Sans doute, dit l'abbesse, ce serait un moyen, et M. le
comte ne s'y refusera pas, dans l'intérêt de la religion et
du roi. Mais pensez-vous , M. Blanchefin , que cela soit
sans danger... toutes ces troupes, ici ? Ces hommes ont ordinairement peu de discipline.

— Que voulez-vous, madame? dit le curé, flatté d'entendre son nom au lieu de son titre ; on prendra des précautions, et votre sage surveillance ne faillira pas en cette occasion. Nous avons ici la ferme , nous avons le moulin , la
chapelle au besoin , car en cas d'absolue nécessité on a
recours à tout. Avec ces moyens nous logerons ici une
centaine de bons soldats, maniant l'estoc et l'arquebuse, et
les huguenots seront bien forts si, Dieu aidant, nous ne les
repoussons pas. On pourra profiter de ces moments de
calme pour faire entrer ici des vivres.

— Cela, dit en souriant l'abbesse, n'est pas ce qui m'inquiète. Nous avons ici , grâce à Dieu, de quoi sustenter

toutes les troupes du sire d'Aubigny pendant un an et plus. J'accepte donc votre conseil, et que Dieu nous aide ! Mais il nous faut un messager leste et agile....

— Prudent et discret, madame. Si l'ennemi vous menace, il doit déjà surveiller les environs. Mais laissez-moi ce soin.

Le curé sortit, fier de la confiance qu'il avait inspirée.

— Bretonnet, disait à voix basse le curé, en remontant lentement l'allée des hêtres et des platanes; Bretonnet, mon ami, une belle, une bonne action vous attend.

— De quoi s'agit-il ? répondit le magister, fier d'être l'ami de M. le curé : vous n'avez qu'un mot à dire.

— Il s'agit d'aller à Falaise porter un message au sire d'Aubigny.

— A Falaise ? dit le sacristain dont la figure naturellement ronde prenait une forme sensiblement elliptique; faudra-t-il partir de grand matin?

— Comment, de grand matin! mais c'est à l'instant même, les minutes sont comptées.

— A l'instant même! à Falaise ! répliqua d'une voix étranglée le sacristain dont les genoux fléchissaient; M. le curé, y pensez-vous?

— J'y pense tellement, que vous allez partir sans rentrer chez vous. Vous ne voudriez pas exposer à l'incendie et au pillage le plus beau monastère de la contrée. Il faut avoir des secours. Mais un messager peut être arrêté, questionné, on peut lui prendre une lettre. Il nous faut un homme discret et sage, qui ne porte aucun papier et qui sache s'acquitter d'un message verbal. Il faut, d'ailleurs, qu'il inspire confiance : vous êtes connu à Falaise, et vous seul, je le répète, pouvez vous charger de cette mission.

Le sacristain aurait pu répondre : «Ou bien vous, M. le curé.» Mais pour un sacristain un curé est toujours censé en chaire, la réplique est défendue. Le sacristain partit donc, mal content et mal convaincu. La nuit était tout-à-fait tombée. On ne voyait ni ciel ni terre sous les arbres et le long des haies non interrompues qui bordent les chemins des Canivets. L'instant était donc très favorable, mais mons Bretonnet le trouvait outrageusement inopportun. Il marcha d'abord, sous l'influence de l'autorité de son pasteur ; mais, comme la bille de billard qui a reçu son impulsion, il ralentissait sa marche à mesure qu'il s'éloignait du point de départ, et finit par s'arrêter tout-à-fait. Puis il se prit à réfléchir ; il se trouvait alors dans un chemin très encaissé et au milieu d'une obscurité absolue, n'entendant rien absolument que le gazouillement d'un ruisselet murmurant contre les cailloux de cette cavée. En levant les yeux au ciel qu'il voulait invoquer, il aperçut soudain — ses cheveux se hérissèrent — un grand soudard aux yeux flamboyants qui lui levait son grand sabre sur la tête. Il allait tomber à genoux et crier grâce, prêt à renier le Christ, si cela était utile, quand, vérification faite, il se trouva que le soldat était un vieux saule, cambrant fièrement son tronc caverneux et relevant avec audace son unique branche. Toutefois, cette fausse alerte décida le peu guerrier magister.

— S'il n'y a pas de soldat ici, dit-il, il pourrait y en avoir. Rien ne m'assure même qu'il n'y en ait pas un peu plus loin — c'était irréfragable de logique. — Rentrons, la nuit se passera. Demain, dès l'aube, j'irai à Falaise, le message sera porté, et j'aurai encore ma tête sur mes épaules.

En conséquence, mons Bretonnet revint en catimini à sa maison magistrale, et soupa tranquillement comme s'il n'eût eu rien sur la conscience. M. le curé ne vint pas le méduser. La nuit, le sacristain se rêva transformé en héros d'armes, avec pourpoint écarlate et toque de velours à grand panache.

IV.

M. de Montsaint avait donné, comme on le dit, *campo*
à son valet Vandrille. Cependant, par une surabondance
de précaution bien concevable en ces temps de troubles
et de discords civils, il voulut vers la fin de la soirée, et
avant de se coucher, savoir ce que le vilain était devenu. Donc il se fit abaisser par les gens de garde le pont-
levis du château de Courcy, et alla d'un pas rapide au
cabaret où il avait envoyé le valet dont il craignait la curiosité indiscrète. Il trouva l'hôtesse dans un grand embarras ; le philippe avait produit un effet formidable. Laissé
seul, comme nous l'avons vu, Vandrille était devenu d'une
galanterie excessive à l'encontre de la dame Grégoire
villageoise, puis, l'ivresse avançant toujours, il était devenu
grognon et maussade, puis hébété ; puis, accablé d'un sommeil de plomb, il s'était laissé glisser sous la table, où il
ronflait comme les pédales de l'orgue de Saint-Sulpice,

soutenant par sa masse et son inertie un combat avantageux contre l'hôtesse qui voulait en vain lui donner un
gîte plus convenable.

On dit que les lièvres en dormant ne voient pas, quoiqu'ils aient les yeux ouverts. En revanche, il semble que
les ivrognes voient les yeux fermés. Quoiqu'il connût son
maître depuis quelques jours seulement, Vandrille avait
appris à le respecter et même à le craindre un peu. Il
sentit son arrivée, et, à moitié dégrisé, il parvint à se me-
tre sur son séant. Une explication eut lieu, et il fut question
de l'inconnu. Quoique le valet, un peu penaud, déguisât la
moitié de la vérité, le vieux gentilhomme devina tout, car
il se laissa aller à un terrible éclat de colère. Le valet était
plus mort que vif, mais le gentilhomme se contint subitement, et avec une grande puissance de volonté :

— En selle! en selle! cria-t-il d'une voix contenue et
tremblante encore de colère. En selle! c'est le huguenot,
la trace est éventée, il y aura malheur.

Tout-à-fait dégrisé, Vandrille eut de la peine à le suivre
dans sa course jusqu'au château, et peu de minutes après
deux cavaliers parcouraient tantôt au galop, tantôt au trot
inégal et forcé, le chemin de Jort. Vandrille crut qu'il
fallait retourner au moncel des Quatre-Vents, mais, à sa
grande surprise, le vieux gentilhomme, qui au milieu de
ses fatigues semblait de fer, inclina à gauche et piqua le
long du grand chemin qui longe le pâté des monts d'Eraines,
et se dirigea vers la vieille cité qui fut le berceau du bâtard
conquérant.

V.

Noble dame Berthe-Adeline de Maurepas-Duplessis, duchesse d'Estersac, avait été dans le temps une jeune fille, comme elles le sont toutes, et de plus une très jolie jeune fille, comme il y en a quelques-unes seulement. Elevée dans la fréquentation du grand monde, allant souvent à la cour de Sa Majesté Henri deuxième du nom, elle avait facilement pris ces dehors de galanterie que notre seigneur François premier, et ensuite madame Diane, la belle des belles, avaient mis si fort à la mode. Adeline fut bien attaquée, mal défendue, et succomba : c'est dans l'ordre... non, dans le désordre ordinaire des choses de ce monde. Les flèches du dieu Cupido font des blessures qui laissent des traces. Au point de vue supérieur de la philosophie, la femme grandit et se complète en devenant amante et mère : cela prouve la richesse de son cœur et la puissance de son tempérament ; mais du temps de la Ligue, et auparavant, la société était assez peu basée sur la philosophie ; de nos jours c'est encore de même. Donc on regarda d'un œil cruellement mauvais les preuves de fécondité que la noble damoiselle allait donner ; il y eut des menaces, des pleurs, des scènes, puis on finit,—toujours selon l'usage,—par où l'on aurait dû commencer : on chercha un remède au mal. Ce qui pouvait être pour la descendante des Maurepas une circonstance très atténuante, c'est qu'elle ne s'était pas mésalliée. Plus fière encore de cœur que légère de tête, elle n'aurait jamais répondu au poulet le plus passionné, si la cire du cachet ne portait au moins l'empreinte d'une couronne à fleurons. Les perlettes ne sont que pour les petites gens, et la toque baroniale était presque à ses yeux le bonnet d'un vilain.

Il circulait même certains bruits,—de quoi ne parle-t-on pas ? qui allaient chercher haut, mais excessivement haut l'auteur de cette *erreur* — nom stupide par lequel on caractérise souvent ce qui de toutes les choses de la terre ressemble le moins à une erreur. Les plus modestes flottaient entre les princes et les ducs de la plus haute volée. On ne sut jamais bien au juste le nom du coupable. Dieu le savait : croyons pour l'honneur de la dame qu'elle était dans le même cas. Quoi qu'il en pût être, les influences et les protections ne manquèrent pas, et la noble damoiselle trouva plus d'un époux. Elle choisit, ou mieux, elle se laissa choisir un honnête aventurier de Gascogne, noble comme un Montmorency, brave comme Bayard, et pauvre comme

Job quand il était ruiné. M. le duc d'Estersac n'avait que la cape et l'épée, plus son nom, qu'il donna à la dame en échange d'une fortune mieux que rondelette que la dame lui apporta. Le marché... nous voulons dire, le mariage conclu, le duc ne s'occupa plus de la duchesse, selon l'usage, et selon l'usage encore madame se fit *aimable* tant qu'elle fut jeune, puis dévote quand elle vieillit ; les hommes d'abord, Dieu ensuite, toujours selon l'usage.

Dès tout le commencement de son mariage, M. le duc d'Estersac était père, ou, comme on le dit, par un admirable choix d'expressions, madame *lui avait donné* une charmante enfant, qui reçut sur les fonts baptismaux les prénoms de Marie-Gertrude, puis qui grandit, enfant blonde, délicate et rêveuse, précoce d'esprit surtout, de cette précocité que montrent souvent les personnes d'un caractère romanesque et d'une constitution maladive. Elle n'avait pas dix ans, qu'instruite on ne sait par qui, — les idées flottent dans l'air, — elle savait déjà en partie le secret de sa naissance. A cette époque un digne curé, bon père à l'âme blanche comme ses cheveux, lui fit, de la part d'une personne inconnue, un cadeau, celui de la belle terre, fief ducal, de Sercey, achetée exprès pour elle. L'enfant en était bien fière, et, dédaignant le nom d'Estersac autant qu'elle méprisait celui qui le portait, elle mit une ténacité d'enfant obstinée à s'appeler duchesse de Sercey. A l'époque où nous la retrouvons, à vingt ans, elle n'a jamais signé autrement son nom.

Douée, affligée peut-être d'un caractère sensible et fier,

18

Marie ne pouvait trouver un cœur ami ni dans son *père—pater is est quem*, etc.—homme un peu borné et fort indif-férent, ni dans sa mère, toujours trop occupée de la terre ou du ciel, comme nous l'avons dit. Marie s'était créé une existence à part et vivait dans un cercle d'idées qui l'iso-laient de plus en plus de sa famille. Il en résulta dans les rap-ports mutuels une froideur qui devint de l'antagonisme et presque de la haine. Aux premières rides, madame d'Estersac se *tourna* vers l'autel avec l'énergie d'un tempérament ar-dent jusqu'à l'exaltation, et se mit à sermonner sa fille qui n'était pas assez fervente. Les sermons de madame eurent le résultat qu'auront toujours les sermons d'une mère peu aimante et modérément éclairée sur une fille supérieure à elle par l'intelligence et sentant que les parents, en défini-tive, ne puisent leurs droits que dans leur amour. On s'ai-grit de part et d'autre ; les mots de fanatique et d'impie furent échangés. Incapable de reculer, la mère menaça sa fille du couvent, la fille y répondit par une abjuration !... elle se fit protestante. Dès lors la guerre fut déclarée. Marie se vit accablée par sa mère, par le confesseur qui lui avait transmis le domaine de Sercey, par ses amis... par tout son entourage. Plus encore: elle recevait de temps en temps des messages mystérieux qui paraissaient ali-menter la vie de son âme. Il y avait quelqu'un qui s'inté-ressait tant à elle ! Ces messages cessèrent après un der-nier rempli de menaces et de plaintes. Marie fut cruelle-ment frappée ; elle pleura toute une nuit ; mais elle soutint ce choc comme tous les autres. Comme il n'y a pas de force humaine capable de supporter seule tant d'assauts , on présuma qu'elle' prenait quelque part un point d'appui. On présumait vrai, Marie aimait. Qui? nous le saurons peut-être. Mais à coup sûr ce n'était pas un futur ligueur, car après son abjuration elle reçut, par la voie ordinaire d'une cameriste gagnée, une lettre qui lui fut un grand soulage-cœur. Elle aurait marché au martyre.

Mais nous avons dit que madame ne reculait pas plus que sa fille : elle songea à mettre sa fille au couvent. Pierre-Louis d'Estersac, frère puîné de Marie , poussait vivement à cette résolution. Etait-ce par excès de zèle religieux, ou dans le charitable désir d'hériter seul? Nous laissons le lecteur juger cela : toujours est-il qu'on se mit en devoir d'encloîtrer la jeune fille, et madame, qui ne renonçait jamais à ses plans aristocratiques , choisit l'abbaye de Villers.

Comme beaucoup de sœurs, Marie avait un faible pour son frère ; elle n'avait jamais pu se défier de lui. Devançant son âge, le jeune cavalier avait déjà une bonne dose de machiavélisme. Il lui proposa un voyage de quelques jours en Normandie : il y avait là, devers le Bocage, une vieille tante chez laquelle elle serait à l'abri de toutes les obsessions. On partit un matin ; le lendemain on arrivait aux Quatre-Vents. M. d'Estersac avait pris une autre direction. Muni d'un ordre royal, qu'il avait dû attendre un peu, et se cachant, par surcroît de prudence, sous le pseudonyme de Montsaint , il avait engeôlé la colombe comme nous l'avons vu.

Ajoutons, pour expliquer plus complètement la conver-

sation de Marie avec l'abbesse, que M. le duc d'Estersac
disait souvent , moitié en riant, moitié sérieusement, que
par sa mère il était du sang royal et que le titre de prince
était celui qui lui appartenait réellement. C'était surtout
avec la noblesse provinciale que le Gascon renforcé aimait
à donner carrière à ses penchants vaniteux, et c'était peut-
être plus encore par coquetterie que par prudence qu'il
avait pris l'incognito. C'est bon genre et essentiellement
princier.

VI.

Quand mons Bretonnet s'éveilla le lendemain , il était grand jour et le soleil allait montrer sa ronde face au-dessus des plateaux de Tassilly-Saint-Quentin. Vite ! vite ! se dit l'homme d'église rendu à l'énergie par la présence de la rassurante clarté des cieux ; vite ! courons à Falaise, et allons dire à M. d'Aubigny... A propos, que dois-je donc dire à M. le gouverneur ? Il me semble bien... je ne me rappelle pas... Eh ! bien... Ah ! diable, diable !...

Le sacristain cherchait ainsi simultanément ses souvenirs et les différentes pièces de son plus bel accoutrement, car il faut se faire brave pour aller se présenter devant un gouverneur de sa majesté Charles de Valois; préoccupé de son double travail, il n'avait pas remarqué M. le curé, plus matineux que lui, planté là, immobile sur le pas de sa porte. On a souvent parlé de l'effet produit par la tête de Méduse ; il est malheureux que cette tête soit un des canards de l'époque, quoique alors il n'y eût pas de journal à format *grande-voile*, car la comparaison serait bonne pour exprimer la stupéfaction du pauvre magister. Il resta là les yeux fixes, la bouche ouverte, la main tendue et dans une position fausse, comme dut le faire feu la femme de Loth quand elle fut changée en hydrochlorate de soude; il se crut pulvérisé sans rémission, et il disait mentalement son *in manus*, quand tout-à-coup le prêtre s'élance à lui, lui prend la main et l'accable de félicitations, sans lui laisser le temps de poser une parole :

—Bien, c'est bien cela, mon ami : c'est très bien. Vous avez une envie de bien faire qui vous fera surmonter bien des obstacles.

— Mais...

— Allons, pas de fausse modestie, je sais qu'à force de courage et de dévouement vous avez fait presque l'impossible. Je sais qu'à onze heures au plus tard hier M. Daubigny était prévenu; je sais que par votre éloquence vous avez dû le décider à agir sans retarder d'une minute, car toutes les troupes disponibles ont été immédiatement mises sur pied, et bien avant l'aurore trois cents hommes d'armes étaient ici cantonnés au monastère et dans les environs. Tout est sauvé maintenant, grâce à Dieu; et à vous, Bretonnet, et à vous; car, en vérité, votre conduite est au-dessus de tout éloge.

Bretonnet ne comprenait guère en quoi consistait son action si méritoire, mais, par un instinct de prudence, il se taisait et gardait cette tenue équivoque qui accepte tout et ne dit rien. Il avait l'air modeste et tremblait de peur. Puis, dans le tout petit coin de son âme se cachait une pensée d'égoïsme : La besogne est faite, tant mieux ! je suis revenu de Falaise.

On comprend quelle personne avait si bien rempli le message de Bretonnet, pendant que celui-ci dormait comme un bienheureux — si les bienheureux dorment, — et quel personnage nous verrons dans les rangs des troupes falaisaines. En effet, quelques compagnies étaient venues avant l'aurore et s'étaient emparées de Villers avec la bruyante indiscipline qui, à l'époque, faisait, avec la bravoure, le trait le plus caractéristique des armées françaises. Plus d'un manant avait déjà senti sur ses épaules combien le soudard a la main lourde; plus d'une fillette, gentille ou non, —les soldats sont terribles, — avait vu son bavolet chiffonné, et l'on prétend même que la noble et sainte bergère du troupeau sacré avait la plus grande peine à contenir ses ouailles qui, par curiosité bien certainement, trouvaient toujours quelque baie aux murs, quelque fente aux portes, quelque fenêtre oubliée, pour voir et pour entendre un peu les arquebusiers fourrageant de çà, de là, dans les offices et dans les caves.

La matinée s'était passée sans accident. Les précautions du sire d'Aubigny, bon stratégiste et fidèle défenseur de la bannière royale s'il en fut, avaient été tout-à-fait superflues, et il commençait à craindre que le duc d'Estersac ne se fût laissé aller à une crainte chimérique. On avait

tenu conseil dans le grand salon : l'abbesse, le duc et le
comte avaient d'abord délibéré, puis la causerie était venue. D'Estersac était encore préoccupé d'un reste de
crainte, d'Aubigny avait la gravité calme et douce d'un
protecteur sûr de sa force, et madame pouvait à peine
contenir sa joie. Elle voyait le monastère sauvé de la dé-
vastation, mais ce n'était là que le moindre de ses deux
bonheurs ; le premier, c'était de pouvoir impunément se
railler de l'étrangère et braver ses défis: son œil étincelait.
Le dîner de la garnison avait été copieux et choisi. La
dame tenait à honneur de se montrer grande envers ses
défenseurs, mais elle avait trop peu calculé la force de
son bon cidre villarien, de crû moyen, sans doute, mais
brassé avec tant de soin et conservé si religieusement pur de
tout mélange ! Une grande partie des Césars était dans les
vignes... non, dans les pommes du seigneur. Mais qu'importe ! pensait-elle, nul ne sera assez hardi pour attaquer trois compagnies de gens aguerris, commandés par
un comte d'Aubigny et protégés par la forte enceinte de
ce couvent. Et l'on voyait sans inquiétude le jour baisser
insensiblement.

La duchesse de Sercey était dans la cellule que l'on
décorait du titre de chambre. Elle aussi était sans inquiétude. A l'approche des troupes, madame avait affecté, par une bravade toute féminine, de lui laisser une
grande liberté. La jeune fille en avait usé sans gêne ; elle
était descendue dans l'avant-cour, elle avait vu tous les
soldats, regardé tous leurs chefs, mais avec un petit sou-

rire si dédaigneux, avec un regard si hautain, si impérial, que pas un n'avait osé lui dire un mot ; puis elle s'était retirée avec le geste dédaigneux du troupier bretteur venant de toiser le conscrit qui veut se mesurer avec lui. Elle était remontée dans sa chambre et, appuyée silencieusement sur la fenêtre, elle reposait immobile ses regards à l'horizon, dans la direction du nord, qui se trouvait en face d'elle.

— On va vous apporter du bois, mademoiselle, avait dit une femme de service.

— Ce n'est pas la peine, avait répondu avec une admirable impertinence la duchesse de Sercey, je ne resterai pas longtemps ici.

Pourtant, toutes les portes, voire celle du grand enclos, lui étaient ouvertes, et elle n'essayait pas de sortir : elle attendait quelqu'un.

A la brune tombante l'horizon devenait rapidement sombre dans l'ouest d'où soufflait un vent intermittent et chaud ; c'était un orage. En le voyant se former, Marie laissa sur ses lèvres mignonnes errer un vague sourire, qui se caractérisa un peu mieux, quand la nuit étant tombée, elle vit, au lointain, au haut d'un arbre, une petite flamme rougeâtre qui s'éteignait bientôt. Alors refermant sa fenêtre, elle fit les apprêts de toilette d'une dame qui va voyager.

Nous avons, depuis quelques instants oublié mons Vandrille, mais, ou nous l'avons bien mal fait connaître, ou nos lecteurs savent qu'il n'était pas homme à se rendre complice d'une pareille faute ; il ne s'oubliait pas. La gravité des circonstances préoccupant vivement celui qu'il ne connaissait que sous le nom de Montsaint, le valet avait une grande liberté dans ses allures. Il avait d'abord visité les celliers et les offices, et avait un peu fait le galant avec tout ce qu'il avait trouvé de gent féminine un peu *honnête*, comme le dit Balzac ; mais le moment était peu favorable, la concurrence était effroyable ; il y avait à peine des sourires pour les officiers ; les sergents n'avaient que des œillades, Vandrille n'eut rien.... si fait... il eut un soufflet de la part d'une grosse joufflue qu'il avait accostée de plus près que sa patience ne le permettait. Pour changer ses idées ou chercher ailleurs, le valet sort et va pastoralement se promener aux environs. Peu à peu, il s'était égaré le long d'une haie encore touffue dans la direction du couchant quand il se trouva au détour face à face avec un paysan qui le regardait d'une singulière façon. Ce paysan paraissait avoir un âge assez indécis, entre dix-huit et vingt-cinq ans, un visage un peu allongé et des traits fortement dessinés ; du reste la taille souple et le regard de feu. Il était revêtu d'une espèce de sarrau en mauvaise toile et coiffé disgracieusement d'un lourd bonnet de laine. Qui aurait examiné les traits distingués de son visage et la blancheur de ses mains aurait reconnu aussitôt un homme déguisé : mais Vandrille avait visité les celliers, et le vin des récluses est toujours bon.

—M'emporte le diable, camarade, j'ai vu votre face quelque part. Mais attendez donc... oui, je ne me trompe pas !

c'est vous qui savez si mal boire. Eh bien ! je vous en fais mon compliment; comment avez-vous trouvé le philippe de Courcy? Est-ce qu'il vous a fait l'effet d'une médecine? comme vous avez disparu! Ah! jeune homme! jeune homme, continuait Vandrille avec un souris malin et un petit geste protecteur, vous auriez besoin de quelques leçons.

— C'est bien moi, *monsieur* Vandrille, qui me suis trouvé avec vous, dit le paysan avec une politesse affectée. Je n'ai pu vous faire raison alors, mais si vous aviez une heure à perdre, il y a là un fameux cabaret, et....

— Une heure à perdre? dites donc à gagner. Je me morfonds avec tous ces soudards et ces béguines, et je ne sais quelle mouche pique mon maître pour venir ainsi établir une place de guerre au milieu de ces bocages. Je vous demande, en conscience, où il prendra des gens à combattre. Il n'y a pas un chat à fouetter.

— Le fait est que le pays est assez tranquille. A cet égard, je sais à quoi m'en tenir; mais, comme vous le dites, votre maître est fou. Je ne sais pas ce que prétend ce d'Estersac avec...

— D'Est....? comment prononcez-vous cela?

— D'Esters.... Oh! c'est Montsaint, je crois. J'oublie les noms. Je voudrais savoir ce qu'il prétend à séquestrer ainsi une jeune femme contre laquelle il n'a aucun grief.

— Entre nous, dit Vandrille, homme très communicatif, entre nous, je m'étais douté de quelque chose. Comme vous le dites, on la séquestre, et bien sûr que ce n'est pas pour des prunes.

— Pourquoi est-ce ?

— Ecoutez, on ne m'a pas tout dit, mais je devine, et je ne suis pas un sot. Cette inconnue—mais que cela ne nous passe pas... la pauvre fille !—cette inconnue est d'une pâleur qui ne me dit rien de bon. On aime quelqu'un, on aura fait quelque folie, il en sera résulté... et le père se fâche, et...— Mais n'ayez donc pas comme cela le regard en casseur de pots. Je ne dis pas de mal de cette jeune fille ! mon Dieu ! cela peut arriver à tout le monde ! Cela n'empêche pas d'être sage, très sage même. Un malheur est sitôt fait.

Le paysan était en effet pâle de colère, mais il se contint, et ce fut d'un ton presque indifférent qu'il reprit :

— Mon Dieu, je ne dis pas que cette fille n'ait pas fait quelque folie : tant de gens en font ! mais ce n'est pas une raison pour la tenir en chartre privée.

— Oh ! je puis vous assurer qu'ils ne la serrent pas de fort près. Ce matin je l'ai vue et très bien vue se promener dans la cour. C'est qu'elle a bel air, vraiment ; vous diriez une reine. Tudieu, la belle femme ! Il y avait là des officiers qui la passaient à l'examen d'une façon bien attentive, je vous assure... Hé ! hé ! mon brave ! ne me serrez donc pas le bras comme cela ! vous avez une figure féroce. On dirait que vous lui portez intérêt.

—Moi ? reprit le paysan parvenant une seconde fois à se contenir ; je ne la connais aucunement : seulement je m'intéresse à cette femme exposée aux grossiers hommages de cette misérable soldatesque.

— Là-dessus vous pouvez être tranquille ; si vous aviez vu comme elle les toisait dédaigneusement! elle a par hasard jeté un coup d'œil sur moi... Je ne suis pas timide, certainement; eh bien ! vous me croirez si vous voulez, j'ai baissé les yeux.

— A la bonne heure ! dit le paysan, et sa face était radieuse, et ses lèvres entr'ouvertes laissaient échapper un bruyant soupir. Mais asseyons-nous : notre gentille cabaretière nous a servis et l'on cause mieux le verre à la main.

Ainsi fut fait. On causa tant et tant, qu'au bout d'une heure le paysan, qui paraissait y prendre un grand intérêt, savait de Vandrille, et beaucoup mieux que Vandrille lui-même , comment tout était organisé dans l'intérieur de l'enclos couventuel, et combien la discipline militaire avait eu à souffrir des gracieusetés amphitryoniques de madame l'abbesse. Puis, après avoir à peu près répété la scène de Courcy, et laissé le valet mort-ivre sous la table, le paysan, secouant sa feinte ivresse et redressant sa belle taille, était sorti à la nuit-tombante, et le feu dont nous avons parlé avait brillé au haut d'un arbre, et le ciel y avait répondu par un long éclair sillonnant l'air vers Tournebu. Une œuvre terrible allait s'accomplir.

VII.

Messieurs les historiens sont parfois de bouffons personnages : quand une fois ils ont enfourché un dada, il est
impossible de leur faire vider les arçons ; ils iraient plutôt
cent lieues à contre-sens de leur chemin ; puis la foule
venant à la suite, *servum pecus*, tous enfilent la même ve-
nelle, et le trait de béotisme reste là gravé sur l'airain,
comme la loi des douze tables.

Il est convenu que les protestants (*tous*, bien entendu,
ou à peu près) ont été traîtreusement et affreusement
égorgés la nuit vigile de la Saint-Barthélemy, et cela par
toute la France, en vertu d'ordres royaux. Il est convenu
également que quelques jours après lesdits protestants
qu'on venait d'égorger par toute la France, indignés sans
doute d'un trait aussi noir, courent aux armes de nou-

veau et battent on ne peut mieux l'armée catholique. Tous
les historiens le disent, on n'en peut pas douter. Quelques
esprits chagrins et pointilleux pouvaient, il est vrai, présenter à messieurs les historiographes ce dilemme qui a
quelque apparence de fondement :

Ou l'on a égorgé les protestants, et alors ils n'ont pas
pu se révolter ;

Ou ils se sont révoltés, et alors c'est qu'on ne les avait
pas égorgés.

Mais il ne faut jamais s'arrêter à de pareilles vétilles.
Les historiens ne commettent jamais d'erreurs, et encore
moins de bévues. Force est donc ici de conclure que les
protestants, comme les réfractaires bas-bretons au temps
de Hoche , avaient la promesse de ressusciter au bout de
trois jours, et que cette promesse alors a reçu son exé-
cution.

Donc, en vertu du massacre *général* de la Saint-Barthélemy, dont le souvenir était récent encore, les protestants, ou religionnaires, comme on les appelait quelquefois,
étaient, relativement aux apparences, en grand nombre
dans la Basse-Normandie. De toutes les campagnes envi-
ronnantes ils avaient des rapports avec un comité occulte
établi à Falaise et correspondaient à Paris par Rouen. Sans
doute leur nombre n'égalait pas celui des catholiques, mais
— et nous ne voulons en tirer ici aucune conséquence — il
faut avouer que c'étaient en général les personnes les plus
éclairées, les plus riches, les plus influentes. Comme il y
allait de la vie, le secret était parfaitement gardé , et en

faisant son prône, en débitant son sermon le dimanche, plus d'un curé de village avait, sans s'en douter, bien des yeux qui lui adressaient un regard incrédule, bien des consciences qui *protestaient* contre ses paroles et contre la sainteté de l'office que l'on allait célébrer. Qui aurait rassemblé, dans un rayon de trois à quatre lieues autour de Falaise, tous les huguenots avoués ou honteux, eût trouvé en hommes valides et résolus de quoi former une troupe quatre fois supérieure à celle du comte d'Aubigny. Le gouverneur de Falaise en soupçonnait quelque chose, mais s'il pouvait craindre des ennemis nombreux, il se fiait à la discipline de ses arquebusiers et à leur aptitude dans le métier de la guerre : les autres n'étaient que des paysans, la plupart inhabiles à charger un mousquet. Puis il n'est pas facile à un ennemi, conspirateur insurgé, de rassembler de nombreuses bandes sans qu'on s'en aperçoive et réellement tout était bien tranquille aux environs du couvent. Car doit-on compter pour quelque chose un paysan regardant là d'un œil curieux par dessus un mur, un enfant grimpant là-bas sur la tête d'un arbre touffu, un mot échangé à voix basse au détour d'un chemin?

La soirée avançait toujours, et le temps suivait minute à minute sa marche insensible. Le ciel, voilé d'abord par un côté, s'était peu à peu couvert tout-à-fait. Les éclairs, en s'approchant, changeaient de forme : ce n'étaient plus de ces flammes qui, à l'horizon, semblent ouvrir derrière un gros nuage les portes d'un palais de feu, mais bien de longues et capricieuses balafres, déchirant et tailladant le nuage de plomb dans tous les sens, tantôt en longs traits continus, tantôt en bandes d'étincelles éclatantes. Les roulements sonores devenaient de plus en plus fréquents, et, comme les détonations d'une formidable artillerie, se succédaient presque sans interruption. Enfin de larges gouttes de pluie, bruissant d'abord par instants appréciables dans les dernières feuilles des arbres, se transformèrent bientôt en une pluie battante, rebondissant sur le sol en fumée blanchâtre, et criant dans les arbres comme un torrent en courroux. Malgré les majestueuses menaces de l'orage, bien des soldats avaient été surpris. A la chute de l'ondée, chacun avait cherché un refuge, qui sous un hangar, qui d'ans une salle basse, qui sous une porte, qui sous un arbre. D'après le proverbe, on attendait du bienfait de la pluie la fin de l'orage, quand tout-à-coup on entendit un cri d'alarme, puis la détonation simultanée de deux coups d'arquebuse, sur la lisière du bosquet qui bordait l'étang.

— Sus! sus! aux armes! aux armes!

Et les tambours de gronder, et les fifres de sifler. Alerte! alerte! voilà les huguenots!

Toujours prêt le premier, et curieux de montrer sa vaillance à gente mie qui s'effrayait, le sire d'Aubigny s'élance, rapide comme une flèche, à la tête d'une trentaine d'hommes, dans la direction du point attaqué, jetant seulement en arrière l'ordre de faire bonne garde au monastère. Une seconde décharge d'arquebuses, révélant une douzaine de mèches, apprit que le détachement catholique avait été vu, et la riposte ne se fit pas attendre.

Pendant un quart d'heure les détonations se répondirent
dans le bois; mais, soit tactique, soit faiblesse, les huguenots reculaient et les catholiques, les poursuivant avec en-
traînement, s'éloignaient toujours du point à défendre.
L'ordre du sire d'Aubigny était bon, mais son action était
fort imprudente, et, par malheur, ses gens d'armes étaient
plus disposés à l'imiter qu'à l'écouter. Comme la lutte se
prolongeait, et qu'on était dans l'incertitude de ce qu'était
devenu le chef, un capitaine crut devoir prendre sur lui
de conduire un renfort, destiné à terminer promptement
l'engagement. Il demandait vingt-cinq hommes, il s'en
trouva cinquante, puis cinquante autres qui suivirent iso-
lément.

Le combat que soutenait le comte d'Aubigny n'avait eu
aucun résultat sérieux. Au milieu d'un bois, dans une
obscurité presque complète, la marche était lente et les
coups dirigés au hasard. Les éclairs des armes à feu faisaient parfois subitement entrevoir un paysan à moitié caché derrière un arbre; on s'approchait, il n'y avait plus
rien. Harassés, mouillés, mécontents, les arquebusiers de
d'Aubigny voulaient rentrer au couvent, quand un bruit
de pas nombreux et le froissement des branches annoncè-
rent de nouveaux combattants. Un ordre fut donné à voix
basse; un silence complet régna un instant, puis une gerbe
de feu jaillit du peloton bien rangé qui avait fait volte-face.
Quoique dirigés d'oreille, et à l'aventure, les coups avaient
porté presque tous; c'était si près! Des cris déchirants,
d'énergiques jurons apprirent au détachement de d'Aubi-

gny quelle avait été leur méprise. **Par une inévitable fata-**
lité, les nouveaux arrivants ripostèrent d'abord et avant
toute explication. La revanche avait été terrible. Massés
sur un seul point, les soldats de d'Aubigny furent presque
tous atteints, et le chef lui-même fut mis hors de combat.
On allait revenir en bon ordre au couvent, quand des cris
de femmes, de ces cris perçants et désespérés qui font
tant de mal à entendre, retentirent vers le monastère.
Au même instant une lueur rouge embrasa l'horizon et
bronza les nuages... le feu était aux bâtiments.

Par une tactique bien connue et qui réussit presque toujours, les huguenots avaient fait une fausse attaque. Dix
ou douze jeunes paysans avaient escaladé les murs de l'enclos, et avaient tiré sur un catholique qui se trouvait par
hasard sous un arbre, puis avaient fait une retraite cal-
culée. Pendant ce temps, un jeune capitaine à la mine
fière et à la haute taille, celui que mons Vandrille aurait
pu reconnaître pour son compagnon des cabarets de Courcy
et de Villers, avait franchi l'enclos par l'est, et attaqué à
dos les bâtiments du monastère. Sa troupe, moins nombreuse que celle du sire d'Aubigny, moins brillante, moins
militaire en apparence, était en réalité bien autrement
formidable. Il y avait là une vingtaine de braconniers de
profession, qui à chaque coup répondaient d'un ennemi à
quatre cents pas. Puis ces paysans, enfants du village ou
des villages voisins, connaissaient les moindres accidents
de terrain et profitaient de tout. On ne les attendait pas et
chaque coup de mousquet jeta un soldat sur l'herbe du

verger. Effrayés en face de ce danger dont ils ne pouvaient mesurer l'étendue, ignorant le petit nombre des agresseurs, les catholiques s'étaient d'abord dispersés ; puis ils se rallièrent et le combat s'engagea.

On a peint assez de mêlées, et les vieux romans façon Radcliffe sont remplis de combats aux flambeaux. Passons rapidement sur les jambes et les bras cassés, et cherchons la duchesse de Sercey.

A la première alarme, elle avait quitté sa cellule, et s'était, malgré l'orage, appuyée contre un énorme noyer qui se trouvait auprès du moulin, indifférente à la pluie qui l'inondait et attentive seulement aux bruits qui volaient par la brise au travers des branchages. L'abbesse s'était élancée sur une terrasse sur porche, faisant face au vallet, en compagnie de M. le curé, personnage pacifique, et de M. d'Estersac, qu'elle avait forcé de rester auprès d'elle. La prisonnière était, dans cette bagarre, presque oubliée de tout le monde ; nous disons presque, car un de nos personnages ne l'avait pas perdue de vue un seul instant.

Nos lecteurs se rappellent ce jeune homme qui l'avait remise, à l'auberge d'Epaney, entre les mains de son père putatif ; M. Paul-Louis d'Estersac veillait, en bon frère, sur sa sœur. Il s'était caché dans l'angle d'un mur, et suivait du regard chaque mouvement de la jeune fille que ses vêtements presque blancs rendaient visible dans la nuit. L'arrivée rapide et subite des huguenots fit battre le cœur du jeune surveillant. Sa sœur, moins effrayée, et pour cause, fit quelques pas vers eux en jetant ce cri : A moi, Henri ! à moi ! Mais un rapide jet de lumière avait enveloppé cette belle forme humaine et jeté de rouges reflets sur les arbres d'alentour, et Marie-Gertrude de Sercey tombait mortellement frappée. Les protestants ne trouvèrent qu'un cadavre ; l'assassin s'était confondu parmi les arquebusiers catholiques.

Le jeune chef des protestants se précipita sur ce cadavre palpitant encore. Il eut un moment d'angoisse à mourir. Mais sa riche et puissante nature se releva sous ce coup affreux ; il ne fit entendre qu'un mot, mais ce mot fit couler bien du sang !

— Vengeance !

C'est alors que le feu avait été mis au couvent, c'est alors que le combat s'était engagé. Combat à mort, lutte de tigres en fureur, massacre sans trève et sans pitié. Malgré leur petit nombre, les protestants conservèrent l'avantage, et ceux des soldats catholiques qui n'étaient ni tués ni blessés durent chercher leur salut dans la fuite.

La chronique dit même qu'un grand nombre d'entre eux quittèrent leurs hoquetons pour des surcots de paysans, et, de vaincus devenant vainqueurs, augmentèrent le désordre et commirent des méfaits de plus d'une espèce. Le meurtre et le pillage accompagnèrent l'incendie. Plus d'une religieuse périt en voulant se défendre, d'autres succombèrent pour ne s'être pas défendues.

Au milieu de la confusion générale, un petit pavillon restait intact. Rejeté au nord par un violent vent du sud,

l'incendie ne l'avait 'pas atteint. C'est là que s'était réfu-
giée l'abbesse, fière comme les sénateurs romains devant
les guerriers de Brennus; c'est là qu'avait été transporté le
sire d'Aubigny après sa blessure, puis le duc d'Estersac
également blessé; c'est encore là que se trouvait confiné
bien malgré lui M. Blanchefin, le digne curé de Villers,
et mons Bretonnet son bedeau, qui n'avait pas assez d'im-
précations contre la folie des hommes qui font la guerre.
Ce pavillon était défendu par une vingtaine d'arquebusiers,
gens d'élite, espèce de garde d'honneur, qui tous étaient
résolus à se faire immoler jusqu'au dernier avant de se
rendre. Le reste des troupes royales étant détruit ou dis-
persé, la lutte ne pouvait se prolonger longtemps, et la résistance était une folie. Cependant dans ce conseil com-
posé d'une femme, d'un prêtre et de deux hommes blessés,
pas une voix ne s'était élevée pour demander quartier.
L'initiative vint du dehors.

Pendant les premiers instants du carnage, tant qu'il y
avait encore résistance et combat, le jeune chef protestant
avait suivi sa colère exaltée jusqu'à la frénésie. Quand il ne
vit plus autour de lui que des femmes et des mourants, il
sentit la pitié lui monter au cœur. Le mot : « Assez ! » sortit de sa bouche, puis il envoya un cornette offrir la vie
aux vaincus. A la proposition du héros la dame et les deux
gentilshommes ne répondirent rien; mais l'homme de Dieu,
prétendant que sa mission sur la terre était de maintenir
ou de rétablir la paix, prit sur lui de répondre qu'on ac-
cepterait les conditions du vainqueur. Les soldats falaisiens

durent mettre bas les armes, et les capitulants descendirent. Le curé et l'abbesse marchèrent naturellement les premiers, car il fallait transporter d'Aubigny et d'Estersac. Au pied de l'escalier, la dame se trouva en présence du chef victorieux, et derrière lui se voyaient, à la lueur de l'incendie, une centaine de routiers mal équipés, mal armés, mais à la face mâle, au regard intrépide. Ils avaient perdu la moitié des leurs, mais ils avaient tué plus de deux cents arquebusiers. Sans prononcer un mot, le capitaine prit d'une main le prêtre et de l'autre la dame, et, les menant à quelques pas, les posa en face d'un cadavre.

— Voilà votre ouvrage, monsieur! voilà votre ouvrage, madame! Tyrannie et bigotisme! Je pourrais, je devrais peut-être me venger plus complètement, ajouta-t-il avec un accent effrayant; mais non! je m'arrête! Dieu fera le reste! Puis il ajouta avec attendrissement : Pauvre enfant! combien elle croyait en moi!

Appuyé sur un des siens, d'Estersac s'était approché. En voyant le capitaine huguenot, il poussa un cri de surprise.

— Quel est cet homme? lui demanda l'abbesse.

— Cet homme, reprit le duc, c'est HENRI DE NAVARRE.

Le lendemain on eut à enterrer bien des morts. Le corps de la duchesse de Sercey fut emporté on ne sait où. Son frère fut placé dans le cimetière de Villers. Il avait été trouvé parmi les morts, entièrement traversé de trois coups d'épée. Il voulait une fortune, il trouva un cercueil.

Le pillage sauva bien des objets de l'incendie; beaucoup d'autres furent trouvés dans les décombres. Pour partager le butin à l'aise, les huguenots le transportèrent dans une ferme voisine, qui depuis a conservé le nom de ferme du *Sac.*

Vers les temps de la Maintenon et de Letellier, il revint des religieuses à Villers ; on fit quelques restaurations. Mais cette image effacée d'une antique splendeur ne pouvait que faire plus vivement regretter le passé. A la réaction philosophique du dix-huitième siècle, bien avant la grande révolution, l'abbaye de Villers fut supprimée, et aujourd'hui il n'en reste plus que le souvenir.... et le gracieux emplacement qu'occupait le monastère ,

Campos ubi Troja fuit.

MONTDÉRAINES.

FIN DU TOME PREMIER.

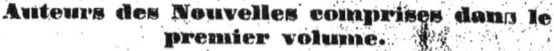

Auteurs des Nouvelles comprises dans le
premier volume.

L.-G. MONTDÉRAINES

PHILIBERT.

ALFRED DELVAU.

PARIS. — TYPOGRAPHIE DE COSSON, RUE DU FOUR-S.-GERMAIN, 47.

www.ingramcontent.com/pod-product-compliance
Lightning Source LLC
Chambersburg PA
CBHW050143030726
47505CB00005B/1214